SHANGHAI STORIES CULTURE MEDIA Co.,Ltd.

故事会®

惊悚恐怖系列
HORROR SERIES

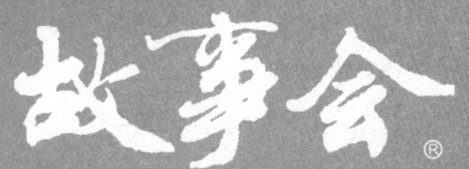

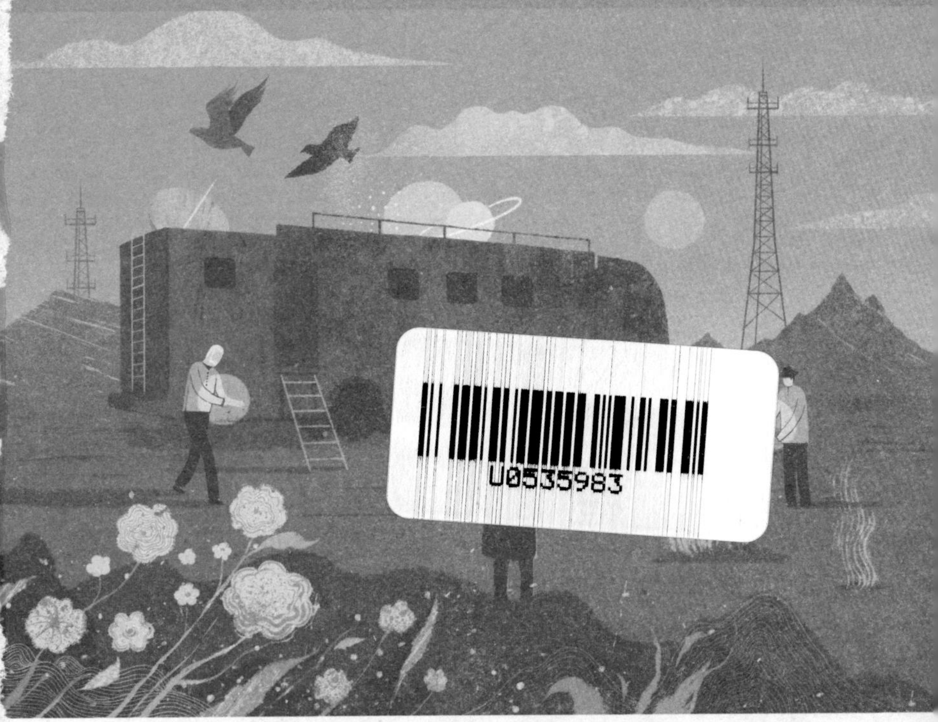

飞动的黑影

上海故事会文化传媒有限公司
上海文艺出版社

图书在版编目（CIP）数据

飞动的黑影 /《故事会》编辑部编． —— 上海：上海文艺出版社，2019
（故事会．惊悚恐怖系列）
ISBN 978-7-5321-6404-2

Ⅰ．①飞… Ⅱ．①故… Ⅲ．①故事－作品集－中国－当代 Ⅳ．①I247.81

中国版本图书馆CIP数据核字(2017)第161924号

书　　名：	飞动的黑影
主　　编：	夏一鸣
副 主 编：	吕 佳　朱 虹
责任编辑：	曹晴雯
发稿编辑：	吕 佳　朱 虹　姚自豪　丁娴瑶　陶云韫
	王 琦　曹晴雯　赵媛佳　田 芳　严 俊
装帧设计：	周 睿
封 面 画：	苏 寒
责任督印：	张 凯

出　　版：	上海文艺出版社
出　　品：	上海故事会文化传媒有限公司
	（200020　上海市绍兴路74号　www.storychina.cn）
发　　行：	上海文艺出版社发行中心（ 200020　上海市绍兴路50号）
印　　刷：	上海万卷印刷股份有限公司
开　　本：	787×1092　1/32　印张8
版　　次：	2019年12月第1版　2019年12月第1次印刷
书　　号：	ISBN 978-7-5321-6404-2/I·5122
定　　价：	25.00元

版权所有·不准翻印

上海故事会文化传媒有限公司
出品（00672）

想看更多精彩故事？
扫码下载故事会 App

上海故事会文化传媒有限公司所有图书可办理邮购，免收邮费（挂号除外）
汇款地址：上海市黄浦区绍兴路74号(200020)　收款人：上海故事会文化传媒有限公司出版发行部
联系电话：021-64338113
如发现本书有质量问题，请与印刷厂质量科联系 T:021-56928178

编者的话

一、中华民族自古以来便有讲故事的传统。五千年的文明绵延不断,五千年的故事口耳相传,故事成为中华民族弥足珍贵的精神财富。

二、创刊于1963年的《故事会》杂志是一本以发表当代故事为主的通俗性文学读物。50多年来,这本杂志得风气之先,发表了一大批脍炙人口的优秀作品,许多作品一经发表便不胫而走、踏石留印,故而又有中国当代故事"简写本"之称。

三、50多年来,这本杂志眼睛向下、情趣向上,传达的是中华民族最核心、最基本的价值观。

四、为让读者在最短的时间内阅读最大面积的精品力作,《故事会》编辑部特组织出版《故事会·惊悚恐怖系列》丛书。

五、丛书分为如下八本故事集:《等待第十朵花开》《飞动的黑影》《公馆魅影》《恐怖的脚步声》《日本新娘》《神秘的维纳斯》《匈奴古堡》《夜半口哨声》。

六、古人云:登东山而小鲁,登泰山而小天下。对于喜欢故事的读者来说,本丛书的创意编辑将带来超凡脱俗的阅读体验。

《故事会》编辑部

目录
Contents

闪灵·诡事
白色恐怖……………………………2
别墅间谍……………………………23
夜走鬼谷……………………………29
病人与杀手…………………………41
飞动的黑影…………………………46
提着脑袋的人………………………49
雨夜惊魂……………………………52

噩梦·异事
地下室里的秘密……………………55
赌场奇遇……………………………59
公正的判决…………………………63
可怕的巧合…………………………75
魔窟巨涡……………………………78
怕你一万年…………………………88
殊死的搏击…………………………95
死人工厂……………………………102

目录
Contents

天下第一厨……………………………… 114

探秘·险事
别墅探秘………………………………… 120
定夺生死………………………………… 140
赶蛇绝招………………………………… 143
隔壁的鼾声……………………………… 146
煤井惊魂………………………………… 150
面对飓风………………………………… 156
女保镖…………………………………… 160
悬崖遇险………………………………… 185

夜谈·怪事
绝恨野狐谷……………………………… 193
靠山村的狼爪印………………………… 204
六魂找替身……………………………… 208
狗豹缘…………………………………… 214
谜案……………………………………… 237
王财寻儿………………………………… 240
雍正禁赌………………………………… 246

闪灵·诡事
shanling guishi

密……恐惧像个顽劣的孩子,你完全不知道它源自你灵魂深处哪段不能说的秘

白色恐怖

大祸天降

这天，新州市电视台《镜头聚焦》栏目的著名记者兼节目主持人赵耀像往常一样，一大早就匆匆来台里上班。

赵耀走进广电大楼，上了三楼，见隔壁新闻部和专题部的房门紧锁，空无一人，这才想起这几天市里正召开四年一届的人代会和政协会议，那些部门里的人，可能都上会场采访去了。赵耀打开办公室的门，坐下来刚想点上一支烟，这时办公桌上的电话就响了。赵耀拿起话筒，里面传来一个女人柔细的声音："是电视台《镜头聚焦》栏目组吗？我找赵耀。"

赵耀听电话里的声音很陌生，随口问道："我就是，你是谁呀？"

"我们不认识。你们不是征集新闻线索吗？请赶快去市中心医院，那里出事儿了。"

赵耀还没来得及问明白发生了什么事儿，对方已挂了电话。职业的敏感，使赵耀像困顿中的哨兵突然发现了敌情，立刻来了精神。他马上打电话通知摄像小王。等小王一到，就开上新闻采访车，直奔市中心医院。

赵耀他们风风火火地赶到了市中心医院，一下车就看到门诊大楼前聚集了不少人。赵耀猜想可能是一起严重的医疗事故，上前一了解，果然是一起多人食物中毒事件。

赵耀和小王迅速跑进了门诊大楼，想进去抓拍一些现场镜头。两人找到内科病区，只见那里挤满了人，显得一片嘈杂忙乱。医生护士们进进出出，一个个神色紧张。病房和走廊里到处躺着病人，那些病人，有的口吐白沫，浑身抽搐；有的头撞南墙，血流满面……病状极其狰狞恐怖，让人触目惊心。新闻的敏感性使赵耀意识到事情可能非常严重，他马上示意小王将这些都抢拍下来。就在这时，一个戴着大口罩和近视眼镜的高个医生跑过来强行拦阻他们。赵耀赶忙掏出记者证。高个医生连看也不看，态度生硬地说："对不起，领导有指示，现在不接受任何新闻单位的采访，请你们赶快离开这里。"说完就往外推他们。赵耀边退边想了想说："大夫，市卫生局的白局长是我大学同学，是她请我们来拍的，作内部资料用。不信你打个电话问问。"

这么一说，高个医生就不再推他们出去了，赵耀不失时机地打开话筒问道："大夫，请你把这里的情况介绍一下好吗？"

高个医生犹豫了一下，摘掉口罩语气沉重地说："从本月15日我们接收第一例病人到现在，全市已发现了七十多名同样症状的患者。患者的临床表现类似癫痫发作。我们初步诊断为急性食物中毒，但目前我们还没有查出病原体，更没有找到有效的治疗方法。"

赵耀急切地追问道："请问目前有病人死亡吗？死亡的比例有多大？"

高个医生看了一眼赵耀，焦虑地说："截止到今天已有七人死亡。死亡的比例无法确定。"正说着，有个护士冲他喊道："曹大夫。"高个医生应了声，撇下赵耀匆忙走过去。走了几步，他回头对赵耀说："我认识你。你们赶快走吧，别在这儿找麻烦了，白局长就在这儿开会呢。"

赵耀匆匆走出门诊大楼，见一群患者家属正围着市卫生局局长白露，七嘴八舌问个不停。赵耀一看到白露，脸上顿时流露出一种异样的神情。

说起赵耀和白露，他们的关系非比寻常。两人不仅是大学的同学，而且当时也是一对很亲密的恋人。大学毕业后，白露被分配进了市卫生局。按照白露的想法，她希望赵耀能进市委或市政府，走仕途之路。可赵耀偏偏不爱当官，执意进了市电视台。俗话说：男怕入错行，女怕嫁错郎。在工作分配问题上，两个人的感情第一次出现了矛盾。白露是一个很要强、很聪明也很能干的女人，加上她那当市领导的叔叔白剑锋的关系，白露在事业上可谓"春风得意马蹄疾"，几乎一年一个台阶，没几年就当上了局长。就在白露一帆风顺的时候，她和赵耀的感情裂痕也越来越大了。赵耀还发觉随着职务的升迁，白露身上的官气越来越重，这实在让赵耀无法接受。白露则认为赵耀不识时务，耍小聪明，光会给领导出难题，这是在自毁前程。观念的不同，性格上的不合，使两人的关系没法继续发展下去，于是便友好地分手了。两个人虽说分了手，但同在一个城市里工作和生活，彼此都了解对方的情况。赵耀知道白露至今跟自己一样，仍是单身一人。

这时，白露在患者家属们的簇拥下，匆匆向自己的车子走去。她阴郁地沉着脸，没有回答患者家属的一句提问。当白露快走到车子跟前的时候，赵耀突然跑过去拦住了她。白露见是赵耀不由停下了脚步，两个人四目相对，一时都愣住了。

赵耀看到白露今天穿了件紧身的乳白色皮装，显得丰腴成熟。橘黄色的绒毛领衬出她的脸颊更加洁白光润，看上去根本不像三十岁的女人。只是她眉宇之间透出的那股卓越超群、冷艳逼人的气势，使人望而生畏。

这时，白露的神情很快恢复了正常。她看着赵耀，表情庄重地说："大记者同志，请你让开。我现在要赶去向市领导汇报。"

赵耀站着没动，他学着白露的口气说："局长大人，请你回答我两个问题再走！"

白露深知赵耀的脾气。她后退了一步，看了看表，无可奈何地说："好，一分钟，你问吧。"

赵耀连珠炮似的问道："请你告诉我这种病叫什么病？是怎么引起的？"白露不假思索地回答："很遗憾，目前我所掌握的情况并不比你知道的多，所以无可奉告。"

赵耀近一步问："那你至少告诉我们怎么样才能预防？""对不起，这是第三个问题。"白露说完，绕开赵耀，上了白色的红旗轿车。赵耀望着急驶而去的车影，突然觉得这件事情在使人惊恐的同时，似乎还带着某种神秘的色彩。他认定这是一件难得的好新闻，绝不能轻易放过。

越说越玄

白露匆匆离开市中心医院，赶到黄河宾馆，向正在参加两会的新任市委书记李国栋和代市长白剑锋作了详细的汇报。

市委书记李国栋四十多岁，年富力强，当年他任新州市国土局局长时，由于在盘活新州市的国有土地上，为新州市的经济发展作出过突出贡献，因此，四十岁不到，就当上了新州市市长，不久前在原新州市市委书记调离后，他又被省委任命为书记。

这时，李国栋听完白露的汇报，感到事态非常严重。他马上果断地作出指示：此事由代市长白剑锋牵头，立刻召集有关部门，临时成立"12.17"紧急事件处理领导小组，白露担任组长。他要求不管想什么办法，不论付出什么样的代价，必须迅速查明传染源，控制疫情，确保全市人民的生命安全。

白露临走时，代市长白剑锋特别叮嘱她说："在疫情没有得到全面控制之前，一定要注意保密，以免事态扩大，引起市民的恐慌，影响两会的顺利召开。"白露听话地点了点头。她知道这次人代会对叔叔来说至关重要，他极有希望被选为新州市市长。

一向工作认真、办事干练的白露，马不停蹄地回到卫生局的办公室，立马安排一名副局长赶往省城，向省卫生厅求援；接着又与市防疫站、市技术监督局和市工商局联系，约定好下午集中行动，对全市的餐饮业、食品零售业和食品加工业进行突击检查，一定要查出传染源。最后，白露又给市中心医院打电话询问那里的情况。院长焦急地汇报说："这里情况很糟，病人还在不断增加，乱得很！白局长，得赶快想法子！"

白露稳了稳情绪，安慰说："你们不要慌，一定要照顾好危重病人，尽全力抢救，省里的专家马上就到！"

白露放下电话，掏出手帕擦了擦脸上的汗水，然后从抽屉里拿出一支烟点上，深深地吸了一口。这是她和赵耀分手后养成的习惯，只是在心情特别烦乱的时候才抽烟。

就在这时，办公室的门被轻轻推开，赵耀一闪身走了进来。白露看见赵耀，显得有点不好意思地赶忙掐灭香烟，一本正经地问："你来干什么？"

赵耀笑了笑，然后随便地往白露对面的皮椅上坐下，说："看来敌人不受欢迎是不是？"

"岂敢！有话请讲。"白露边整理桌上的文件边生硬地说。

赵耀似乎并不在意白露的态度，他直截了当地说："我想对这起中毒事件跟踪采访。""不行！"白露断然拒绝道，"市领导专门交代对这件事情要严格保密。现在是两会期间，你知道你那个栏目的影响力，你就别添乱了。"

赵耀皱起眉头，说："这怎么是添乱呢？出了这么大的事儿，新闻要是跟不上，老百姓会怎么看我们？好吧，我现在就给李国栋书记打电话请示，听他咋说。"赵耀说着起身去拿话筒，白露连忙伸手摁住电话，她清楚赵耀和李书记的关系。在李书记眼里赵耀是个人才，他几次想把赵耀调到市委宣传部工作，可赵耀总是推说自己散漫惯了，怕受不了当官的约束，还是当记者自由。李书记不好强人所难，但对赵耀的印象非常好。白露心想如果这事儿也去请示市委书记未免太小题大做了，于是她故作生气地说："好了好了，知道你神通广大。你还是原来的老样子，一点没改。"

赵耀笑着说："彼此彼此。"

白露接着说："我答应你跟踪采访，但有个条件，你只能一个人参加。另外，在没有得到市领导的同意之前，你不能向外界透露任何消息，否则——""行，我答应。"

就在两人说着话时，办公室的门被人"砰"地推开，跟着一个汉子，身披意大利进口皮大衣，扯着哑嗓门大大咧咧地闯了进来。此人叫王连荣，是郊区大王庄村王氏集团的总经理。他父亲就是大名鼎鼎的市人大常委，大王庄村支书兼王氏集团董事长王建忠。近来，王连荣不知怎么迷上了白露，通过他父亲找白剑锋从中说合。白露清楚他们是想搞政治联姻，但她压根儿看不上这个粗俗且过于张扬的农民暴发户。所以，白露对王连荣一直是不冷不热，敬而远之。今天，王连荣是来请白露吃饭的。

白露说下午有重要的事情，委婉地推辞掉了，为了让王连荣面子上过得去，她故意转移话题，指着赵耀说："来，这是我的老同学，我给你们介绍一下。"

赵耀看着王连荣说："不用了，我们认识。"

原来，前几天有不少农民到市政府上访，反映大王庄化工厂无视环保，肆意污染当地环境，损害了附近几个村庄的农作物，强烈要求市政府出面处理。赵耀为这起事件，曾专门去大王庄进行采访并予以曝光。当时，王连荣极不合作，并且态度蛮横。

王连荣见白露当着外人不给他一点面子，一时下不了台，只好把气撒在赵耀身上。他充满敌意地看了赵耀一眼，轻蔑地说："赵大记者，你的片子拍出来了吧，啥时候播通知一声，我等着看呢。"说完，咧嘴冲白露笑了笑，然后悻悻而去。赵耀隔窗看着王连荣上了他那辆豪华的本田轿车，望着那特别刺眼的F11111牌照号码，心情复杂地叹了口气。

下午一点整，各部门人员在卫生局大院集合齐。白露分兵五路开始行动，对重点地方进行检查。四点钟的时候，白露接到电话说省里的专家组已经赶到市中心医院。白露和赵耀急忙来到医院，这时专家们已经开始工作了。直到深夜十二点多钟，专家们经过尸体解剖化验和病理分析，终于查出了病原体。

专家组得出结论：患者不是食物中毒，而是化学物质中毒，具体说是汞中毒。"汞"俗称水银，是一种毒性极强的化学物质，人一旦食入便滞留体内无法排出，它会破坏人的中枢神经和脑细胞，最终致人死亡。

最后，专家组组长忧虑地对白露说："七十年代日本曾经发生过'有机汞'中毒事件，被称作'一号病'。这种病死亡率极高，即使侥幸活下来也会导致终身残疾，曾引起世界恐慌。那是由于人们吃了受化学污染的海产品引起的，没想到今天我们会重蹈覆辙。现在当务之急是迅速查出含汞食品，切断传染源，不然后果不堪设想。"

白露神情紧张地说："我们已经开始查了，但目前还没有查出含汞食品，难道我们国内没有治这种病的特效药吗？"

专家组组长摇了摇头说："据我所知没有。"

白露和赵耀听到这番话，心一下子都提到了嗓子眼儿。

赵耀凌晨两点多钟才精疲力竭地回到家。他看到床头柜上的录音电话有两个来电显示。赵耀掏出手机才知道手机早没电了。他给手机充上电，连洗漱的劲儿都没了。坐到床上，他一边脱衣服一边打开录音电话。第一个电话是台里摄像小王的："赵耀，你去哪儿了，跟你联系不上。告诉你，咱们前几天拍的披露大王庄污染环境的片子给毙了。台长让你赶快再做一期节目……"

赵耀听到这儿，突然想起白天在白露办公室，王连荣那副得意洋洋的嘴脸，一下都明白了。他气愤地骂了句："混蛋！"随手把脱下来的臭袜子狠狠地扔到了地上。

接着第二个电话是个陌生女的，听声音很像是往台里打电话的那个女人："赵记者，冒昧打搅您了，我有一个重要的新闻线索，是有关中毒事件内幕的，如果你感兴趣，请明天上午九点到静心茶楼。事关重大，请你务必一个人前来。再见。"

赵耀听完这个电话，倦意一下子全消了。他隐约预感到事情越来越复杂了，中毒事件的背后一定隐藏着什么极其重要的情况。

引火烧身

第二天上午九点，赵耀独自一人准时来到静心茶楼。这时茶楼刚刚开门，里面静悄悄的。赵耀一眼看到墙角边一张桌子前，坐着一位身材袅娜、穿一件高档黑色羊绒大衣的年轻女子。赵耀心想，这位可能就是约他前来的那个神秘女人，便径直走了过去。他来到那女子跟前，亮了亮自己的记者证。女子冲他点了点头请他坐下。

赵耀看着面前这位脸色苍白、神情紧张的女子说："小姐，你有什么事儿请讲吧。"

那女子沉吟了片刻，给赵耀讲了一个令人震惊的内幕消息。

原来，这位女子名叫丁艳丽，几年前大学刚毕业便被王氏集团高薪聘请，现任王氏集团下属最大的企业塑料制袋厂的技术副厂长。近一段时间，丁艳丽发现王氏集团为了追求高额利润，竟然大量收购废旧塑料作为原料，其中有很多是医院用过的废弃物，他们不经任何技术处理就把这些东西一起粉碎，然后加工成各种塑料袋出售。丁艳丽知道现在很多人喜欢把塑料袋当食品袋用，还有一些卖小吃的地摊老板，为了省事爱将塑料袋套在碗上。如果这些塑料袋含有毒成分，将对群众的身体健康非常有害。丁艳丽把厂里用废塑料生产的塑料袋，偷偷拿去进行了化验，结果令她大吃一惊，除在不少白色的塑料袋上查出了很多有害病菌外，个别塑料袋上竟含有剧毒"汞"的成分。丁艳丽是搞化工专业的，她非常清楚事情的严重性，马上向总经理王连荣汇报了情况，谁知王连荣听了汇报根本不以为意。

丁艳丽害怕一旦出了大事儿，自己负有不可推卸的责任，于是，她只好偷偷向市技术监督局写了举报材料。没曾想举报材料很快就落到了王连荣的手里，幸亏丁艳丽多了个心眼儿，举报材料是用电脑打印的，并且没有署名。王连荣知道有人举报他，当时大发雷霆，传出话来，要是让他查出来是谁干的，非把他扔到粉碎机里绞成肉酱不可。这一次，丁艳丽算是领教了王连荣的厉害。就像王连荣说的：在新州，他王某是个吃青砖屙大楼、吃钢筋屙爪钩的人物，就是放个屁，墙上也得掉块皮。丁艳丽非常了解王连荣，他是个心狠手辣、什么事儿都敢做的人。丁艳丽后怕了，她向王连荣提出辞职，结果遭到王连荣的断然拒绝，并阴森森地威胁丁艳丽，只要她离开大王庄一步，就等于交了户口本了。丁艳丽明白王连荣开始怀疑自己了，她注意到王连荣派人在暗中盯她的梢，意识到自己处境非常危险,说不定真要把户口本交给王连荣了。这次，她向王连荣请假说自己病了，需要到市医院检查，几经周折才来到这里。

赵耀听完这些简直不敢相信自己的耳朵。他知道王连荣坏，但没想到他会坏到如此程度，这不简直成了黑社会了吗! 赵耀有点不可思议。他甚至怀疑这个叫丁艳丽的女人是王连荣派来的，因为大王庄曝光的事，王连荣一直耿耿于怀，会不会他们借中毒事件，设个圈套让自己钻，最后落个报道失实、诬陷他人的罪名? 赵耀想到这儿，笑了笑对丁艳丽说:"冒昧问一句，你是怎么知道市中心医院发生了中毒事件? 你怎么就能确定中毒的人跟你们厂生产的含汞塑料袋有关呢?"

丁艳丽疑惑地看了赵耀一眼，说:"我舅舅是市中心医院住院部内科病区的主治大夫，他叫曹为民，不信你可以去打听。昨天上午我去找舅舅看病，是他告诉我的。当时，我只是有点怀疑，并不敢肯定。我给你们打电话是想通过你们新闻媒介引起领导的重视。晚上，我又给舅舅打电话询问情况。他说省里的专家已经查出了病原体,是'汞'中毒。当时我吓坏了,就找到你家的电话号码,给你打了个电话,那时你没在家。"

赵耀听完丁艳丽的解释,想起了那个曾阻拦他们拍摄的高个曹大夫,觉得丁艳丽没有说谎,但他仍不放心,又接着问:"听说王连荣对下属照顾得都很好,想必他对你也不错吧?"

"他对我是不错,给我的年薪八万。"

"那你为什么还要铤而走险举报他呢?"

"我知道你不相信我。你去大王庄采访一定听附近老百姓说过的那句顺口溜:化工厂,王连荣,贪官污吏棉铃虫。我是一个有良心的人,钱不可能将一个人的良心买走。如果你也害怕引火烧身的话,我刚才给你说的一切你可以把它忘了,算我自作多情,有眼无珠看错了人。"丁艳丽说完起身拿上包,气咻咻就要走。

赵耀赶忙起来拦住丁艳丽,赔笑说:"丁小姐请坐。我误解你了,情况复杂,我不得不如此。请问,你为什么会找我?你觉得我能靠得住吗?"

丁艳丽坐回到座位上,脸色更加苍白:"我每期都看你主持的《镜头聚焦》节目。我感觉你是一个有正义感、不畏权势、敢为民请命的人。特别是那天你去大王庄采访,跟王连荣的那番争辩,我觉得你靠得住。如果连你这样的人都靠不住的话,这座城市就彻底完了!"

赵耀听完丁艳丽的这番话显得格外激动:"丁小姐过奖了,请你相信在这座城市里好人还是多数。你把证据带来了吗?"

"没有,它是我的护身符。在没找到信得过的人之前,我不会轻易拿出来,如果你需要,今天晚上十点在新州公园后门我给你。"丁艳丽说着,用极其信赖的目光看着赵耀。

赵耀非常感动,凝重地说:"谢谢你的信任!你回去要多加小心。"

丁艳丽点了点头,接着小声说道:"一旦我有不测,你就去找一个叫张涛的年轻人,他是我们厂的化验员。"丁艳丽说完这些,忧心忡忡地走了。

送走丁艳丽,赵耀看看表已经十一点半了。他想了想,拨通了白露的电话,将这一重要情况给她说了一遍,请求她尽快组织人全市收查含汞塑料袋。白露开始不相信,经赵耀再三解释和保证,白露说:"全市查含汞塑料袋需要几个部门的配合,这要经市主管领导的协调才行,这都几点了,最快也要等到下午上班以后。"

赵耀焦急地说:"一定要快,时间就是生命!"赵耀放下电话,匆匆在街上吃了点饭就赶到了卫生局。

白露在办公室忙得鼻尖上冒汗,连午饭也没顾上吃,不停地打电话联系,一直到下午三点各部门人员才集合齐,查封行动终于开始了。

五六个部门,两百多人经过一下午的折腾,查封、化验,但最终没有查出一个含汞的塑料袋。

白露埋怨赵耀说:"你是从哪得来的小道消息,一点证据都没有,捕风捉影,忙中添乱!"

赵耀不服气地说:"我今天晚上就能给你拿到证据。"说完走了。

晚上十点,赵耀准时来到新州公园后门。这时,天空飘起了雪花,在橘黄的路灯映照下,雪花纷纷扬扬,五颜六色,很美。此时赵耀哪有兴致欣赏雪景,他走进公园,见里面游人很少,只有一两对热恋情人,不畏风雪,依偎在塔松下,卿卿我我,倾诉着绵绵情话。触景生情,赵耀的脑海里突然闪现出了白露那张冷艳的面容。他叹了一口气,又觉得自己很可笑，想这些干啥！他点上一支烟，找了一处避雪显眼的地方，等着丁艳丽的到来。

赵耀在寒风里足足等了半个多小时，也没见丁艳丽的人影。这时，公园里已是人去园空，死寂沉沉。赵耀知道离后门不远的地方，有一片松树林，林中设有石椅供游人休息。赵耀心想丁艳丽可能会在那里等他，便起身摸黑走了进去。走进松树林，趁着夜色，赵耀看到一个人坐在石椅上。他立即走了过去，果见丁艳丽围着一个大围巾一动不动地坐在那儿。赵耀喊了声："丁小姐。"这时就见丁艳丽身子慢慢向一边倒去，赵耀急忙上前扶住她。这一扶，赵耀才感觉到丁艳丽身体僵硬，已经死了，他的手上粘满了血。就在这时，突然从黑暗处钻出两个警察，上来不由分说就把赵耀摁倒在地，其中一个扯着嗓子大声喊道："快来人哪！有人杀人了！"凄厉的喊声撕破夜空，在寒风中回荡，惊得赵耀魂飞魄散。

孤立无援

赵耀很快被押到了郊区公安分局。来到公安局，赵耀倒踏实了许多，心想反正不做贼心不虚，有理总是能说清楚的。

负责审问他的是刚才那两个警察。瘦长脸记录完赵耀的姓名和身份后，就冷着脸审讯道："说！你为什么要杀人？老实交代！"

赵耀坚决否认："我没有杀人，你们凭什么说我是凶手？"

旁边的大高个一听，走过来凶狠地一把揪住赵耀的头发往上一拎，接着朝他肚上就是几拳，恶狠狠地骂道："你他妈放老实点，这是公安局，不是你们电视台，可以胡说八道。"

赵耀哪受过这种罪，疼得直咧嘴，大声喊叫："你们这是刑讯逼供，我要告你们!"大高个举拳又要打,瘦长脸伸手拦住,对赵耀说:"像你这种人是不会轻易承认的。我警告你,你是当场被捉,赖是赖不掉的。我们的法律是重证据轻口供,你就是死不承认照样能定你的罪。"说完,冲大高个递个眼色。大高个过来搜走了赵耀的手机,又把他的皮衣扒下来,然后解掉他腰上的皮带,拽着他出屋来到楼梯口,将他一只手铐在楼梯扶手上,说:"你小子先在这儿凉快凉快,好好清醒清醒,想好了说一声。"

赵耀愤怒地大喊:"你们这是变相体罚,是违反条例的行为!"

大高个狠狠地踹了赵耀一脚:"你再叫我给你打个背铐。"

赵耀知道现在只能吃哑巴亏,就憋住不吭声了。

大高个回到屋里。停了一会儿,他和瘦长脸出来,商量着要出去吃夜宵。赵耀见他们走出了大门,这才活动了一下快要冻僵的身体,强忍着疼痛艰难地坐到了楼梯台阶上。这时,赵耀头皮发麻但头脑非常清醒。他把事情的前前后后仔细想了一遍,认定是王连荣发现了他和丁艳丽的接触,害怕事情暴露,来了个一箭双雕,既杀人灭口又嫁祸于人。看来他们是早有预谋,情况对自己很不利。现在,丁艳丽已经死了,死人不会说话,要是自己再身陷囹圄,那中毒事件的内幕就永远水覆尘埋不会被人知道了。他觉得眼下关键是要拿到证据,不然,自己将死无葬身之地。

赵耀想到这儿,腾地站起来就要走,可忘了自己被铐在楼梯的扶手上,疼得他一下子又蹲到了地上。

这时,大高个和瘦长脸拿着吃的东西回来了。两人检查了一下赵耀的手铐,见没问题,就骂骂咧咧进屋了。赵耀等他们进屋关了门便开始考虑怎样逃出去。他想找一个细长的硬东西捅开手铐,可浑身上下翻遍了也没有一样东西能用。这时赵耀冻得直哆嗦，他一只手抱紧双腿，缩成一团，继续想着怎么弄开手铐。他猛地想到了自己的鞋上有一个铜制的商标，便赶紧将它掰下来用嘴捋直，插进手铐的钥匙眼里，但捅了半天，手铐却越弄越紧，赵耀急了一头汗，手都累软了手铐还是打不开，最后铜片也断到了锁眼里。这下赵耀彻底绝望了。他气得用力想挣断手铐链。也算苍天有眼，赵耀在狠命地挣脱手铐链的时候，突然发现楼梯扶手摇动起来，一看，他发现扶手钢管有一个焊缝，日久生锈，经他用力一拽就开始松动了。赵耀欣喜若狂，使出吃奶的劲又连续拽了几下，钢管终于断裂弯曲了。赵耀将手铐套出来，悄悄跑下楼，找到一处墙矮的地方翻过去，发疯般一口气奔了好远，直到奔得一点劲都没有了才停下来，看见旁边有一个建筑工地便躲了进去。

天渐渐亮了。在一个没有封顶的房子里，赵耀缩在一个墙角，思来想去觉得现在只有李国栋书记能救自己了。于是，他顾不得危险又跑到了大街上。他见路边有一个小卖部已经开门，就将戴手铐的手藏到毛衣里走了过去。他对小卖部的老太太说，他是被坏人打劫了，急需要打一个电话。老太太看他挺可怜的就答应了。赵耀直接拨通了李书记的手机。等了很长时间，李书记才接了电话。一听到李书记的声音，赵耀激动得止不住泪流满面。他简略地将情况跟李书记说了一遍。

李书记听完后，非常气愤，安慰赵耀说："你不要害怕，有我在没人敢把你怎么样。你现在在哪里？"赵耀把自己的位置说了一遍。最后李书记说："你在那不要离开，我马上派我的车去接你，你先来我办公室。"听完这句话，赵耀早已感动得泣不成声。放下电话，赵耀总算长长出了口气。这时，他觉得有必要再给白露打一个电话，一来向白露证实自己的判断是对的，二来通过这几天的接触，赵耀似乎对白露又燃起了昔日的旧情。

赵耀很快拨通了白露的电话。白露一听是赵耀吃惊地说:"赵耀,你吃了熊心豹子胆了,捅出这么大的漏子,全城的警察都在抓你,光我家就来两次了,到底是怎么回事?"

赵耀没想到他们会在全城抓捕他,平静地说:"你不要相信他们的鬼话,我是冤枉的。"

白露语气严厉地说:"既然冤枉你跑什么呀?事情终会弄清楚的。我劝你最好现在就回去自首!"

"你不了解里面的内幕,他们是要置我于死地,你放心,我已经给李书记打电话了,他马上派车来接我。我很快会让中毒事件的内幕大白于天下。"

白露听完停顿了一会问:"你现在在什么地方?"赵耀将自己的位置告诉了白露。白露说:"那好吧,我一会去李书记那里,咱们见面再说。"

赵耀放了电话感觉肚里不舒服,向老太太要了张手纸,急急忙忙跑到建筑工地里找地方方便。等他方便好出来,老远看到小卖部前有三个年轻人正在询问老太太,赵耀没敢贸然走过去。他又向四周看了看,只见远处停着两辆轿车,其中一辆正是王连荣的那辆牌照是 F11111 的豪华本田。这时,只见老太太朝建筑工地指了指,三个年轻人转身就向这边跑过来,边跑边掏出了手枪。赵耀顿时就吓出了一身冷汗。他来不及细想,拔腿就跑。

赵耀跌跌撞撞逃出建筑工地,一头钻进农民的麦秸垛里才算躲过了追捕。一直等到天黑,他才敢从麦秸堆里爬出来。面对眼前的事实,他简直懵头了。他躲的地方只有李书记和白露知道,是谁告诉王连荣的?!他感觉身后好像有一只硕大无朋的黑手,随时准备卡住他的脖子。

赵耀禁不住打了个寒颤。此时此刻,他似乎意识到自己已陷入了孤立无援的境地,看来现在只能是自己救自己,只有尽快拿到证据才能转危为安。他想与其在追捕中被他们打死,倒不如铤而走险,跟他们拼了。想到这儿,赵耀毫不畏惧地向市区走去。

他悄悄来到摄像小王家,小王一见赵耀也是吃惊不小。赵耀严峻地对小王说:"时间紧迫,我把事情的内幕简单给你说一遍。"赵耀将事情的经过讲完后,对小王说,"小王,请你相信我赵耀的人格,现在我急需要你的帮助,这关系到千万条人命和已经死去的人的冤魂!"

小王听完赵耀的一番话,在异常震惊的同时,被赵耀身上的那股浩然正气所震撼了。他没再问什么,急忙帮助赵耀砸开了手铐,又给他弄了点吃的,最后将一台红外线微型摄像机递到了赵耀手中。临走时,小王非要跟赵耀一起前去不可。赵耀感动得紧紧握着小王的手,含着泪说:"谢谢你,好兄弟,我希望你能好好活着。如果我回不来,你一定要想办法把中毒事件的内幕公布于众,大白于天下,我死也瞑目了!"说完,赵耀毅然离开了小王的家,他要冒死取证,夜闯大王庄。

苍天在上

夜幕下的大王庄就像一座兵营,进出庄里的每一个路口都设有卡子,并有手持警棍的保安把守,戒备森严。

赵耀对大王庄的情况还是非常了解的,大王庄原来在郊区的十几个自然村里并不算富。自从王建忠当上村支书以后,利用大王庄的地理优势,光几次卖地就使村里收入了几千万元。他很会笼络人心,不但给村民分了不少钱,还给村里修了路,建起了幼儿园和敬老院,每家每户都搬进了宽敞的小楼。王建忠凭着社会上的关系和雄厚的资金大搞村办企业，经过十几年的苦心经营，大王庄已经发展成为全省赫赫有名的都市村庄了。虽然王氏父子在村里很霸道，但村民们感激他给大伙发家致了富，因此大家都敬重和袒护他们，有的甚至还奉王建忠为庄主。

赵耀在庄外转了几圈都无法进入庄里，正在无计可施的时候，见一辆大货车从远处开了过来。赵耀赶忙藏到了路边。说来也巧，大货车离赵耀几米远的地方停了下来，原来司机尿急下来解手。赵耀见机会难得，趁司机不注意悄悄爬上了货车，躲到帆布下面。司机解手后，启动车子，毫不费力地通过了卡子。货车在庄里七拐八绕了好一会，最后停到了靠近大山森林处的一个大货场里。停了会儿，赵耀从帆布堆里探出头，他想看看自己在什么地方。这一看，他不由一阵欣喜，心想真是苍天有眼，你王连荣的末日就要到了。原来，这里正是王连荣的废料仓库，这时，两台挖掘机已经挖出了一个大坑，王连荣正吆五喝六在指挥往坑里填埋有毒塑料袋和废料。他想毁灭罪证！赵耀赶忙打开摄像机，调好焦距开始拍摄。赵耀正在全神贯注拍摄的时候，身后突然"噌噌"冲上来几个人，猛地掀掉帆布，连拉带拖把他从车上拽了下来。赵耀心里叫一声：坏了！肯定是摄像机上的红色显示灯让他们发现了。不等赵耀想清楚，几个人就把他架到了王连荣的面前。

王连荣一看到赵耀就奸笑道："嘿嘿，我料到你会来，你还果真来了，还拿着摄像机，这可是个好东西，可惜啊，可惜。"说着，他一把夺过赵耀手里的摄像机，观赏了一下，然后，一扬手扔到了大坑里。

赵耀一见破口大骂："姓王的，你别嚣张，天网恢恢，疏而不漏。看你能猖狂到几时！"王连荣狂笑道："哈哈，想跟我斗，别说你一个小小记者，在新州就是天王老子也惧怕我三分。今天你是自寻死路，休怪我王某心狠！来呀，给我好好招待这位赵大记者！"王连荣话音一落，几个打手就拳脚交加，棍棒齐下。赵耀开始还能挣扎，一会儿便口鼻流血，昏死过去。

王连荣一摆手，示意手下住手，说："别打死他，把他先送到山边招待所里慢慢招待招待。"

几个打手丢下棍棒刚架起赵耀准备走时，只见一辆白色红旗轿车风驰电掣般冲了过来，打手们一见慌忙扔下赵耀纷纷躲避。红旗轿车在赵耀身边戛然停住，车门一开，白露从车里跳了出来。

白露怎么会突然来到这里？原来今天上午她接到赵耀的电话，马上开车赶到那里找来找去，不见赵耀的人影。白露心急如焚调头就去市委找李书记，她想李书记肯定已把赵耀接走了。可见到李书记，李书记却说什么都不知道。白露顿时就懵了，她弄不明白这究竟是怎么回事。白露预感到事情非同小可，就马上将情况给叔叔白剑锋作了汇报。白剑锋听后，心情沉重地说："看来黑幕的一角终于撕开了。这个情况很重要，我马上给省委主要领导汇报。"说完，他又再三叮嘱白露，"一旦赵耀跟你联系，一定要把他送到我这里，千万要保护好他！"

白露整整等了一天，也没见赵耀跟她联系。到了晚上，正当白露焦急万分的时候，突然接到小王的电话，说赵耀一个人去了大王庄。

原来，赵耀走后，小王非常担心，但情况复杂，他又不敢跟任何人说。后来，他想到了白露，他知道白露跟赵耀以前的关系，认为眼前也只有白露能帮赵耀。于是，小王就给白露打了个电话，说现在赵耀处境非常危险，他希望白露能帮助赵耀。白露听到这个消息，又惊又喜，她扔下电话，就开车直奔大王庄。路上，她给叔叔白剑锋挂了个电话，说明了情况。白剑锋嘱咐白露一定要冷静，稳住局势，他马上就到。

这时，王连荣见是白露便笑着迎上前去："我当是谁呢，敢夜闯我大王庄，原来是白局长。局长大人，夜晚到此，有何贵干？"

白露没理王连荣，她赶忙搀起赵耀。这时赵耀似乎清醒一点，他看了眼白露又昏了过去。白露强忍怒火，她不想跟王连荣多费口舌，她觉得现在首要的先把赵耀解救出来送进医院。王连荣上前拦住白露："白局长，现在赵耀可是个杀人犯，你无权带他走！"白露针锋相对说："他是不是杀人犯，由法律定，你凭什么扣人？还私自用刑！你这不也是犯法吗？"

"你……"王连荣一时语塞，他恼羞成怒地耍起蛮来，"我说不让带走，就不让带走，这儿是大王庄，我说了算！""嘿嘿，"白露冷笑道，"大王庄怎么啦？难道它不归共产党管？你算老几，敢这么说话？！"

王连荣见说不过白露，顿时凶相毕露地骂起来："妈的，你敢顶撞我，嘿嘿，今晚只怕你进得来就别想出去！"说罢，他就指挥打手上前动武。白露毫不畏惧地护着赵耀，双眼喷出怒火逼视着王连荣。

就在这危急关头，突然听场外一阵大乱，几十名持枪武警冲了进来。王连荣一看不妙刚想溜走，早被武警绑了个结实。王连荣气急败坏地叫喊："你们是谁派来的？你们竟敢绑我！告诉你们，你们打不倒我！"这时一名武警一脚把王连荣踹倒在地，王连荣趴在地上还在不停地喊叫。白剑锋走过来威严地对王连荣说道："王连荣，你就是喊破天也没用。你的末日到了，现在谁也救不了你。"王连荣斜眼一看是白剑峰，他的身后还有公安局长，顿时蔫了，耷拉下脑袋，再也不吭声了。

几天后，在市中心医院的病房里，白剑锋带了一帮人来看望赵耀。白剑锋激动地握着赵耀的手说："赵耀同志，你是新州的英雄，我代表新州市的人民感谢你。我告诉你一个好消息，经省委批准，李国栋和王建忠已经隔离审查了。十几年前，李国栋还是土地局局长的时候，就和王建忠通过征地卖地就开始互相勾结，权钱交易。他们以为在新州已经营造了一个攻不破的堡垒，可他们不知道邪恶永远是敌不过正义的。"

赵耀躺在床上关心地问："白市长，中毒病人的情况现在怎么样了？"

"病情已基本得到控制。我们已向邻近省市发了紧急通报，你放心，传染源不会再扩大了。"白剑锋说完这番话，若有所思地接着说道，"白色污染并不可怕，可怕的是我们的官心和民意一旦受到污染，那后果将不堪设想！"

这时，白露从外面风风火火地闯了进来，一看到白剑锋忙把手里拿的东西藏到了背后。白剑锋看了眼白露又看了看赵耀，知趣地领人告退了。

白露走到赵耀面前，笑着说："你猜我送你的是什么东西？"

"花儿。"

"什么花儿？"

"红玫瑰！"赵耀肯定地说。

白露此时无可奈何地摇了摇头说："真拿你没办法，你还是老样子，永远那么自信。"说着从背后亮出一束玫瑰花儿。

赵耀接过玫瑰花儿，闻了闻花香，说："彼此彼此。"

两个人对视了一眼，开心地笑了。

(耿忠民)

(题图：杨宏富)

别墅间谍

最近,国防工程设计科科长安得烈夫工程师收到了一封他母亲挚友的来信。信中称他乡下的母亲身患重病,正在县医院治疗,因她外出到城里办事,他母亲顺便让她替自己给儿子捎口信。信末,署上了详细的地址。

安得烈夫是个有名的孝子,接到信后,立即向保卫科长阿诺兴中校请了假,下班后连家也顾不上回,直接按来信的地址找到了那栋房子。

这是地处近郊的一栋带花园的独立小楼。他提着公文包,上前刚想敲门,不想门轻轻一推,开了。"有人吗?"他礼貌地问了一声,见屋里没人应声,他便抬脚进了门。

屋里空空的,他掏出信封,将上面的地址和这里的门牌号又核对了一下,没错。他将公文包放在桌上,从口袋里掏出香烟点燃。

这时，从门外进来一位中年女子。她一见他在房里，忙问："您找谁呀？""我，我找安娜·贝尔多丽陀夫娜。"说罢，他忙将信递了过去。中年女子接信一看，笑了，道："您就是安得烈夫吧，我叫安娜，是您母亲叫我捎口信给您。来，坐。"

"噢，"他应道，坐了下来，"这里是——""这里是我朋友的一栋别墅，他们夫妇俩去外省度假去了，所以托我照看。"安娜说罢在他身边坐下。

安得烈夫急切地问："安娜，我母亲怎么啦？她生病怎么没告诉我？"安娜一笑，说："我和您母亲是老朋友，不同的是她是医生，我是一名演员。您母亲前两天刚进了医院，是慢性肋膜炎，现在已经控制住了，您尽可放心吧。"看样子安娜是个性格开朗的人，这会，和他仿佛一见如故似的。

他俩聊了一会儿，突然安娜问道："您口袋里那鼓起的是什么玩艺儿？好像是手枪吧？"他低头一瞧，道："是手枪。"

安娜惊异地叫道："是真枪吗？"

安得烈夫被她的那种天真样逗乐了，道："当然是真枪！因为我每天带着放文件的包，所以总带着枪。"说罢，自豪地在腰间拍了拍，"你问这干吗？"

安娜道："我演过不少电影，拿过很多枪，但那都是些假枪，真枪连什么样子都没见过哩。"

安得烈夫从口袋里摸出那支白郎宁手枪，安娜连忙后退道："请您别拿着它，它会打死人哩。"安得烈夫"哈哈"大笑，说："你不勾扳机，枪怎么会打死人？"说着，他把枪递了过去。安娜满是惊喜地望着那支手枪，慢慢地接了过去。安得烈夫提醒道："你千万别碰扳机呀。"

安娜将那把手枪在手中把玩着，突然，笑容从脸上消失了，她向后推开座椅，迅速地站了起来，严肃地说："工程师同志，现在我们来谈点正经事吧。"

"什么?"安得烈夫惊愕地瞪着她。安娜立即用枪逼住他:"别动!""开什么玩笑!"他有点生气地站了起来。"谁跟你开玩笑,"安娜仍旧用枪指着他,"要知道,我一枪能打碎扔到半空中的硬币,最好别逼我开枪!"安得烈夫看着黑黝黝的枪口傻眼了,问道:"你是——"

中年女人道:"第一,我不是安娜;第二,我也不认识你的母亲,我只是弄到一点点关于她的消息,因为我是奉命来取你的文件包和你这条命。"安得烈夫顿时呆坐在椅子里,但他很快清醒过来,道:"你不敢开枪,只要我一叫喊,周围就会有人来了。"

中年女人冷笑一声:"别做梦了。周围没人,这是我特意挑好的地方。我奉劝你好好和我们合作,我们不会亏待你。"

安得烈夫此刻已经完全明白对方是什么人了,他泄气地问:"怎么合作?"中年女人又笑了,说:"只要求你将这些绝密文件卖给我们,这样我们不但不会杀死你,反而会给你在国外银行开个户头……"

她的话还未说完,安得烈夫本能地将那只文件包抱在胸前,惊慌地说:"不行!这些都是国防绝密文件,丢了它我也会掉脑袋。""嘿嘿,"中年女人笑道,"现在你不给我也会掉脑袋。我看你还是跟我们合作的好。好,现在就请你写一张纸条。"

安得烈夫抱紧文件包的一双手无力地松了下来,沮丧地问:"什么纸条?""写一张这包里文件的清单和收到酬金的条子,这张条子会使你和我们合作得非常愉快。"中年女人得意道,"你要是不写,今天就是你生命的终点。你有笔吗?""我,我什么也没有。"

中年女人右手握枪,左手到衣袋里掏笔。机不可失,时不再来。安得烈夫猛然叫了一声:"看后面!"她本能地转过身去,安得烈夫纵身向她扑去,从她手里夺下了枪,喝道:"举起手来。"

中年女人一愣,随即"格格格"地大笑起来,直笑得安得烈夫丈二和尚摸不着头脑,奇怪地问:"你笑什么?"中年女人边笑边说:"我笑您真有趣。您以为刚才都是真的吗?看把您吓成这个样子。"安得烈夫仍不放松警惕地握着枪,问:"你刚才说什么?"中年女人极力忍住自己不再笑下去,说:"我只不过和您开了个小小的玩笑罢了。您知道,我是个演员,最近我刚接了个片约,扮演片中一个女间谍。就在您来之前,我还在这间屋里排练过一次哩。"

安得烈夫疑惑地看着她,说:"我不信。"

"您不信?"安娜从衣兜里掏出一封信,道:"这是您母亲让我亲手转交给您的。刚才可真有趣,有趣极了,简直比演电影还过瘾哩。"安娜说罢,将信递了过去。

安得烈夫小心地接过一看,是其母亲的笔迹,便长长嘘了口气,道:"安娜·贝尔多丽陀夫娜,刚才你可演得真像那么一回事。"安娜自信地说:"那当然,否则能当演员吗。哎,您可别再把枪对着我,闹不好不知不觉给我一枪,因为您太受刺激了。"

安得烈夫不好意思地笑了,他把枪随手放在桌上,一只手按在枪上,另一只手展开信纸。安娜颇为责怪地说:"工程师同志,您太大意了。怎么可以随便将密件带在身上,而且还到郊外和一个陌生女人会面?"

安得烈夫脸蓦地红了,嗫嚅道:"我着急,我,以为母亲病得很重。"安娜提醒他道:"可您是一位苏联工程师,不能这样大意。"

"是的是的,"安得烈夫边看信边应承着。过了一会儿,他放下信纸,问,"我母亲真的没事了吗?""也许很快就能下地走路了。"安娜说着话,禁不住又"格格"地笑起来。

安得烈夫不解地问道:"你又笑什么?"

安娜说:"我现在脑袋里又冒出个怪念头。我想,如果我再向您要枪,您肯定不敢给我了。""得了得了,不要再开这种无聊的玩笑了。"安得烈夫折好信纸,装进口袋。

安娜似乎是一个偶然的动作,将桌上的文件包碰掉在地上。安得烈夫忙弯腰去捡。说时迟,那时快,安娜一把将桌上的手枪抓在手中,身子随即向后敏捷地跳开,枪口直指满脸困惑的安得烈夫,吼道:"举起手来,举起来,否则我开枪了!"

安得烈夫有点厌烦地说:"安娜,现在不是拍电影,快把枪还给我。"中年女人语气里充满了威胁,道:"你再也得不到枪了,你再也不能用突然的叫喊来骗我。"她持枪和他保持着一定距离,说道,"皮包,快把皮包给我!"

安得烈夫简直被这戏剧性的变化闹糊涂了,他递过文件包,眨巴着两眼,问:"喂,你这是开玩笑还是……"

中年女人打断了他的话,命令道:"别浪费时间了,快写纸条。""难道这是真的了?""当然,"中年女人似乎在煽动他,"其实很简单,你只要按时给我们提供文件,我们是不会吝啬金钱的。再说,你们设计院里也不止你一个人为我们干事,他们会协助你工作的。"

安得烈夫道:"你别骗我。设计院的人我都认识,谁会替你们干!""格列尔。"中年女人自知说漏了嘴,忙打住说,"快写纸条吧。"

安得烈夫突然间镇定下来,他跷起二郎腿,掏出一支烟点燃,悠闲地吐着烟圈,慢条斯理地说:"要是我不写呐?"中年女人显然被他这种神态激怒了,喝道:"你不写,我打死你照样可以取走文件。"

安得烈夫"哈哈"朗声大笑起来,"恐怕那支枪不听你的指挥吧。"

"什么?"中年女人勾动了扳机,没动静,她有点绝望地接二连三勾动扳机。安得烈夫劝道:"别瞎费劲了,枪里没有子弹。"

"啊——"中年女人顿时如抽去脊梁的狗一样瘫坐在椅子里,惊问:"你,你是——"安得烈夫站起身,从中年女人手里拿过手枪,一字一句地说:"自我介绍一下,我,国防工程保卫科科长阿诺兴,很高兴你给我们的情报。"中年女人忽地站起身想向门外跑。"没用,这座房子早就被包围了,你还是乖乖地跟我们走吧。"

中年女人仍不死心地问:"你不是阿诺兴,我们是将信直接寄给安得烈夫工程师的。"

阿诺兴笑了,说:"安得烈夫说他今天脱不开身,所以我替他来了,我想你大概不会抗议吧。"说完,他向门外叫了一声,立即从外面进来两名精悍的年轻人。他向中年女人一挥手,笑眯眯地说:"走吧,演员同志。忘了告诉你,我也是一名业余电影演员呢。"

(冯　源)

(题图:李　加)

夜走鬼谷

在连绵起伏的群山中,有一个名叫山头窝的村子。自古以来,山头窝的人要到山外去,只有两条路可走,一条要翻越大大小小共八个山岭,约有三十来里;另一条是段裂谷,才五里多点。然而山头窝的人都情愿翻山越岭走那条绵延几十里的崎岖小道,很少有人抄近去走那段裂谷。古时候,那段裂谷曾经给山头窝的人带来过很多方便,到了1943年,来了一队新四军,在这里和东洋矮子打了一仗,谷中死了好多人,都就地掩埋了。山里人讲迷信,好多人怕鬼。从此,一两个行人再也不敢进这段裂谷,最少也得五六个人结伴而行。渐渐的,裂谷变得荒芜了,各种鸟兽爬虫出没在这儿,裂谷变成了名符其实的"鬼谷"。随着岁月的流逝,鬼谷中不断增添各种恐怖的传说。有人黄昏时过鬼谷,听见了凄惨的鬼叫;有人天黑时过鬼谷,看见了绿黝黝的鬼火……鬼谷中笼罩着一层又一层扑朔迷离、神秘莫测的色彩。

转眼到了八十年代，随着农村政策的开放，山头窝人的腰包渐渐鼓了起来，人们总爱用钱打赌。可不，养鸡大户黄秀枝曾当众甩出过两张一百元的大票子，声称谁要是能独身一人在太阳下山时从鬼谷走一遭，这两百块钱就归他了。结果，山头窝一百多号人，竟没一人敢动，只能望着那两张崭新的票子暗暗咽口水。

然而，黄秀枝怎么也没想到，就在她打赌后的第三天，一个漆黑的夜晚，她一个四十来岁的山村女人，被迫要独走一趟鬼谷了。

那天傍晚，黄秀枝干活回来，顺手操起一份新到的"信息报"看起来。忽然有条信息把她吸引住了，说是本县良种禽畜场，新近到了一批良种鸡，每年产蛋300枚以上，现在有货对外供应。黄秀枝第二天就起了个早，赶了几十里山路来到镇上，搭上了开往县城的公共汽车。可是归途中，汽车发生了故障，司机鼓捣了近两个小时才把车子开动。等她回到山脚下时，太阳早已落了山。她望着灰蒙蒙的天空和黑黝黝的大山，心里十分焦急，心想，今夜必须赶回家中，不然担子里的小鸡由于一天的颠簸、拥挤和饥渴，说不定会全死光。但是，山路这么长，挑着担子摸黑行走，少说也得三个小时才能到家呀。夜里的山风又冷，万一小鸡受不了这温差的强烈变化，后果也不堪设想。为难之中，她想到了鬼谷，那使人一听就心惊肉跳的鬼谷。她认定自己别无选择，要保住担子里的这些活宝，早点回到家里，只有鬼谷这条路可走，但鬼谷毕竟太骇人了。她望了望眼前黑乎乎的群山，心想，就算不走鬼谷，这么大的山，黑灯瞎火的，她一个人走也同样要担惊受怕。想到这里，她把心一横:走鬼谷!

夜色越来越浓，山路只能勉强地分辨出来。黄秀枝一路上尽量克制着自己不去想鬼谷，然而随着鬼谷的谷口越来越近，她的思绪就越来越难以摆脱鬼谷的纠缠。她读过初中，知道鬼火就是磷火，也不相信世上有鬼,但此时她的脑海里却满是从没见过的鬼火和从没听过的鬼叫。她抬头望了望山顶,已经分不出山和天了。凭她的经验,知道再过半个钟头,翻越过这座山岭,就要进入鬼谷了。她感到头皮一阵阵发麻,腿肚子也微微地颤抖起来。这时候,她多么盼望能有个伴啊,哪怕有只狗在身边也好。她甚至荒唐地希望山顶上此时也有一个同她一样想过鬼谷的人,正坐在那儿等人做伴。蓦地,她感至眼前豁然一亮,月亮出来了,她惊喜地向山顶望去,一个新的奇迹使她欣喜若狂——一轮圆月挂在山尖上,灰蓝色的天幕下,一个人影在山脊上蠕动,被月亮衬得十分清晰。那人影的手中,还有团亮光一闪一闪的。

黄秀枝怀疑自己的眼睛看花了,揉揉眼睛再看,没错,是人,拿着手电。黄秀枝激动得心里怦怦直跳,不管三七二十一,把手拢到嘴边就喊了起来:"喂——上面是哪个?等等我——"

山顶上的人影和亮光晃了几晃,停住了。显然,那人听到了她的喊声。

"等一等,"黄秀枝不失时机地又补充了一句,"我也是回山头窝的。我是秀枝,等我一起走。"

按说那人应该很高兴,在这种时候,谁不想找个伴一起过鬼谷呢?可是奇怪,黄秀枝喊声未绝,那人却又开始移动了。从位置上判断,他马上就要下坡了。

黄秀枝好容易抓住一根救命稻草,岂可放过。她冲着山上拼命呼喊起来:"喂喂,你别走呀!等一等,我马上就上来了。求求你,千万等等我。你大概不是本地人,不知道这里的情况,前面就是鬼谷啊!求你等等我……"

谢天谢地,人影总算没再往前走。黄秀枝浑身来了劲,加快步伐,不过十多分钟,就登上了山顶。然而,山顶上的景象使她足足惊讶了半天。

山顶上，月光淡淡地洒在岩石和草木上，分外幽静。黄秀枝朝手电光的方向一望，只见手电被卡在一棵小树的树杈上，电筒下似乎还压着一张纸条。但是人呢？黄秀枝环顾四周，喊了几声，见没人应，就走到小树旁，取下手电和纸条。借着手电的光亮，她看到纸条上写着几行钢笔字：

如果你认为我对你不会有什么威胁的话，那就进谷吧，我就在你的前面。

——一个刑满释放的强奸犯

"啊？！"黄秀枝这一惊非同小可，差点连手电也丢了，她喃喃地说道："难道是他，颜真良！"

她失神地站在那儿，仿佛痴呆了一般。突然，她几步奔到担子前，抓住扁担往肩上一搁，喊了一声："颜真良，你等等！"便发疯般的向鬼谷赶去……

颜真良是什么人？他为什么不愿和黄秀枝结伴而行？他又怎么是个强奸犯？事情还得从头说起——

颜真良和黄秀枝是邻居，他俩从小青梅竹马，是一对很要好的小伙伴。颜真良的家庭成分是地主，小伙伴们都叫他"地主崽"，只有黄秀枝从不这样叫他。后来，黄秀枝上了初中，而颜真良因为成分不好未能进入初中，两人就分开了。但这两个天真无邪的孩子，节假日仍然一起玩耍。黄秀枝毕业回村后，和颜真良仍然保持较好的关系，但并不是爱情。在那个年代，哪个姑娘愿意嫁给阶级敌人，当一辈子地主老婆？何况黄秀枝的三叔刚刚被提升为公社团支部书记，她的家庭背景也不允许她嫁给一个地主崽子。所以，在众多的求婚者中，她看中了大队支书的儿子——山头窝生产队长何东方。

颜真良虽然每天只顾低头默默干活，夹着尾巴做人，但他的内心却一直暗恋着黄秀枝。尽管他也清醒地意识到这是不现实的，但仍无法扑灭心头那已燃起的爱火。黄秀枝和何东方的关系确立后，颜真良感到非常委屈、愤懑，他认定自己没前途了，命中注定要打一辈子光棍。望着村里的同龄人成双成对地出入，他的心就像一个打翻了的醋坛子，眼泪都快酸出来了。他无法忍受下去，终于，他有了一个邪恶的念头：强奸黄秀枝，然后自己站到悬崖上闭眼往下一跳……

一天夜里，山头窝北面山坳里的樟树湾放电影，何东方约了黄秀枝一起去看，颜真良也尾随而去。电影刚放了一半，广播里通知生产队长到大队部开会。何东方嘱咐黄秀枝看完电影后找个同村的人一起回去，自己就到大队开会去了。颜真良发觉时机来了，他拨开人群挤到了黄秀枝身边。黄秀枝正愁电影散场后一时找不到同村的人，一转头看见了老实巴交的颜真良，忙向他打了个招呼。电影放完后，颜真良借口肚子痛，蹲在地上不肯走，一直拖到人群散尽才慢吞吞地站起来。两人慢慢地走着，转过两道山颈，来到一段僻静的地方。颜真良呼吸变快，心跳如鼓，突然一把抱住了黄秀枝，把她掼倒在地。黄秀枝万没料到他会来这一手，吓慌了："真良，你，你干什么……""干什么？这不很明白吗！老子这辈子反正活不出头，要死也得先快活快活！"说着就去扯黄秀枝的衣服。黄秀枝一边哀求，一边苦苦挣扎，但是此时的颜真良哪里还控制得住自己……事情过去后，两人默默地站着，谁也没有说话。过了一会，颜真良忽然"扑通"一声跪在黄秀枝的脚下，声泪俱下："秀枝，我，对不起你……你打吧，尽力打，反正我是要死的人了。我害了你，干脆你把我弄死算了!"黄秀枝叹了一口气,摇摇头说:"算了,不要让别人知道就行了……"

两个月后,黄秀枝就和何东方结了婚。春节过后,他们生了一个儿子,取名何兵。

时间一晃就是六年。那年,山头窝和邻村一起共修一座水库。开山放炮时,出现了两个哑炮。何东方去排哑炮,不料,一个哑炮突然炸响了,何东方随着泥土被抛向空中,落地时早已咽了气。从此,黄秀枝带着何兵,过起了孤儿寡母的生活。队里为了照顾这母子俩,分给黄秀枝一亩多自留地。内内外外的活儿全压在了她一个人身上。两年下来,她的身体已大不如从前。

一天清晨,黄秀枝早早地起来了,她打算趁队里开工前这段空闲,送两担水粪到自留地去。她挑着粪桶来到茅厕,发现粪池里的粪少了许多,八成是昨夜叫人给偷走了。她刚想发火,但忽然想起什么,丢下粪桶,往自家自留地跑去。到地里一看,顿时什么都明白了:有人夜间帮她把粪浇好了。是谁这么好心呢?黄秀枝第一个想到的便是颜真良。

第二天深夜,黄秀枝悄悄出了家门,快到自留地时,借着朦胧的月色,她看见了一个穿背心的身影,正在她自留地里忙碌着。这是一个成熟的、透发着青春活力的、真正的男子汉的身影,这身影对寂寞了两年的黄秀枝来说,此时此刻,具有一种无法抗拒的诱惑力。她走到他的身旁,没有道谢,也没有表示感激,只是邀他到家中去喝杯茶。他去了,她家的灯随之熄灭了。

以后,每夜他都到她那儿去。这一切村里的人谁都不知道。这样,一晃又是半年。

然而,一天夜晚,颜真良刚跨进黄秀枝家门不久,门被猛烈地撞开了。

两个陌生人闯进屋，把浑身直打哆嗦的颜真良绑了就走。随后，何支书走了进来，对缩在床角的黄秀枝盯了好久，逼她到法院去告颜真良强奸。黄秀枝拒绝了，还一口表示要嫁给颜真良。何支书一气之下，到公社搬来当了公社副主任的黄秀枝的三叔，双管齐下、软硬兼施、千般威胁、百般劝说，黄秀枝招架不住，终于向他们妥协了。为此，法院判了颜真良十年徒刑。

十年劳教生涯，使颜真良恨透了黄秀枝。他发誓出去后要亲手掐死黄秀枝，以解十年之恨。可是出狱后，当他看到黄秀枝那个九岁的女儿时，他的心颤抖了。那个小女孩应该属于他啊！颜真良活了四十年，还没尝过当父亲的滋味，心灵深处不觉油然涌出一股微妙的慈爱。就在这一瞬间，他放弃了自己苦心筹划了十年的复仇计划，原谅了黄秀枝。以后每当遇到黄秀枝，他总是有意远远地避开。

然而，有一个人却不肯放过颜真良。

黄秀枝的儿子何兵今年十八岁，小家伙长了一副一米八二的大块头，一对拳头就像两只铜锤。妈妈和颜真良之间的那回事儿，他是知道的。爷爷还对他说过，他爸爸何东方就是被这个颜真良装的哑炮炸死的。受何支书的影响，何兵从小就十分仇视颜真良，恨不得一刀捅了他。可他在普法学习班上学过一阵子，知道杀人要吃枪子儿，但他决不能为此便宜了颜真良。颜真良刑满回家的消息传到山头窝后，一连几天，黄秀枝竟像丢了魂似的，丢三拉四。这些，何兵都看在眼里，气在心上。

一天，何兵在路边田里起沟，见颜真良从远处过来，故意把铲子插在路中心。这段路本来就窄，颜真良经过时不小心把铲子碰倒了，何兵顿时破口大骂："瞎了狗眼，你给老子捡起来！"颜真良见他出口伤人，心头火起，回敬了一句，扬长而去。何兵跳起来，赶上前去照着颜真良的背心就是一拳,两人打成一团。到底是何兵年轻气盛,很快就占了上风,一顿暴雨般的拳头,把颜真良打得头破血流浑身青肿,足足睡倒了一个多月。

颜真良气啊!心底那股刚刚泯灭的复仇之火又"呼"地燃烧起来。除了那个小女孩,他要亲手杀了黄秀枝全家。

今夜,在这荒山野岭中遇到黄秀枝,真是天赐良机。当黄秀枝在山下喊叫时,颜真良就已暗暗作好了准备,他折了一根木棒在手。他本不想理会黄秀枝的喊叫,先进鬼谷藏起来,等黄秀枝过来给她当头一棒。但又一转念,今夜这山中只有他们俩,谅她也跑不出自己的手心,不如让她死个明白。于是,他就写下了那张纸条,然后躲在暗处观察黄秀枝的动静。他以为黄秀枝看了纸条后会吓得转身就跑,没想到她居然急匆匆地跟进了鬼谷。看模样,似乎有什么话要对自己说。颜真良心下起疑,鬼谷里面黑黑的一片,见不到一点月光。碎石路上虽然长满了杂草,但好在比较平坦,倒也并不难走。颜真良跟在黄秀枝身后约二十米远的地方,她手里的手电成了他的航标灯。越往里走,鬼谷显得越暗,也越发使人感到毛骨悚然。一些受了惊吓的小动物在草丛中乱窜,吓得黄秀枝心惊胆颤。她觉得鬼谷到处潜伏着可怕的东西,自己随时有被撕碎吞噬的可能。她不时地用手电往前方照照,希望能照出颜真良的影子,但落入眼帘的除了岩石、杂草,就是枝叶、古藤。她终于忍不住了,朝着鬼谷深处哭了起来:"颜真良,你等等我呀,我害怕……我晓得你恨我,不愿见我,但我有句话憋在心里要对你说,你听见了吗?"然而,回答她的只是从岩壁上撞回来的回音。

不知不觉,已经到了鬼谷当间,气氛更加恐怖了,那如泣如诉悲悲戚戚的鬼叫声也似乎听得到了。黄秀枝好几次像是听到有人在低声抽泣,但停下脚步仔细一听，抽泣声又消失了。蓦然，她发现前方远处有几团绿莹莹的火球，忽左忽右、忽上忽下悠悠地飘动。"鬼火！"她惊叫一声，心下一紧，浑身直冒鸡皮疙瘩，背脊上像有人给泼上了一瓢冷水，冰凉冰凉的。"颜真良，你在哪儿？快来！快来啊……"她惊慌地叫着，将手电朝前面乱晃。

颜真良此时已经摸到了黄秀枝的背后，举起木棒打算砸下去。他见黄秀枝吓成这副样子，心里暗暗好笑。他的眼珠在黑暗中转了几转，突然改变主意，收了木棒，心想：与其打死她，不如吓死她，这样不露一点痕迹，谁也不会怀疑她遭了暗算，以后好有时间去收拾她的儿子。主意打定，颜真良将木棒往草窝里一丢，又拉开了与黄秀枝之间的距离。

黄秀枝接连喊了几声，见没人应，不由鼻子一酸，眼泪又滚落下来。这时她早已忘了疲劳，忘了肩上的担子，她的心被极度的恐惧和悲哀塞满了。她确实有话要跟颜真良说，她的心中隐藏着一个不为人知的秘密，她想把这个秘密告诉给颜真良。然而现在，她彻底绝望了，她的精神几乎都要崩溃了。

忽然，她听到身后"咚"的一声，响声很大，像是有人从高空中摔了下来。黄秀枝吓了一大跳，慌忙转身甩手电朝身后一照，却什么也没看到。她壮着胆子又往前走，谁知刚走了几步，身后又传来"啊——"的一声惨叫，就像有人被杀了一样。紧接着，身后又发出一串阴森森的怪笑。黄秀枝颤抖得厉害，再不敢回身用手电去照，眼睛也不敢朝四周看。不提防一团绿火迎面飞来，黄秀枝躲闪不及，惊叫了一声。那绿火快贴着她的鼻子了，被她嘴里的气一冲，居然转了个弯，挨着她的耳轮向脑后飘去，把个黄秀枝吓得几乎昏死过去。与此同时，她又听到了一种奇怪的咕噜声。这声音隐隐约约，飘忽不定，初听像是从遥远的地穴中发出的,细听就在身后。"我死得……好……惨……啊……"声音若有若无、若即若离,凄凉哀惋。黄秀枝感到头皮发炸,毛发根根直往上竖,内衣全被冷汗浸湿了。她想跑,却怎么也跑不快。忽然,她感到左脚背上有什么东西在蠕动,冰凉凉、滑溜溜。她心里大惊,刚要移步,可是迟了,右脚脖子传来一阵钻心的剧疼。她大叫一声,扑倒在地,手电扔在了一边。

躲在一旁大石头后的颜真良见状,不知发生了什么事,几步奔过去捡起手电一照,一条竹叶青在灯光中一闪就不见了。他忙捋起黄秀枝的裤脚一看,脚脖子肿得圆圆的,比平时粗了一倍。刚才还欲置黄秀枝于死地的颜真良,此刻仿佛脱胎换骨变成了另外一个人。只见他脱下身上的褂子,用力撕成布条,把黄秀枝的右腿捆了几道,然后背起她,飞也似地向着鬼谷的尽头跑去……

深夜,黄秀枝的家里挤满了人。黄秀枝静静的躺在床上,脚上敷着草药。何兵和妹妹站在床头不住地抽泣。村医疗站的徐老医生坐在床边的椅子上,用听诊器全神贯注地听着,旁边站着何支书和颜真良。屋子里非常静,听得见众人那沉重而急促的呼吸。过了一会,徐老医生收起听诊器,缓缓地站起来,摇了摇头,一字一顿地说:"虽然真良当时采取了应急措施,扎住了血脉,但时间耽搁太久,加上一路颠簸,毒气已经攻心,无法……"何兵听罢,不由扑在母亲身上嚎啕大哭。

很久,黄秀枝才微微睁开眼睛,慢慢地看了一眼周围的人,最后把呆滞的目光停在颜真良的身上,脸上露出一丝艰难的笑容。她吃力地用手指着写字台那个大抽屉,嘴唇动了几下,似乎在说什么,但已经没有力气发出声音,一口气没上来,手无力地垂下了。

"妈妈,妈妈——"何兵和妹妹撕裂人心地叫着。

何支书眼里噙着泪水,从黄秀枝所指的那个抽屉里找到了一封没有封口的信,信皮上写着"颜真良启"几个娟秀的钢笔字。他疑惑地望望颜真良,把信递给了他。

颜真良接过信,看着看着,不觉念出声来:

"真良,有句话在我心里搁了十八年,对谁也没说过,但我一定要告诉你。然而你总是躲着我、避着我,把我当成十恶不赦的瘟神,使我没法对你说,只好写了这封信,打算从你的窗口丢进去。

"真良,你现在的心情我理解,过去的心情我同样理解。你的不幸和灾难,都是我造成的,我是一个没有良心的坏女人。我不想作任何解释,也不想乞求你的谅解,相反,倒是愿意接受你的报复和惩罚。

"我要对你说的那句话是:何兵是你的亲生儿子!

"你还记得到樟树湾看电影的那个夜晚吗?自从那夜以后,我就怀上了兵儿。我和东方虽然结婚六年,但没为他生过一个孩子。因为他不是一个真正的男人。

"有一天,兵儿在外面滚了一身泥巴回来。我问他怎么了,他很得意,说他把你打得好惨。我一听就昏了过去。天啦,这是造的什么孽!命运为什么这样捉弄我们?我醒来后,第一件事就是要兵儿跪下。我养他十八年,从没打过他一下,但那次我打了,而且打得很用力。事情过后,我又后悔了,能怪他吗?如果他打你的时候,你知道他是你儿子,会不会怪他呢?

"顺便再说一声,我的女儿也是你的。这你知道,别人也知道。

"但还有一点你也许不知道。自从你入狱后,我的心没有一刻平静过。我是你的罪人,有永远洗不清的罪孽,我要用实际行动来补偿你。十年来,我一直没有改嫁,尽管有不少人上门提过亲。我等着你回来,我是你的,我的孩子是你的,我的家也是你的,我的一切的一切都是你的。

难熬的十年,三千六百个漫漫长夜,每夜我都在心里呼唤:回来吧!真良,我的亲人……"

"秀枝——"颜真良读到这已经是泪如泉涌,他再也控制不住自己的感情,一屁股坐在地上。他恨哪,悔呀,用力捶打着自己的胸膛。

"爸爸……"何兵在颜真良面前"咚"地跪下了。

(曹茂雄)

(题图:张恩卫)

病人与杀手

 这天晚上,比恩来到一所别墅门前,看到屋里有灯光,还隐约听见电视机开着的声音,就上前敲了敲门,然而没有人开门。他稍等了一会,"有人在家吗?我是比恩,麦克先生派我来借一些工具。"这次话音刚落,就听见有人轻轻走来,过了一会,里面的门打开,一位黑发、身材娇小的妇人向外窥视,问道:"请问你找谁?"

 "很抱歉,默迪太太,这么晚还来打扰您。"他看见默迪太太在皱眉头,露出不高兴的表情,忙说,"我是今天才上工的,我要借一套带全部螺旋钳的工具,默迪先生知道在哪。"

 "你找我先生——他现在不在家。"

 比恩搓搓下巴:"我最好等他回来,他是不是很快就回家?"

"不知道，我劝你最好明天早上再来，那时候他会在家的。"说完，默迪太太打算闭门谢客。"那么，默迪太太，能给我喝口水吗？"

"当然可以，我去给你拿。"

默迪太太一转身，比恩立刻随后进了屋，悄悄地来到客厅。默迪太太拿了杯水走过来，见到他吓了一跳，差点儿把水都洒了，责怪道："你怎么能私闯民宅？"

"请不要生气，太太，我不会伤害您。"

"好吧，喝水吧，喝完之后，请马上离开。"

比恩接过杯子，像很久没喝过水一样，一口喝干。就在这时，电视上正在播出一则重要新闻："警方正在全力寻找今天下午从州立精神病医院逃出来的病人，那个病人是在杀死医院的一位职员之后逃走的。我们再次重复先前的警告，虽然这个病人外表显得柔弱无害，但病一发作，就会造成伤害，对此稍后我们将作更详尽的报道。另外，据一位目击者说，一位金发女子在一家偏僻的加油站进行抢劫，这件重要消息之后——"

默迪太太过去"啪"地关掉，然后过来拿茶杯，可比恩没有还给她，而是说："刚才电视上说，有一个病人从'精神病院'逃出来，那地方离这里不远，唉，这种人有时候很可怕，一旦发现您一个人单独在家的时候，你想想，他会做什么事？"

"我相信我可以照顾自己，谢谢你，现在你可以走了，我要关门了。"

比恩摇着大脑袋："默迪太太，您根本不了解，当那种人决心做什么事，门窗都挡不住他，发作起来，力大无比，见什么，杀什么，但从外表上，您什么也看不出。"说到这里，比恩咧开嘴笑了。

默迪太太盯着他，脸上惨无人色，过了很久，才说："你对——对精神病院里的人，似乎知道得很多。"

"我在那儿待了两年。"

默迪太太大吃一惊，退后两步："哦，不！"

比恩听出她声音中的惊恐，赶紧说："我不是病人，太太，我是那里的园丁，大约三年前，我辞去了那里的工作。"

默迪太太这才松了口气，说："你差点儿把我吓死了。"

比恩又咧开嘴笑了："我长相不好，见人要矮三分。不过，我告诉您，人不可貌相，在那儿，我看到过有许多女士，外表和您一样，长得很甜，一点儿也没有要伤害人的样子。"

"是的，"她说，"我可以理解，不过，我向你保证，比恩先生，我不会让任何陌生人进入房间的，你放心好了。"说完，再次伸手要水杯，比恩把水杯还给了她，说："太太，感谢您有耐心听我说话，许多人，尤其是太太小姐们，看到我长得丑，就不愿搭理我，每当我想和她们谈话时，她们不是掉头就走，就是尖声喊'救命'，不让我有一点机会。我只不过想和她们聊一聊，您知道，单是站在这儿，和您聊聊天，就是一件多么美好的事！"默迪太太笑笑，说："哦，那就欢迎你再来。"

就在这时，门外突然响起一阵急促的敲门声，默迪太太呆住了，两眼露出惊慌之色，大张着嘴，发出一声尖叫。比恩冲向前，用手掌捂住了她的嘴。

默迪太太试图挣脱，但哪里有比恩力气大，一下子就被推到冰箱旁，不能动弹。外面再次响起敲门声。比恩轻轻地对默迪太太说："默迪太太，我不能让您尖叫，您这一叫，人家还以为我在伤害您，那么一来，我的饭碗肯定给砸了。敲门的人可能是您的邻居，您平静下来，我就让您去开门。"

他感觉到手掌下的嘴巴要说话,而且在用力扭动,想挣脱开自己。

"别那样,默迪太太,全身放松,您现在这样,我不能让您去开门。要是熟人来了,我们就像是在聊天;假如是一位陌生人,您也不必担心,一切由我来对付。"说完,他把手缓缓移开,然后抓住她的手臂,再温柔地将她推向前,两人一起走近前门。

透过纱门,他看见来者是一位身材苗条、披着一头金发的女郎。默迪太太惊恐地问道:"你是谁?""打扰你了,太太,我的汽车坏了,需要人帮忙。""那,进来吧!"

比恩一声不响地站着,眼睛紧盯着那金发女子。这女子很年轻,穿着时尚,只是外面披着的风衣,污渍斑斑,而且皱巴巴的,前面没有系扣,显得大而不合身。

女子笑道:"我的车在一公里处抛了锚,不晓得怎么换轮胎。"

"这是我的先生,"默迪太太介绍说,"也许他可以帮你的忙。"比恩愣了一下,很快就明白默迪太太的用意:默迪太太要自己出头露面与这个陌生人打交道。

女子对比恩微微一笑,说:"那太好了,你真漂亮。"

"当然,他非常漂亮。"

比恩的脸"腾"地红起来,年轻女子说这话,实在有点口是心非。在女人的眼里,他比恩从来没漂亮过。想到此,他气呼呼地说:"你们女人怎么都一样,有事的时候,就花好稻好?小姐,恕我不能从命,你还是找别人换那个轮胎吧!"

"好的,老兄,你听着!"女子说着,"刷"地从风衣里掏出一把手枪,指着比恩的胸部,"假如你有那种感觉的话,我也没办法,现在,我要用用你的车,你太太也一起走。"

"哦！别那样！"默迪太太轻声说。

比恩突然想起刚才的电视新闻，他忽然明白，不好，眼前金发女郎，就是电视中所说的那位女劫匪！

"快！"金发女子说，"赶快走，该死的东西。"

比恩心中怒不可遏，他板着脸，向前门走去，突然，他眼疾手快，"啪"地打在金发女子持枪的手腕上，手枪应声落地，滑过地板，飞到了墙角。

比恩向她冲过去，一拳打在她的下巴上，金发女子倒了下来，就在这时，背后"砰"地响起枪声，墙上的泥灰溅到他的脑袋上。比恩大吼一声，快速冲过房间。默迪太太正想再打一枪，比恩猛地向她撞了过去，只听一声尖叫，默迪太太软绵绵地倒在地板上……

过了好久，比恩才平静下来，拿起电话先报了警，然后把默迪太太抱起来，打算把她放到床上去，让她静静地躺一会。

卧室黑漆漆的，比恩摸索着开了灯，灯亮了，却不禁倒吸了口气，他看到床上躺着一个女人，红头发，胸口插了一把刀，人已香消玉殒。

就在这时，比恩看见梳妆台上有一张彩色的结婚照，他的眼睛落在穿白婚纱的新娘上，她有一头火红的头发，不错，就是躺在床上的那个女子。

比恩打量抱在怀中的女人，终于明白过来：天哪，竟有这种事，她才是从精神病院里逃出来的病人！

（编译：默　默）

（题图：箭　中）

飞动的黑影

　　张浩是一家大公司的财务处长，前不久，他搭识了一位叫阿曼的漂亮姑娘，两人一见倾心，很快就苟合在一起，眼看着"墙内红旗不倒，墙外彩旗飘飘"，张浩很是得意。

　　没想到，阿曼另有所图，偷偷怀上了张浩的孩子，硬逼他与他妻子离婚。这一下，张浩是"傻小子爬上了老虎背"，上得来，下不去，一时陷入了困境。为了今后的前途，张浩考虑了三天三夜，决定快刀斩乱麻，冒一次险。

　　这天傍晚，张浩将阿曼约到火车站附近一家新开张的酒店，坐了一会，他借口天热，把阿曼哄到八楼阳台上。这里十分幽静，阳台的栏杆上挂着许多花花绿绿的气球，下面是火车道，远处有一列火车正冒着白烟向这边驶来。

张浩悄悄地戴上皮手套，此时，阿曼正在他身后，玩弄着他那件皮大衣的装饰扣，这个女人就喜欢玩这种初中生的小游戏。

阿曼慢慢从背后转过来，调皮地问："你猜我干了什么？"突然，她的笑脸僵硬了，随即变得非常恐怖，她看见了张浩那张杀气腾腾的面孔。张浩没容阿曼多想，用尽全身力气，猛地把她推下了阳台。阿曼还没有反应过来，就像寒风中的一片树叶，悄无声息地飘落下去，一直掉到火车厢顶部。

张浩掩身在气球丛中，看见火车渐渐远去，这才稍稍放下心，然后快步下楼，骑上摩托，一溜烟地跑了。摩托车在公路上疾驰，张浩脑子里像开了锅似的，前思后想，自己在行动中有没有露出什么破绽。拐上快车道时，突然，张浩借着路灯发现，在自己脑后一尺多的地方，有一个圆形的黑影紧跟着自己，你快它也快，你慢它也慢，仿佛是一个幽灵。张浩眼前顿时浮现出阿曼那张惊恐的脸，一时间吓得浑身发抖，只顾拼命向前飞驰。

这时，一辆中巴迎面驶来，两车交会时，张浩隐约从中巴车的玻璃上看到自己脑后确实有一个白晃晃的圆东西。难道是鬼？张浩浑身发抖，他强迫自己不要回头看，但越怕越想看，越想看越怕。他终于忍受不住，回过头去……

他看见黑暗中有一张苍白的飘浮不定的脸，正对着他阴阴地笑着，突然一束强光打来，那张脸几乎变成半透明的。张浩心中猛地一沉，赶忙回头，可是来不及了，一辆大卡车迎面驶来，只听一声惨叫，张浩被撞出十米开外，当场死去。

后来，交警勘察现场时发现：死者皮大衣后背的装饰扣上，拴了一只气球，尽管人车相撞，但气球竟然没爆，在风中一个劲地抖动。经查，这种气球是酒店为招揽生意定做的,每只上面都画着小丑的脸,说哭不哭,说笑不笑,阴阳怪气地看着这世界。

(莫 非)
(题图:张恩卫)

提着脑袋的人

机电厂有个工人叫王三,是个爱开玩笑的小伙子。

有一天,王三下夜班回家,途中小便急了,便绕道往一个简陋的厕所走去。

厕所在一个坡坎上,厕所背面竖了一根木棒电杆,电杆上吊了一盏昏暗的路灯。王三急慌慌上坡,当他走到离厕所十来米远时,突然望见厕所里走出一个人来,那人平展展的肩头又宽又厚,就是没有脑袋,王三一惊,再一看,原来那人把脑袋拎在手里呢!王三暗叫一声:"鬼!"吓得转身就跑。

第二天一上班,王三把这事给他的一位朋友讲了,他朋友一听,先笑王三胆小,而后又对他的好朋友讲了,于是一个传一个,传到了车间主任的耳朵里。

过了一个小时,车间主任找王三谈话,他一见王三,就批评开了:"小王呀,说笑话,开玩笑,要有分寸,不能胡说八道呀!"王三可不买账了,他赌咒发誓说是他亲眼所见,不相信可以一起去看看。车间主任见他说得有情有节,不像开玩笑,就同意和他去看看。

到晚上十一点,车间主任和王三悄悄来到厕所坡下,偷偷朝坡上厕所里望着,过了一会,果然,在昏暗的灯光下,见一个无头人正提着他的脑袋,慢悠悠悠地从厕所里走出来,王三一看,吓得一拉车间主任转身就跑。

这下,坡上那厕所里出现无头鬼的事,更加确信无疑了,有几个胆大的小青年要求王三带他们去捉鬼。王三一听,立刻叫好。

第二天,王三他们去捉鬼之事,不知怎的被保卫科知道了。王三被叫到保卫科。当保卫科的同志听完王三那活灵活现的讲述后,感到这里面肯定有什么名堂。为了搞清这无头人的真面目,保卫科的同志也决定晚上同王三他们前去捉鬼。

到了深夜十一点钟,保卫科长带着一名保卫人员连同王三他们一共五人直奔厕所而去。当他们靠拢厕所时,突然都停住了脚步,惊恐地望见那无头人正提着脑袋,在灰蒙蒙的天幕中缓缓飘移着。王三此时吓得直往保卫科长身后躲,边躲边说,"科长,来了,来了!"

保卫科长忙"嘘"了声说:"不要出声,跟我来。"说完一挥手,五个人哈下腰,悄声逼近厕所,埋伏在离厕所不远的坡坎上,凝神注意着厕所的动静。

一会儿,飘进厕所去的无头人出来了,仍提着他那颗黑沉沉的脑袋,摇摇晃晃地从坡上下来。渐渐地,人、鬼距离在缩短,五个人的心跳也在加快。这时,只见那无头人扬起左手,搭在他那无头的肩上,接着就长一声、短一声地发出阵阵哀嚎声。这声音似人哭,如鬼泣,听得五个人毛骨悚然,恐怖万分。保卫科长按捺不住了,他一挥手带着四个小伙子迎着那无头鬼冲去,接着齐声大喝:"什么东西,举起手来!"

不料他们的吼声未断,只听"哎呀——叭——扑通"一阵响,这无头人已栽倒在地。保卫科长打亮手电上前一看,顿时怔住了,原来,这个无头人是一个七十来岁的驼背老头。此时,驼背老头已吓得昏死过去,大家见出了事,急忙把他抬到一块平地上,又是揉又是掐,忙乎了好半天,老头才缓过气来。他一睁开眼,嘴里喊着:"我的尿壶!我的尿壶!"就颤巍巍走到已砸得粉碎、臭气呛人的尿壶边,哀哀哭了起来。

那么一个驼背老头咋会被看成是无头人呢?原来,这驼背老人驼得出奇。他不仅后背驼峰隆起,前胸也突出很高,王三他们在坡下往上看时,那老人的前后驼峰与头扯成了一个平面,加之那昏暗的灯光从他背后射来,看上去便是一个无头的身影,他手中的夜壶也误认为是他的脑袋。

打碎一个尿壶,老头为啥这么伤心呢?原来老头儿子媳妇忤逆不孝,他们不准老人白天当着邻居的面去倒尿壶,所以老人只好深更半夜才出来倒尿。现在尿壶打碎了,老人没钱买,怎么不伤心呢!

望着老人那干枯的身影,王三心里一阵难受。

事隔几天,王三上夜班又路过这里,看见老人端着一个破尿盆,走两步歇一步,艰难地朝厕所走去。王三赶紧上前,接过他手中的尿盆,并递给他一个新的尿壶。老人接过新尿壶,扬起了老脸,又"呜呜"哭了。

(胡晓秋)

(题图:许华君)

雨夜惊魂

周末之夜，吉姆叫上好友雷德，驱车前往郊外的一家新酒吧。进了酒吧，两个好朋友一杯深、一杯浅的，直喝得面红耳赤，酩酊大醉。

午夜时分，他们俩从酒吧里走了出来，这才发现，不知什么时候，外面下起了雨。没有月亮，没有星光，他们只好艰难地踩着泥泞的小路，踉踉跄跄地走到车前，好不容易坐了进去，将车发动，朝回家的方向开去……

没过一会儿，他们听到一阵敲击车窗的声音，雷德扭头一看，在车窗外，浮现了一张老人的脸！

"哦，天哪！"雷德大叫一声，坐在那里一动不动。

吉姆也被吓了一跳，连忙朝车速表上看了一眼，上面明明指着时速

60公里，难道有鬼?

吉姆大声对同伴叫道："雷德，快，打开车窗，问他想干什么?"

雷德打开车窗，问："老……老……老先生，你……有什么事?"

那个老人声音低沉地说："可以给我一支烟吗?"

雷德连忙递上一支烟，老人道声"谢"后就离开了，雷德迅速将车窗关上，吉姆心领神会，狠踩了一下油门，想要快点将那位老人甩掉，车速表的指针一下子跳到了90。

可没过两分钟，他们又听到那可怕的敲窗声，还是那位老人!

雷德再一次打开车窗。还没等到他开口，那位老人便问："可以再跟你们借个火吗?"

雷德颤巍巍地把自己的打火机丢给了老人，关上车窗，声嘶力竭地对吉姆叫道："快!再快一点!"吉姆一脚将油门踩到了底。

可是，这一切都是徒劳的，就在他们惊魂未定的时候，那位老人的脸又一次出现在车窗外!

雷德打开车窗，哭丧着脸，问："老先生，你到底想怎么样?"

那位老人神情和蔼地说："非常感谢你们给我烟和火，我想问一下，你们的车在泥坑里空跑了半天，需要我帮忙推一下吗?"

(编译：陈 健)

(题图：李 加)

噩梦·异事
emeng yishi

梦境是公平的，美梦醒来的那刻有多失落，噩梦醒来的那刻就有多庆幸。

地下室里的秘密

泰波特是一家大公司的股东，一天，他有事提前回到家里，可是眼前的一幕却令他几乎不敢相信自己的眼睛：他那年轻美丽的妻子瑟娜和他的合伙人克利夫正在床上纠缠成一团……

泰波特呆立了半晌，居然不声不响，慢慢地关上了门，退了出去。这对男女吓慌了，瑟娜知道丈夫是个自私心很强而又很阴险的人，接下来很难保证他不会做出什么事情。

但出乎意料的是，泰波特好像忘了这事一样，只是他和瑟娜之间很少说话。不久，一年一度的股东大会就要召开了，泰波特非参加不可，而且一去就是三个星期，瑟娜很快也知道了这个消息，她又高兴又担心，高兴的是终于可以有三星期的时间不看泰波特那阴沉沉的脸色了,担心的是她的情人克利夫也得去参加这个会议,她一个人难免会很寂寞。瑟娜想这想那,可她根本没有注意到泰波特的脸这几天开始变得高兴起来,而且他带着工人在地下室忙忙碌碌的。

明天泰波特就要出发去开会了,这天晚上,他走到瑟娜身边,居然给了她一个多日不见的笑容,瑟娜惊奇地看着他,还没回过神来,泰波特突然给了她一拳,瑟娜只觉得脑子里"嗡"的一响,就失去了知觉。等瑟娜醒来时,她惊恐地发现自己被关在一个洞穴里,这个洞穴就在自家的地下室,洞是在墙上挖的,工人们拆走了墙上的石头,在门口安上了铁条,里面还栽了一根粗木桩,她就这样被粗粗的铁链锁在这根木桩上!

泰波特冷酷地看着瑟娜惊恐万状的样子,冷笑着说:"左边的墙角放着足够你三个星期吃的干面包和水,虽然我不想这么做,但我没办法,你喜欢背着我偷偷摸摸,我不能不这样。你就放乖一点吧,三星期后我就回来放你!"说着,他拿起一块木板,挡住了洞口,洞内立时漆黑一团。

泰波特这次去参加股东大会,还带上了娇艳如花的秘书丽芙小姐,他们早已是一对情人,泰波特这次决定借这个机会旅行一下,好好享受属于他的生活。

出事的时候是在深夜:泰波特一时高兴,多喝了几杯,出来时非要自己驾车。他看着靠在自己身边的美女丽芙,不知怎的,却想起了地下室里的瑟娜,他在这里有佳人做伴,而那个背叛他的女人此刻却在地下室里和老鼠臭虫为伍,一想到这里,他不由得兴奋起来。

面前突然出现了一段陡坡,醉意蒙眬的泰波特来不及刹车,随即一阵天翻地覆,他便失去了知觉。在这场车祸中,丽芙小姐当场毙命,泰波特命大,足足昏迷了两个月,才被医生们从死亡线上救了回来。

泰波特知道这一切后痛苦地闭上了眼睛:不仅仅是为丽芙,也为瑟娜,虽然瑟娜背叛了他,但他没有杀害她的意思,可是这场车祸却使他成了杀人凶手——地下室里的食品只够吃三星期呀!

这天晚上,泰波特做了个梦:在那间恐怖的地下室里,曾经美丽动人的瑟娜变成了一具枯骨,上面布着蜘蛛网和灰尘,骷髅头上那对黑洞般的眼睛,阴森森地逼视着他……

终于到了出院的那天,医生再三嘱咐泰波特要好好休息,不能受刺激。泰波特回到家里,先来到了地下室,用发抖的手打开了电灯,没有铁链子的声音,只有他自己粗重的呼吸和脚步声,他紧张得要命,突然间,一阵轻微的呻吟声传入他的耳朵,虽然很轻,但他听得很清楚,是瑟娜!

"瑟娜,是你吗?你还好吧?"

呻吟声突然大了起来,夹杂着铁链的声音,与此同时,响起了瑟娜的声音:"是你吗?泰波特?你终于回来了?"

泰波特怔了怔,突然疯狂地大喊起来:"瑟娜,你忍耐一下,我马上放你出来!"说着,他不顾一切地跑到木板前,用力把木板移开,他的呼吸急促,身体发软,他不得不跪下来,手拉着铁栅支撑着自己。

木板终于拉开了,在黯淡的灯光下,他看见了黑暗中有个人蹲伏在角落里,"瑟娜!"泰波特大喊着,就在这时,蹲着的那人慢慢站了起来,向灯光这边移动过来……

突然,泰波特发出了恐怖异常的尖叫声,他看到了灯光下瑟娜的脸:她的眼眶里没有了眼球,长着一蓬青苔,嘴唇烂掉了半边,一头秀发几乎掉光,露出了白森森的骷髅头,她那被铁链绑住的右手还抓着一只死老鼠，另一只左手早已成了枯骨，正在向他抓来……"我知道你是不会忘记我的，我好想你，亲爱的泰波特，吻我！"

泰波特惊恐万状，突然感到胸口一阵剧痛，跟跟跄跄地后退着，最后靠在了墙上，闭上眼睛大口地喘息着，他想起了医生的嘱咐，是的，他今天确实是太累了。就在这时，泰波特的耳边又响起了"窸窸窣窣"的声响，抬头一看，不知什么时候，瑟娜竟然解开了铁链，走出了铁栅，正向他缓缓走来……泰波特突然觉得胸口像被烈火狠狠地灼了一下，他痛得倒在了地上，扭动了几下，再也没有站起来……

瑟娜走到泰波特的面前，蹲下身子，探了探他的呼吸，确认他已死后，她伸手拉下了骷髅头套，一张美丽的脸庞出现了，可惜的是泰波特永远也看不到了。

瑟娜对着泰波特的尸体嘲讽着："你真蠢，你应该知道克利夫有这里的钥匙，你也应该知道我以前从事过舞台工作，没想到我最精彩的化妆和表演竟然不是在舞台上，不过，我得到的报酬将是继承你的一切！"瑟娜得意地大笑了起来，她的笑声回荡在地下室里……

（虹　澄）

（题图：箭　中）

赌场奇遇

故事发生在巴黎。

一天晚上,刚来这儿度假的威廉和他朋友吃罢晚饭,在街上闲逛,朋友提议去赌场玩玩,威廉觉得这主意不错,于是两人便相跟着来到一家赌场,把帽子和手杖递给侍者,然后登上楼梯,进入赌室。

对威廉来说,这一晚真是赌运亨通,他怎么也没料到他赢得又多又快,连自己都难以置信。赌客们都围在他身边,贪婪地盯着他面前那一大堆钞票和硬币。威廉赌的是"黑红点",这玩艺他曾在欧洲许多城市里玩过,不过从来没有赢过这么多,他平生第一次赌上了瘾,就像是喝醉了酒一样。到后来,别的赌客都不敢下赌了,只看着他一个人与赌场对局。威廉下的赌注一次比一次大,每赢一局,就有一堆钞票和硬币推到他面前。威廉兴奋啊，脑子里完全昏昏然了，满耳都是赌客的喝彩声和尖叫声。这时，有个人轻轻地拍了拍他的肩膀，威廉抬头一看，原来是他的朋友，刚才一直在看他下注。朋友附在他耳边小声说："老兄，今天算你好运，该满足啦，咱们趁早走吧。"催了几次，威廉屁股动也不动，无奈，朋友只好一个人先走了。

这时候，赌室里又进来一位自称老兵的人，一看赌场这阵势，激动得连连挥手，怂恿威廉继续下注，把赌场的钱全部赢过来。他肯定地说，他一生中从未见过这么走运的人。威廉一心想着赢钱，被老兵这么一鼓动，劲儿更足了。果然一刻钟以后，当唱赌高声宣布"赌局今晚到此为止"时，威廉面前的纸票和硬币简直堆成了一座小丘。

威廉开始整理这些钱。那个老兵不知从哪里弄来一只布袋，丢给威廉，热情地说："伙计，你赢得太多了，什么样的衣兜也装不下，把钱装进袋子里吧。"威廉感激地看了他一眼，便把钱一古脑儿装进了口袋，随手又把袋口扎紧。老兵羡慕地看了布袋一眼，微笑着说："你真走运！我要有你的一半也够美的啦。好吧，分手之前，请允许咱俩来一瓶香槟，怎么样？""好极了！"威廉一口应道。不一会儿，他们彼此就像老朋友一样了。桌上的香槟换了一瓶又一瓶，威廉只觉得脑子里像着了火一样，老兵见威廉话也说不清楚，知道他有点醉了，便立即吩咐女店主端浓咖啡来。老兵和蔼地告诉威廉："你该喝杯浓咖啡解酒。你得小心，今天在这儿的人都知道你赢了一大笔钱。他们都是好人，可好人也有弱点。等一会你觉得好些时我帮你叫一辆马车，拉上窗帘，告诉车夫走有灯光的大街，这样才能安全到家。"威廉还没有完全醉倒，听了老兵这番忠告，从心底里感激他。

咖啡端上来了，威廉只觉得喉咙阵阵发干，捧起杯来一饮而尽。谁知喝下去人更难受了,他只觉得整个屋子都在旋转,那老兵仿佛就在他眼前跳上跳下。威廉心想:这下完了。他扶住桌子,尽量想稳住身子。这时候,他仿佛听到老兵的声音从远处飘来:"朋友,在这里过夜会更好些。像你现在这样子除非是疯了才非要回家。这儿的床很舒服,睡一晚,明天白天再回家可就一点危险也没有了。"接着,威廉觉得仿佛有人伸过胳膊来扶他,这一定就是老兵了,把他扶到房间里,然后握手道别,老兵临离开房间的时候,威廉好像还听到他说了一句,约他明晨共进早餐。

现在,房间里只剩威廉一个人了,他还没有完全醉倒,习惯地走进盥洗室冲了个凉,感觉好多了,回到房间又喝了些水,头脑便慢慢清醒起来。房间里灯光很柔和,空气比赌室里清凉得多,威廉感到阵阵惬意,便舒舒服服爬上了床。

可是奇怪,威廉躺在床上,无论如何也睡不着。灯不知什么时候熄了,他睁着两眼望着天花板,总感到今晚自己像做梦一样。为了消磨时间,威廉便开始一件一件地数房间里的摆设。第一件是他自己睡着的这张床,这是一张老式床,有四根大柱子,床顶像是用布料做成的,四周围着大约6寸宽的条纹布,枕头两侧悬挂着床帷。威廉知道,这种床是老古董了,现在在巴黎很少见。接着,威廉的眼光从床向外移,床旁是两把小椅子,威廉刚才洗完澡后脱下的衣服就扔在这两把椅子上。再过去,椅子旁是一只整容台,已经破旧不堪,镜面发黄。整容台上方墙上,挂着一张男人的相片,戴一顶西班牙帽子,帽子上面插着五根羽毛。月光从窗外泻进来,照在这男人脸上,威廉不由得想起了祖父,多么相似的脸庞呵,他禁不住思绪纷纭……可是当他又一次注视那相片时,却发现好像少了什么东西,是羽毛不见了?事实上整个帽子都没有了。那人把帽子摘掉了吗?不可能。是床在动吗?威廉翻身向上看去,怎么?床顶真的落下来了?缓慢地,无声地,床顶向他压了下来。一霎那,威廉只觉得浑身血液差不多要凝固了,躺在床上一动也不会动。

床顶还在往下落,离威廉的身子越来越近,越来越近,就在这最后一刻,威廉不知哪来的力气,"咚"地一下子从床上滚了下来,他的肩头差不多已经碰到了那个床顶。这一下他看清了:床顶实际上是一块很厚的床垫,由一个大木轴推动,顺着四根床柱往下滑动。这个大木轴是从楼上房间里通过天花板通下来的。真想不到在巴黎这样的都市中,竟然还有如此残忍的杀人器械!

现在,威廉明白了发生在他身上的一切。他们故意在香槟和咖啡里放了药物,以便使他迅速入睡。可也许因为药放得太多,结果反而适得其反,威廉兴奋不已,辗转不能入睡,从而逃脱了这场灾难!威廉开始盘算如何脱身。他侧耳细听,四周一片寂静,便迅速穿好衣服,轻轻走到窗前,小心翼翼地推开窗子。窗口离地面虽然很高,但正好窗旁有一根烟囱管直通地面。威廉刚要从窗口爬出去,忽然记起那整整一口袋的钱,决不能让这栋房子的坏蛋们得到它。威廉又跑回来,抓起口袋,迅速溜出窗外,顺着烟囱管滑到地上。

一到街上,威廉立刻向附近的警察局报案。警察根据威廉提供的线索,立刻包围了那幢房子,结果罪犯全部落网,为首的就是那个"老兵"。整整一周,威廉成了巴黎最著名的新闻人物。

从那以后,威廉再也不赌博了,每当他看见赌桌,便想起那张几乎将他闷死的可怕的魔床。

(编译:傅国兴)

(插图:李 加)

公正的判决

石化厂有一个年轻的副科长叫邝西新。邝西新夜里做恶梦,惊醒后再也睡不着,天刚蒙蒙亮就起了床。接着,他便习惯性地打开前阳台门,站到阳台上,摇胳膊弹腿,做几下深呼吸。他这里一口气还没吸进来,就被眼前的景象惊呆了。

对面那栋住宅的二楼,正对自己位置的一户单元房的后阳台上,背对自己站着一个穿着白色连衣裙、正在梳头的年轻女子。从她的体型、穿着和举止上看,很像一个人。难道她没有死?邝西新心中绷起了紧张的弦。

他想看看她的面容,可那女子总也不回头,只顾用心地梳着自己的头发。那女子每梳一下,他心中的弦就紧一圈。那女子梳好头,便将瀑布一般的黑发拢到一起,在脑后辫成一根独辫子,再在辫根处别上一朵黄色的蝴蝶花，然后辫子一甩，一闪身就进了屋。这个动作简直是一模一样。邝西新心中绷紧的那根弦，犹如受到沉重的一击，"嘣"的一声断了。恐怖也随之袭来，毛孔里渗出的全是冷汗。

邝西新害怕的那个女子，叫齐春红，十九岁。原是对面姓孙的那家请的保姆，虽是农村姑娘，长相连城里的姑娘都嫉妒。邝西新与齐春红相识也是从这阳台上开始的。那时，齐春红每天清晨站在后阳台上梳头。邝西新站在自家的前阳台上第一次见到她的时候，就被她的美貌吸引住了。自此，每天清晨他都到阳台上，偷看姑娘梳头。齐春红知道对面有人在偷看她，却也不回避。

开始两人上阳台的时间还有先有后，后来，慢慢的好像达成了某种默契，那边的后阳台门"吱嘎"一响，这边的前阳台门也"吱嘎"一响，两人同时走到阳台上，一个梳，一个看。有一次，姑娘梳完头，禁不住往这边瞄了一眼，邝西新心中一喜，立即送去一个微笑。接下来，两人就在阳台上开始了感情交流。

邝西新，今年二十七岁，原也是土里扒食的乡巴佬，是靠"吃尽十年寒窗苦"，才跳出"农门"的。大学毕业后分到石化厂，埋头苦干了一阵子，加上会讨领导喜欢，很快就当上了副科长，正是春风得意的时候。唯有一事不称心，就是过去不会预测，上大学前就在农村找了个比自己大两岁的女人结了婚。

这女人当姑娘时长得也不算赖，但过早地拖上一个孩子，如今粗皮大骨，精瘦得像只壳壳。他曾起心要把这个女人离掉再找一个，又怕把事情闹大了，让厂里知道，给人留下喜新厌旧的话柄，影响日后的进步，这事也就搁下来。婚虽没离，心却未死。

现在凭直觉，对面那个梳头的姑娘，已坠进了自己编织的情网。已经降临的艳福岂能不享？于是他就进一步发起进攻，终于骗得了姑娘的爱情。不久，齐春红怀孕了。邝西新偷偷领着齐春红去打胎，几次都没有成功。齐春红急了，要求与邝西新结婚。邝西新是湿手沾了糯米粉，甩不掉，拍不得。当时他正在竞争科长的位置，他怕时间长了出丑，就心生毒计，利用姑娘的幼稚和纯情，引诱她自杀了。

他与齐春红的来往是在极其秘密的情况下进行的，除了他俩，只有天知地知了。引诱齐春红自杀也是经过精心设计和安排的，况且她本人还留下了自杀的遗书。对于齐春红的死，他断定不会有人提出疑点，更不会怀疑到他邝西新的头上。尽管如此，这一个多月来，他总是有点恍恍惚惚、失魂落魄，出门怕见公安局的人，回家一听敲门声，就莫名其妙地心惊肉跳。他以为这是心理作用，时间长了慢慢就会好的，没想到今天早晨往阳台上一站，就发现了那个酷似齐春红的梳头姑娘。当时他就吓得腿肚子转了筋。这可是非同小可的事情。齐春红一旦死而复活，真相就会大白，镣铐牢房就在等着他了。

第二天早晨，他又走到阳台上去观察。可一连观察了几个早晨，姑娘给他的始终是个背面，总见不了她的真容。终于，他有些耐不住了，就利用上下班碰面的机会，旁敲侧击打听到齐春红的确自杀身亡了，尸首也运回家乡埋在了青山岗。

但是邝西新心中的石头并没有完全落地。俗话讲：耳听为虚，眼见为实。他决定到青山岗去一趟，看看是不是真有齐春红的坟墓。

齐春红是大齐村人。大齐村死了人，都埋在青山岗上。邝西新顺着山路往前走，终于发现路边有一座刚垒的新坟，坟包前还放着一只精巧的花圈。一看上面的字，是老孙夫妇为祭奠齐春红送来的。由此，邝西新断定：这座坟就是齐春红的了，这才放下心来往回走。

回到青山岗车站，正好有一辆进城的汽车停在那里，邝西新上了车。车上的人很少，他就在窗口下找了一个位子坐了下来。车子要起动时，下面上来一个姑娘，他只觉得好像有点眼熟。这姑娘长得很好看，站在车门口骨碌着一双美丽的大眼，把车内扫了一遍，就迈着轻盈的步子，笑眯眯地向邝西新走来，然后大大方方地坐到他的身边。

"邝科长，我认识你。"邝西新有些纳闷，他不认识这个姑娘，姑娘是怎么认识他的呢？"你是石化厂的工人？"姑娘摇摇头："邝科长，我见你上青山岗了。"邝西新一惊。"是上青山岗扫墓去的吧？"邝西新警惕起来，这个姑娘是干什么的？她怎么对自己的情况和行动都知道得这么清楚？他的脑子里一团乱麻，姑娘还问了他一些什么话，他是怎么回答的，也记不清楚了。车子顺着柏油马路飞快地向城里驶去。姑娘没再说话，从绣花手提兜里拿出一只微型收录机，戴上耳机听起音乐来。

车子进了城，在一个车站上停了下来。邝西新要在这里转车，同时也想甩开这个可疑的女人，就下了车。

他生怕被那姑娘跟踪，故意转了好几部车才朝家里走去。回到宿舍，刚坐下，他心中猛然一惊，那女人不是对面阳台上背向他梳头的那个姑娘吗？！此刻，他的心"怦怦"剧烈地跳动起来。他觉得这姑娘的举动有些奇怪。难道这仅仅是巧合？她今天去青山岗干什么？车上有那么多空位，她为什么偏偏和我坐在一起？她手里那个微型收录机，难道仅是用来听听音乐的？不不不，这姑娘一定有些来历。会不会是公安局派来的暗探，以到孙家当保姆为名，来调查齐春红的死因？这么一想，邝西新的心又立刻提到了嗓子眼。怎么办？

邝西新顾不上吃午饭，就来到保姆介绍所。厂里职工找保姆，一般都通过保姆介绍所，齐春红就是通过保姆介绍所介绍来的。保姆介绍所有邝西新的一个朋友,他找到那个正在值班的朋友,编了个理由,说是要了解厂里雇请保姆的情况。那个朋友很热情,立即搬出登记册,让邝西新翻阅。邝西新终于找到了老孙家新雇保姆的登记卡片,上面贴有照片,他一眼就认出是上午在车上碰到的那个姑娘。她姓苏,叫苏兰,二十岁,是市郊青山岗苏黄村人。文化程度:高中毕业。出来做保姆已经两年多了。经与朋友闲聊,证实表格中填写的是真实情况。

邝西新嘘了一口气,心情才慢慢平静了下来。

转眼一个星期过去了。这段日子邝西新心理压力太大,想利用星期天出去散散心,放松放松。吃过早饭他就上了街,转了几个商店,觉得有些无聊,见新新游乐场前十分热闹,就信步走了进去。

巨大的摩天轮在缓缓地转动着。坐在吊篮里转到最高点,可以看到全城的面貌。过去他和齐春红偷偷来往的时候,就坐过摩天轮,今天他不知怎么鬼使神差,竟又买了一张乘坐摩天轮的票。当一只空着的吊篮转到眼前,他就一步跨了进去。刚刚在吊篮的一侧坐下,见又跨进来一个人,坐到他的对面,一看,不是别人,正是老孙家雇请的新保姆苏兰。

苏兰兴致勃勃地搭茬道:"邝大哥,你坐过摩天轮吧?很有意思吗?"邝西新想起和齐春红坐摩天轮的情景,点了点头,心里道:这姑娘真有些怪,她怎么老和自己碰到一起,究竟是有意识的,还是无意识的?今天的称呼也变了,那天是邝科长,今天是邝大哥,这是什么意思呢?

苏兰好像看出邝西新的心思,说:"都说新新游乐场蛮好玩,我没来过。见你进了游乐场,心想这下有伴了,就跟着进来了。一回生,二回熟,三回就是老朋友。邝大哥,你不会见怪吧?"停了一下,又说:"我叫苏兰,在你对面的老孙家当保姆。你不认识我,我可早就认识你了。"邝西新装着很感兴趣的样子问:"哦,你是怎么认识的?"苏兰微微点下头,有点不好意思:"你每天早晨都站在阳台上,我梳头时,从镜子里认识的。"说罢抬头看了邝西新一眼,脸红红的。

邝西新心中不禁一动,这又是个多情的姑娘。如今从农村进城做保姆的姑娘,在城里待上一两年,就再也不愿回农村去了。特别是有点文化,长得有些姿色的,自以为条件不差,千方百计也要托雇主帮忙在城里找个对象,哪怕对方条件差些的也干。有的比较大方的姑娘,就主动寻找自己的意中人。齐春红也是这样的,因此邝西新轻易地就得了手。那天,邝西新第一次约齐春红来逛游乐园,就是在这摩天轮的吊篮里,把姑娘的心思摸得一清二楚。

现在齐春红不在了,如今苏兰这个多情的姑娘又主动来到他身边,邝西新禁不住又有些心猿意马起来。

从摩天轮上下来,邝西新十分热情地领着苏兰在游乐园里玩了个遍。中午,他又慷慨解囊,请苏兰在皇冠大酒家吃了一顿美餐。一天下来,邝西新与苏兰的"感情"像温度计里突然遇热的水银柱,直线上升。到分手的时候,苏兰竟有些恋恋不舍。

也就是从这一天起,邝西新和苏兰每个星期都要偷偷约会一次。这个星期六,一吃过晚饭,苏兰就来找邝西新,说是想去看电影。两人一起来到人民电影院门前,邝西新看了看门前的海报说:"我们再找一家吧。"苏兰问:"为什么?"邝西新说:"《不是为了爱情》这部片子我看过,不好看。"苏兰撒娇说:"我没看过嘛,我想看。再说票已买了。"说着便掏出了两张电影票。邝西新无奈,只得接过电影票,两人一起走进了电影院。按照号码找到座位,刚刚往下一坐,邝西新猛然一惊,他想起来了,那次和齐春红一起看电影,也是这个片子,坐的正好也是现在这个位子。怎么会这么巧?

没等邝西新接着往下想,灯光突然一暗,电影就开始了。苏兰渐渐地把她的头向邝西新的肩膀靠来,柔软的头发搔得他脖颈痒痒的,"施美花露"香水味使他飘飘欲醉。他一把将苏兰揽进怀里,捧起她的脸,撮起嘴唇,正要亲过去的时候,突然又惊恐地将苏兰推开,他觉得怀里的女人就是齐春红。那天,他也是在这里第一次亲吻齐春红的。整个发展过程和感觉,与今天晚上一模一样。当时他们亲得是多么火热,多么忘情,仿佛整个电影场只有他们俩。也就是在那天晚上,电影散场之后,两人都不能自控,他把齐春红带进自己家里,占有了她。

邝西新一直想着那天晚上发生过的事,连电影放了些什么,苏兰在他耳边说了些什么,全然不知。灯光一亮,见人们纷纷站起来往外走,才意识到电影放完了。他昏头昏脑地和苏兰走出了电影院,苏兰还在生气,问他在想些什么,他支支吾吾,半天也没有说出个所以然来。两人默默地向前走了一段路,索然无味地分了手。

又是一个星期天,苏兰如约来找邝西新。两人顺着江边的大堤往前走着。昨天晚上刚下了一场大雨,雨后初晴,空气新鲜,沿江大堤上的草木青翠欲滴,清澈的江水缓缓向东流去。两人都感到有种说不出的惬意。前边江堤下有一片柳树林,绿草如茵。苏兰高兴地奔下江堤,钻进了柳树林子。邝西新撵过去,苏兰"格格"笑着,在林间穿梭奔跑,不让邝西新捉住。两人在林子里追逐了一会,都有些累了。苏兰便往草地上一躺。邝西新追了过来,猛然觉得周围有一种恐怖的气氛,他瞪着一双惊恐的眼睛看着躺在地上的苏兰,神情有些紧张地说:"苏,苏兰,我们到别的地方去……"

苏兰在地上打了个滚:"这地方挺好的,干嘛到别的地方去呢?我有些累了，躺在这里歇一会儿不好吗？"哪知苏兰的话还没有说完，邝西新竟像逃一样地独自奔上江堤。苏兰只得从地上爬起来，追了过去，见邝西新脸色发白，气喘吁吁，就问："西新，你这是怎么啦？"邝西新说："没，没什么。这地方太潮湿，躺着会生病的。我带你到江心洲去玩。"

邝西新去不得那片柳树林，因为那里是他诱杀齐春红的地方。一看到那地方，诱杀齐春红的情景，就一幕幕地重现在他的脑海里，怎么也抹不去。

诱杀齐春红的头天晚上，他买了一瓶毒药放在桌上，见齐春红进门来找他，就假装着伏桌痛哭。齐春红见此情景大吃一惊，邝西新就抱住她哭诉，说他那当官的父母如何不同意他与一个乡下来的保姆结婚（当然这身世也是他为骗齐春红编的）；说他如何爱齐春红，一旦失去齐春红，便会日月无光，活着没有意义。齐春红被他的"爱"深深地打动了。此时，她也失去了理智，想起现在的身孕，又不能与自己心爱的男人结合，社会已把她逼到了入地无门的地步了，一听邝西新不想活，她自然也想到了死。

邝西新摸透了齐春红的心情，继续哭着说："春红，我们今世无缘了，来世再相会吧。我要用自己的死来控诉这无情的世界，来表达我对爱情的忠贞。春红，我走了，你再找一个比我更好的男人吧。"说着，端起药瓶就要喝。齐春红一把将药瓶夺过来："西新，要死，我也跟你死在一起。"就这样，一个别有用心，一个天真纯情，邝西新的目的轻易就达到了。接着，两人商定，第二天找个清静的地方去郊游，然后一起为"爱"去殉情。

第二天上午，按照邝西新的提议，两人都写好了自杀遗书，来到江堤下的柳树林里，抱头痛哭了一场，邝西新把两个毒药瓶拿了出来。这两瓶药，一瓶是真的，一瓶装的是无毒的液体。邝西新带头将那瓶无毒的液体喝了下去，然后便呼唤着齐春红的名字，装着难受的样子在地上滚来滚去。齐春红见此情景，也毫不犹豫地将那瓶毒药送到唇边，一扬脖子，咕嘟咕嘟喝了下去。齐春红喝下毒药后的痛苦惨状，连邝西新都心惊肉跳。过了一会，他见齐春红大概不行了，就一翻身上了江堤逃走了……

邝西新领着苏兰在江心洲转了一圈，再也没心思玩下去了。他觉得实在是太奇怪了，为什么自己与苏兰从相遇、相识、相处，许多情景竟与齐春红如此相似呢？莫非这些都是偶然的巧合？如果不是巧合，那么苏兰这么做又是什么目的？原先曾怀疑她是公安局派来的密探，可这一切他除了在保姆介绍所作过调查外，还到苏兰的家乡苏黄村暗地作过查访，证明她的身份没有半点虚假。这到底是怎么回事呢？邝西新的心灵几经惊吓之后，最后作出决定，不管属于什么情况，再也不能与苏兰相处下去了！

这个星期天，苏兰照例来到邝西新的家，告诉他，她家里捎信来，父亲病了，要回去看看，吃了晚饭才能回来，要邝西新一定去接她。临出门时，又再三叮嘱："你可要记清楚啊，我家住在苏黄村，在青山岗下了车后，一直往北走，不见不散啊！"邝西新虽下了决心要避开她，可一见到她的面，一听她的声音，心就软了。他实在找不出理由，也不忍心拒绝她这点小小的要求，只好点头答应。

下午四点半钟，邝西新乘车到了青山岗。在车站餐馆吃了点饭，就顺着往北去的乡村小道往前走去。此时，天已渐渐黑了下来，估计苏兰已离家往回走了。一个姑娘家走夜道没人陪伴怎么行？他想着不由得加快了步伐，不一会就上了青山岗。

一弯月牙挂在天际,发出淡淡的光,草丛中不时窜出一两个小动物,令他心惊肉跳。前边是一片墓地,邝西新突然想起齐春红就埋在这里,不禁有些毛骨悚然。恐怖的心理使他刹住脚步,往前一看,大吃一惊,齐春红的墓旁正站着一个白色的人影。

借着淡淡的月光,他看清那是个穿着一身素白的女人,轮廓极像齐春红。"哈哈哈,"那女人冷笑着说,"邝西新,你这个卑鄙的流氓!你又找到了新欢是不是?我不会让你安宁的!"真真切切是齐春红的声音。邝西新吓得魂飞魄散,立即掉头,没命地往回跑。跑着跑着,就听身后似乎有人在喊他,他跑得越快,那喊声便越急。"西新,西新,别跑,等等我……"终于他听清了,这是苏兰的声音。这时他才想起他是来接苏兰的,于是便放慢了步子。后边的脚步声越来越近,他不敢回头,就颤抖着声音问:"你是苏兰吗?""我不是苏兰是谁?你跑什么?"说话间,苏兰便气喘吁吁地追了上来。

邝西新仍然筛糠一般的颤抖着,他把苏兰细细打量了一遍,才结结巴巴地问:"苏,苏兰,刚才,你在墓地那里,见,见到什么没有?""没有啊,我只见到你从前边来了,正要喊你,你却掉头就跑,害得我撵了一身汗。"邝西新自言自语地说:"这就怪了,这就怪了!"苏兰问:"什么怪了?你到底见到什么了?""我见到一个人,穿着一身白,站在一座新坟前。"苏兰有些吃惊:"你看花眼了吧,我怎么什么也没有看到?""不,我还听到她说话呢。""都说了些什么?""她说……噢,我也没听清。""那一定是你的幻觉。"

过了半天,邝西新又问:"苏兰,你说人死了,是不是真有灵魂存在?"苏兰说:"我不相信,可世界上确有许多没有解开的谜。"

邝西新想起那回和苏兰上街,苏兰从书摊上买回一本杂志。那本杂志上刊登了一篇报道，说是有一所学校新调来一个教师，这个教师住在一个单身房间里，每天晚上上完晚自习归来，一打开房门，就见一个陌生的剪短头发的中年女人坐在书桌前批改作业，可等他一进房间，那人就不见了。开始他以为是幻觉，就把这件事说给同事们听。同事们听后却大吃一惊，说他见到的那个人就是原先住在这个房间里的某某教师，可这个教师已经死去半年多了。报道说这是一件真人真事，是现代科学还不能解开的一个谜。邝西新想，莫非自己今天晚上看到的景象也是这样的一个谜？

邝西新回到宿舍一下子就病倒了，天天晚上做恶梦，一合眼就见齐春红披头散发、七窍流血地站在他的面前，向他索要性命。苏兰每天晚上都来看他，要给他请医生，他不肯。

这天晚上，天气十分闷热，天边隐隐传来一阵阵雷声，像是要下雨的样子。突然，停电了，房间里一片漆黑。厂里住宅区经常停电，特别刮风下雨的时候。邝西新近来最害怕黑暗，每天晚上都是点着灯睡觉的。他赶紧硬撑着身子起了床，摸到一支蜡烛点着了。正在这时，外边传来敲门声。

往常苏兰都是这个时候来看他，他以为是苏兰来了，就端起点燃的蜡烛，向门口走去，将门打开。一阵冷风吹过来，蜡烛灭了。就在蜡烛将灭的一瞬间，他看见楼道的黑暗中站着一个白衣女人。他还没有反应过来，室外电光一闪，"咔嚓嚓"掼下一串炸雷。闪电光中，他看清了那个站在楼道口的白衣女人正是齐春红。他惊叫了一声，连连后退，一屁股跌坐到地上。白影趁机闪了进来。

"西新，西新，你怎么啦，啊！"苏兰没想到自己把邝西新吓成这样，一下慌了手脚，慌忙弯腰去拉，不料邝西新惊恐地推开她的手，尖叫道：

"别碰我,春红,我求你,我有罪……"苏兰丈二和尚摸不着头脑:"什么春红?我是苏兰,苏兰!""不,不,不,"邝西新连滚带爬钻到了床底下,又是一个炸雷,苏兰看见他那张因恐怖而变形的面孔,显得那么骇人,不由倒退一步,疯也似的逃出门去。

第二天,邝西新被送进精神病院的消息传遍了整个石化厂。院方诊断,患者精神受到极度刺激,导致精神失常。读者也许在想,恐怕这是对邝西新本人最公正的判决吧!

（李奕明）
（题图：张恩卫）

可怕的巧合

茱莉·白南在巴黎一家服装公司工作，她和乔治结婚三年多了。茱莉不喜欢她的工作，有时真想辞职不干了，回家生孩子。但因为乔治的工资不够维持一家人的生活，她只好硬着头皮干下去。她和丈夫住在乔治的父母家里，一分钱一分钱地攒着，希望有朝一日买一套属于自己的房子。

茱莉有位好友叫莎莎，她们在同一家公司上班，茱莉和她无话不谈。这天早上，她陪莎莎参加一位邻居的葬礼。因为和死者家属不熟悉，茱莉独自呆在墓地一角等着莎莎。闲着无聊，茱莉瞅着周围的墓碑，读着上面刻的名字。突然，她发现一块墓碑上面刻着：

茱莉·白南（1869–1893）

乔治·白南的爱妻

她于1893年1月29日离开我们，终年24岁。

茱莉简直不敢相信自己的眼睛,不是做梦吧?竟有如此的巧合!今天正是1月29日,一百年前,居然有和自己同名的女子,丈夫也叫乔治!茱莉呆立在墓前,陷入沉思,直到莎莎走过来,拍了她的肩膀,她才清醒过来。

晚上回家,乔治的母亲觉察到茱莉神色有点异常,就问她是不是身体不舒服。茱莉摇摇头,于是便将在墓地看到的,告诉了老太太,老太太听了也觉得好奇,然后笑着告诉茱莉:"傻孩子,你不该为此担心。告诉你,那位茱莉确实是我们家族中的人。她是乔治的祖母,但不是嫡亲的。死时很年轻,所以我们大家都不认识她,也没人提起过。乔治和爷爷同名,那是家中的风俗。听说老乔治年轻时风流得很,到老了都不忘追求年轻女人。乔治长得很像他爷爷。"

"那个茱莉是怎么死的?"

"是意外,她从教堂的钟楼上摔下,摔破了脑袋。"

"您说的是圣马克教堂的钟楼?"茱莉听了,不由打了个冷颤,忙追问了一句。她常和乔治去那教堂,爬到最高层望远处的风景。

老太太接着说:"她可能走错了一步路,不过,谁也说不清究竟发生了什么事。当时,不少报纸都登了这条新闻。"

茱莉越听越不自在:"是不是别人把她推下去的?"

"不,我想她是滑倒的。看样子,你对这事感兴趣,阁楼上有一箱子家书和日记什么的,你不妨上去翻翻看。"

茱莉借口谈累了,回房休息,告别了老太太。几分钟后,她直奔阁楼,果然有一大堆报纸和书籍。她翻到有几封老茱莉写给老乔治的信,字里行间看得出她疯狂地爱着丈夫,而乔治的复信却干巴巴,甚至有点无动于衷。茱莉又翻读一本日记,一页页地翻下去,体会到老茱莉的希望一天天地变成了绝望。她必须为钱而斗争，她渴望有个孩子，但事与愿违。茱莉越读越害怕，我的天啦，难道有这么多的巧合之处！

茱莉看了看表，已是凌晨两点。她抱了一些还没读过的信件，回到卧室。此时乔治还没有回家，估计又在泡酒吧了。她倒了杯咖啡，坐在桌前继续读信。突然她发现有封没有署名的信，从字迹上看是老乔治写的，日期是1893年1月，信的内容让人毛骨悚然："亲爱的，我考虑好了，我要约茱莉上钟楼，这是唯一能使我们在一起的办法。"茱莉惊呆了，意识到这可能是谋杀，而不是老太太所说的"意外"。第二天，茱莉原原本本地将这事说给莎莎听，莎莎听了，不以为然，说："你简直白日做梦，我可怜的朋友。你总不会拿这封没头没尾的信，上警察局要求他们调查一起世纪谋杀案吧？或者你该找个巫婆，让那个茱莉显灵，你俩谈谈，她会解释给你听的。"

莎莎这番尖厉的话，激怒了茱莉，她二话没说，拿起桌上的皮包就扬长而去。尽管外面有点冷，茱莉还是觉得一个人在外面呆着，挺舒服的。

这时一阵冷风吹来，茱莉不禁打了个喷嚏，她打开包找手绢，却发现包里有封信。茱莉一字一句默念着："亲爱的，我考虑好了，我要约茱莉上钟楼，这是唯一能使我们在一起的办法。"

茱莉愣了半天才明白，刚才匆忙中错拿了莎莎的皮包。这信是乔治写的，茱莉认识丈夫的字迹。这封信和阁楼上的那封信一字不差，只是信纸的大小不同。信上的日期，清楚地写着"1993年1月"。

（高叶静　编写）

（题图：张恩卫）

魔窟巨涡

在挪威北方罗浮群岛的一个无名岛上,零星地散居着十来户人家。

这是一个夏天的深夜,天色乌黑一团,空气异常闷热,玛丽娜翻身起床,看了看摊手摊脚躺在身边的男人,蹑手蹑脚地穿过起居室,摸黑来到旁边另一间小卧室,轻掩上门,点上一支小蜡烛,昏黄摇曳的烛光下,这小屋显得更加杂乱肮脏。玛丽娜从柜子里拿出一个黑布包裹,慢慢打开黑布,里面是一张男人像。她把它搁在耶稣神龛前,嘴里喃喃祈祷着,眼泪扑簌簌地直往下淌。

玛丽娜是外村嫁过来的,她的丈夫叫乔巴侬。乔巴侬兄弟三人住在一起,乔巴侬是老二,哥哥和弟弟都未婚娶,兄弟三人靠捕鱼为生。玛丽娜嫁过来不久,就发觉大哥麦克思不大正经,一张大嘴臭哄哄地有意无意老往她脸上拱,真要叫人恶心好一阵子。她终于忍不住把这告诉了丈夫，忠厚老实的乔巴依不大相信大哥会这样，还好言劝慰妻子不要神经过敏。有一天，玛丽娜帮助丈夫他们兄弟仨晒网，天气很热，她上身只穿宽松的短汗衫，两臂高举着在晒绳上理网。麦克思充满贪欲的小眼紧盯着她的胸前，他看到她钮扣之间的开口豁得很大，两个半圆形的乳房闪来忽去地耸动着。麦克思突然像中了邪，竟把他毛茸茸的手直探进去。玛丽娜惊叫起来。乔巴依赶过来，什么都明白了，挥起手就是一拳，把麦克思打得踉踉跄跄后退了好几步。麦克思知道自己不是老二的对手，只得悻悻地走了。忠厚的乔巴依没过几天就把此事忘了，但狠毒的麦克思却就此怀恨在心，安下了杀弟夺妻之心。

玛丽娜记得去年的一天，一清早时钟刚敲四下，三兄弟就匆匆出门赶海去了。那天的天色好像特别暗，空气十分潮湿，夜幕下灰濛濛的雾一团团地滚来滚去。玛丽娜送走他们兄弟三人，正躺在沙发上打瞌睡。突然听到窸窣声，她睁开眼一看，一个黑影在那座落地大钟上拨弄着什么。"谁?""我。"是麦克思粗哑的噪音。

"你怎么回来啦?"玛丽娜觉得不对头。"我不知怎么肚疼得厉害。哎哟!"麦克思捂着肚子上茅厕了。玛丽娜没想到，从此就再也看不到丈夫了。人们都说肯定被卷进了魔窟巨涡，因为那艘小船的碎片已经发现好几块了。没隔多久的一个夜晚，玛丽娜被色魔麦克思奸污，从此就一直不断地遭到蹂躏。一个孤单的弱女子除了服从又能选择其他什么路呢?

明天就是丈夫死难一周年。正当玛丽娜在为亡夫祈祷时，突然一个黑影摸到她身后。"你还真多情啊?"玛丽娜吓了一跳，但马上用哀求的口吻说:"麦克思，明天是乔巴依和约翰的周年祭日，我想……"麦克思不等她说完，就大发雷霆地骂道:"你这个臭婆娘，躺在一个男人的床上，还在想着另一个男人，真是够骚的啦！"

善良的玛丽娜受此污辱，气得浑身发抖。她边哭边说道："你这样说不罪过吗？你不怕下地狱吗？"麦克思更加暴怒，一把揪住她的头发死命往后拽，"你胆敢反抗！你敢咒我下地狱？"玛丽娜不知哪来的勇气，更是拼命地喊叫着："你的罪孽你最清楚！为什么正好出事那天你肚子疼了？为什么肚子疼却鬼鬼祟祟地去拨弄钟？你这恶魔，上帝不会放过你的……"麦克思发疯似的朝她胸前打，下身踢。玛丽娜拼命地嘶叫着、反抗着。

突然，"碰碰碰"一阵激烈的敲门声，屋里两人同时静下来往窗外一看，窗外一个黑影，一道闪电划过，灰蓝色的闪电光照见一个披头散发的上半身的身影。

"你是人是鬼？"麦克思刚刚被咒，心中真的感到一阵恐惧。

"普通过路人。"

麦克思这才放心地开了门，拉上了灯。门开处，站着一个看上去有六七十岁模样的老头，一头白发披散在肩。他手里提着一个长方形的篮子，自我介绍说是另外一座岛上来的。明天是他弟弟罹难一年的祭日。看天要下大雨，想先在这里暂时避一避。

玛丽娜感到很奇怪，问遭："为什么海祭非要到我们这个无名小岛上来？"

"因为他是死在离你们这岛出去不远的大漩涡。"

"这太巧了，太巧了。"玛丽娜连连说道，双眼盯着麦克思，几乎用命令的口吻说，"麦克思，你明天也应该去海祭你的两个弟弟，否则的话，他们的灵魂不会安息，你的灵魂更不要想得到安息！"

麦克思正想发作，但在这个不速之客面前他只能强把这口气吞下了，再说海祭亲人是这里的重大风俗,他勉强地"嗯"了声,就回卧室了。

一夜狂风暴雨下来,岛上的崎岖小路更加难走。麦克思、玛丽娜和陌生人从早晨出发,向岛上最高崖顶爬,大约中午才到达那里。崖顶有一块石板搭成的简易祭台,周围开阔约十几平方米,三面依岛,一面临海。临海一面是悬崖峭壁,两棵老松从崖顶伸向海面,像两臂伸向大海在为罹难者招魂。

陌生人不紧不慢地把带来的酒、菜、点心放在祭台上。麦克思向来嗜酒如命,他毫不客气地坐在那里狂饮起来。玛丽娜和陌生人默默地坐着,凝望着大海。

悬崖下五百来英尺的汪洋大海,浊浪滚滚。大约五公里之遥的地方,是一座大岛叫浮尔岛,另一座小岛叫魔窟岛。两座小岛之间的海面看上去就有点不同寻常,成千上万个小浪头东奔西突,给人以一种不安定的恐惧感。

玛丽娜看着海面,心里越来越怕。此时周围传来的海涛声越来越嘈杂,好像万马奔腾着迎面扑来。海浪越来越激越,突然刚才东奔西突的小浪头汇成融融一股巨流向东奔流起来。就在几分钟里,海水好像煮沸腾的一大锅水,狂野不羁,最厉害的地方就是魔窟岛和海岸之间的那一段,那儿巨浪升起,东奔西流,转而又变化为千万个激越旋转的漩涡,不一会儿,海水流得更急,那些激转的漩涡散开去,开始化成一个大圈圈,这时清清楚楚呈现在眼前的是一个宽约2公里、水流湍急的巨大漩涡。大漩涡的边好像镶着一圈白带子,其实是小浪花互相冲撞激起的海水泡沫。漩涡的内壁倾斜延伸到深不见底的海底,海水乌黑得发亮,涡底传出可怖的声音。

这时,玛丽娜觉得脚下的山石被震得发抖。"这就是'魔窟巨涡'吗?

可怜的乔巴侬就是葬身在这个可怕的黑洞里的吗?"由于紧张害怕,玛丽娜双手紧紧地攥着陌生人的手臂。

陌生人低沉地向玛丽娜介绍起魔窟巨涡的由来。麦克思此时已喝得酩酊大醉。

魔窟漩涡的形成,主要是受潮流影响。但它也有间歇时间,那是在涨落潮之间的一段时间,大约15分钟,那时海水十分平静,而漩涡的持续时间是三个小时。这是十分有规律的。胆大的人只要在这间歇的15分钟里穿过漩涡区就能到别人不敢到的海域捕到更多的鱼。但是如果对风向、流速、时间等因素稍有疏忽,那就会被吸进漩涡,后果不堪设想。

玛丽娜听到这里,忍不住号啕大哭起来,她好像突然从恶梦中醒来一样,惊叫道:"现在我完全明白了,正是这个畜生害了我的乔巴侬啊。上帝为什么不来惩罚他!"

陌生人安慰地拍了拍她的肩膀,回头望了一眼烂醉如泥的麦克思,忽然从腰间解下一根长麻绳,把麦克思来了个五花大绑。玛丽娜惊疑地看着他把麦克思绑好后拖到悬崖边的大松树前,将绳子的一头系牢在树干上,把绑麦克思的一头从树梢叉处吊下去。不一会,麦克思被海风吹醒了,见状大吃一惊。

陌生人转向玛丽娜说:"现在我要讲一个故事,"接着他对哇哇乱叫的麦克思道,"麦克思先生,你只能先委屈一下,等我讲完故事,你就会解脱的。"玛丽娜满脸奇怪地看着陌生人,听他讲起了他的故事。

在这个岛上有兄弟三人,经常乘魔窟巨涡平静之际穿过到那个别人不大去的海域捕鱼。他们清楚地知道潮流的变化,每次离家之前先把表的时间校准。他们家有一只钟是瑞士一家有名的钟表匠特制的,每年请钟表师傅精心维修,是当地出名的好钟,从不出差错。当然对风力风向的观察,他们已经到了炉火纯青的地步。七年以来一直如此。过那个险地15分钟时间并不是十分充足,有时候前后相差一、二分钟,也曾使他们吓得魂飞魄散。

然而就在一年前的今天,七月十八日,他们决定趁天不亮早出早归去赶海。记得那天天很黑,晚雾浓重,三人出门没多久,老大不知怎么说肚子不舒服不想出海了,老二、老三一分钟也不敢耽搁地上船出发了,他们知道必须在4点45分到5点这15分钟里驶过漩涡区。

兄弟俩看准手表在分钟刚指向45分时,驾着小船驶向漩涡区。这时的海特别平静,月光照在海面上泛出一大块一大块的清光。"真是太幽静了,太美了。"老三似乎有点陶醉在诗情画意中,但老二却觉得有点平静得异样。正在这对,风向突变,大片褐色的云块急速地在他们头顶上聚集。一会儿褐云变得乌黑,他们像被笼罩在黑匣里一般,谁也看不见谁。刹那间刮起了暴风雨,这真是无法想象的一场最恐怖的暴风雨。幸好老二经验丰富,赶紧趴在船中央,抓住了那里的铁环。

巨浪扑盖过船,卷走了所有没系住的东西。只有半分钟水就淹没了老二,但他还是一手紧抓住铁环,挣扎着把头伸出水面,拼命吸气。他感到一只手抓住了他的手臂,原来是老三,他还活着,老二心中一喜。

"魔窟巨涡!"老三几乎歇斯底里地叫喊道。

老二心头刚掠过的惊喜被这一叫顿时烟消云散,浑身像打摆子似的直打冷颤。鬼知道怎么会在这个时候就出现了漩涡,但,他们所能做的只有听天由命。

一个巨浪把船高高地抛出水面。借着月光,老二迅速地看了一下周围。这一看更是吓得魂不附体,大漩涡已近在前方50米处,漩涡里发出的呼啸声比风暴声要响得多。他闭上了双眼，心中感到一阵从未有过的恐惧。

船不到一分钟就被推进漩涡周围的"白水区"，船头不由自主地被冲转了向，很快开始围绕着漩涡旋转起来。

风停了，从洞里传出的声音如虎啸龙吟般的可怖。船很快掉到漩涡底下去，大海在他们左边像一堵水组成的高墙，右边是一个深不见底的大窟窿，船每分钟都在加速。

老二心想，要逃脱这险境已经绝无希望，用不了多久，船就会撞在海底的礁石上而粉身碎骨。

船在漩涡边急速地旋转了约一小时，慢慢地被吸向内侧倾斜面。老二仍然紧握着铁环，老三攥着一个空水桶，水桶由一根绳子系在船上。突然，老三放开水桶向老二冲来，他像疯子似的拼命把老二的手掰开。老二简直不敢相信平时性格内向、还带几分腼腆稚气的弟弟哪来那么大的力气，同时他又感到无比悲伤，因为占了铁环也是徒劳的，不久他们俩都将死去。因此，老二很快就不坚持了，他顺从地放弃铁环去抓水桶。

在这之后，他们的船疯狂地旋转，突然船快速跌落下去，老二紧闭上眼睛，马上开始祈祷，心想末日已经来临，但求死得干净利落些。但结果并没有如此。过了一阵，船不再下落，又过了一分钟，他们仍然活着，老二张开眼睛一看，船已经被卷在漩涡的半腰之际。漩涡的形状是 v 字形的，四百米深，一千米宽。周围的一切在月光下显得清清楚楚。他把周围可怕而又奇特的景象看了两三分钟，他发现了一件奇怪的事：漩涡的倾斜面很陡，他们的船虽然跟着旋转，速度很快，但却犹如平时航行一般平稳，没有海水进来。还有，船在疾速下降到大约一半的地方开始减速了，每转一圈只下降一米。这样，有足够的时间可以想想办法。老二向周围仔细地看了起来，他很快发现他们的船并不是这漩涡中唯一的东西，在他们上面、下面，还有许多其他东西：其他船只的残片、无根的树、各种盒子、棍子甚至还有一些桶。他盯着些东西，特别是靠近他们的，他没有什么其他的企图，而只是想看看哪些东西先消失在漩涡底。

第一次，老二对自己说，那棵树肯定先消失，但错了，一艘大船，比他们的还大，穿到树的前面，直往下旋去，不一会就消失得无影无踪。

他的猜测错了，忽然一个令人激动不已的想法闯进了他的脑海，他再仔细观察了这个漩涡，两分钟后，他的腿开始剧烈地抖动起来，不是因为害怕而是因为有了生还希望。

他观察到的现象是，一个大的物体在漩涡中下坠的速度要比小的快。一些小的东西如木片和盒子，也许永远不会到达海底。这些小东西在海潮转向，漩涡结束后结果会怎样呢？不难猜测，它们会被抛上海面，他看到过一个黄色的木桶在漩涡中打转，木桶曾经离他们很近，但现在已经在他上面很远的地方了。也就是说，他们的船比水桶要下降得快得多。

老二一分钟也没有犹豫，他把水桶从船上解开，并向老三做着手势，指了指水中其他小东西。在巨大的漩涡中，说话当然是听不见的，但老三不知懂了没有，只是摇着头不愿意放开那个铁环。

已经没有时间犹豫了，老二迅速地把自己和水桶系牢，并将剩余的绳子留给了老三，老三还是摇摇头，无动于衷，只是拼命地抓紧铁环。老二只好带着木桶跳进了水中，留下老三听天由命。

老三的船和老二的木桶在漩涡中又转了不少时间，但船已经在木桶下面60米的深处了，船越转越急，发了疯似的，一分钟转三圈，不一会儿，只见它在漩涡底处一块大礁石周围转了一圈之后，就一头向礁石撞去，从此就再没见到老三。

老二的木桶又行了一个多小时，降得很慢很慢，离海底还很远呢。

漩涡开始转变了，四周的倾斜变得浅了，木桶的速度更慢了。漩涡底好像在升起来向老二靠近。

一会儿，天空一片晴朗。风还在呼啸，海水仍很汹涌。风把老二吹到海岸边。一些渔民在船上看到后，把他拖出了水。足足有一个多小时，这个生还者一句话也说不出来。

陌生人说到这里，长长地舒了一口气，沉默了一会儿。

"这个故事很惊险，是吗？我想现在你们应该知道我是谁了吧。"

麦克思低下了头，不知该说什么。玛丽娜和陌生人四目相对，玛丽娜这才发现，面前的这双眼睛的确是那样熟悉，它们曾把爱情的热流千百遍地传递给她。突然，她迸发出一声呼喊："乔巴依！"

玛丽娜扑到他的胸前，仰起一双泪眼望着他那一头白发："你怎么会变成这样子的？"

"玛丽娜，我亲爱的。上帝保佑我逃出了魔窟巨涡，但我的头发和胡须在三个小时里竟一下全变成如此白苍苍。救我上船的同村人居然没有一个认得我。我当即决定隐姓埋名，在一家孤老那里整整住了一年。"

麦克思突然痛哭流涕地哀号道："乔巴依，我的好兄弟，你不能冤枉你的大哥啊。我没……"

"我原来还只是怀疑你，但昨天晚上我在窗外已经什么都听到了。你还想抵赖吗？你如果愿意忏悔，念在多年手足之情，我可以放你下来；不然的话，那就只有叫你到三弟那儿去忏悔了。"乔巴依拿着水果刀对着麻绳。寒光闪闪的刀锋只要这么一挑，麦克思就会坠下海去。

"我愿意忏悔!"麦克思近乎尖叫地说。

这时,玛丽娜突然吼叫道:"你这不要脸的畜生,你污辱过我,你杀害亲兄弟之后,一年来百般蹂躏我。你还有丝毫人的气味吗?你是个十恶不赦的恶魔!你只配下地狱!"玛丽娜越说越气愤,突然从乔巴依手中一把夺过水果刀,"嚓"一刀割断了绳子。只听"啊"一声惨叫,麦克思就像一个大铺盖,在空中翻了几翻,"嘭"掉进五百来英尺下的汹涌海涛之中。

这时,海面上又一个魔窟巨涡已经形成,麦克思被奔流的海水直推向那黑洞中去,这正是他的归宿。

(编译:伏 辛)

(题图:曾毅刚)

怕你一万年

这一天，夜深了，苍鹰镇西头的"康家佳肴"餐馆正要打烊，突然来了一位客人。这客人三十多岁，身材瘦削，背着个鼓鼓囊囊的牛皮褡裢，里面的东西"叮当"作响，听上去像是金银之物，店老板康荣和老婆伍慧洁忙起身迎客。

几年前，康荣带着老婆来到苍鹰镇，开起这家餐馆，生意一直不好，勉强度日罢了。上个月，儿子康健呱呱落地，日子就更难过了。今天忽然有贵客光临，他们俩真有点喜出望外。

很快，伍慧洁为客人端上几样精致的菜肴，还有一大壶烫过的高梁酒。客人拿起筷子，说："这么晚了不会再有人来，把门闩上吧！"

伍慧洁答应一声，闩上了门。

康荣坐在旁边，随口聊着："老哥这是在哪里发财呀？"

客人没回答，用鹰隼般锐利的目光打量着餐馆内的陈设，眼光不停地在伍慧洁窈窕的腰身上瞟着。

康荣和伍慧洁浑身泛起一股寒意。这时，客人开口了，说："这个镇子不错，我打算在此定居下来。"

康荣赔着笑脸道："此地风土人情，的确有超过别地之处。"

客人继续说道："你这个饭店不错，我准备在此长期住下来了。"

伍慧洁赶紧说道："小店本小利薄，请不起您这样的大人物……"

客人不为所动，只管说他的："你这个店老板不错，老婆也不错，我想取你而代之。"

康荣哆嗦着问："你……什么意思？"没容他说下去，客人霍地站起身，用一双青筋暴凸的大手，掐住了康荣的喉咙……

次日上午，阳光明媚，苍鹰镇上人来车往，非常热闹。客人和伍慧洁一起，来到"老余面坊"。"康家佳肴"所售的水饺、面条，都是从这里进的货。

"老余面坊"的余老板是个老头，爱说爱笑。他跟伍慧洁打起了招呼："怎么今天你来提货？你老公呢？"他看了眼客人，又问，"这位是……"

伍慧洁神色淡漠地说道："他就是我老公。"

"开什么玩笑？他要是康荣，我就是根胡萝卜！"余老板说着，放声大笑，他又把脸转向了周围几个闲客，"你们说好笑不好笑？这娘们儿说他就是康荣！如今世道确实乱了，娘们儿开始乱认老公了。"一帮人大笑起来。

待他们笑够了，客人冷冷地说："我就是康荣，你最好相信我！"他身上的杀气镇住了众人，现场一时鸦雀无声。

片刻之后，余老板豪爽和正直的天性战胜了恐惧，他朗声说道："还是那句话——你要是康荣，我就是根胡萝卜！"说着，他掉头进了屋。

客人盯着余老板的背影，一字一顿地说："你会后悔的！"

第二天的清晨，有人发现"老余面坊"门户大开，全家老小一十三口，全被杀死在睡梦中。余老板死得格外怪：他的口腔中，插着一根极粗极长的胡萝卜，一直捅进了他的咽喉深处！

从此以后，镇上的人一见那位客人，离得老远就点头哈腰地招呼："康老板，您好，您好！"

要说这个"康荣"还真能干，他用几年工夫，将"康家佳肴"餐馆扩建成了集餐饮住宿于一体的大型客栈，生意兴隆。

这时候，伍慧洁又生下个儿子。"康荣"心花怒放，专门雇了个干净利落的奶妈，帮助带娃娃。

满月酒后的第三天中午，奶妈抱着娃娃在院里晒太阳，忽然，她尿急，想去茅房，伍慧洁正走来，奶妈就把娃娃交给她，自己跑去茅房。片刻后奶妈回来，见伍慧洁躺在屋里午休，却不见了娃娃，赶紧问道："老板娘，娃娃呢？"

伍慧洁翻身坐起，惊讶地说："不是你在看吗，怎么来问我？"

"我刚才尿急要去茅房，不是交给您了吗？"

伍慧洁着急地说："我一直在睡觉，难道是我梦游了不成？"

奶妈吓坏了，她和伍慧洁赶快到处找。一会儿工夫，找到了，娃娃就在院中水井里，早已经淹死了。

"康荣"闻此消息，一口气没上来，昏厥了过去……一天一夜后，"康荣"才苏醒过来，放声大哭："我过去杀人越货太多，这是报应啊！"

伍慧洁坐在床边垂泪，一旁是康健。康健，就是那个真正的康荣的儿子，他原本在炕角玩，见"康荣"醒了，他走过去，擦拭着"康荣"眼角的泪水，懂事地说："爹，弟弟没有了，你别担心，等你老了，我养你，我孝顺你！"

"康荣"止住哭，摸了摸康健的头，含泪笑道："宝贝真乖，到外面玩去吧。"丫环进来，抱走了康健。

"康荣"对伍慧洁说："这孩子太聪明了，必须杀了他！"

伍慧洁大惊："你说什么？"

"康荣"说："我会老，他会长大。总有一天，你会把真相告诉他。那时，他能不替自己亲生父亲报仇吗？"

伍慧洁"扑通"跪倒，苦苦哀求。半天，"康荣"说："要保你儿子的命，只有一个办法……你懂的！"

伍慧洁慢慢爬起来，走到里屋，将一根绳子，挂到了房梁上……

伍慧洁"因为过于悲痛而投缳"，这个说辞很好，镇上似乎没人生疑。从那以后，"康荣"将康健时时刻刻带在身边，教他武功，教他算账，小小年纪就让他熟悉客栈的生意。

康健从十六岁起，就挑起了大梁，取代父亲成为了老板。

"康荣"之所以老早就"退居二线"，是因为他的身体状况急转直下，需要安心静养。康健非常孝顺，专门在镇子的后山坡上，盖起个独门独户的宅院。按父亲的要求，围墙就有三丈多高，又花重金购买了两条豹子般凶狠的猎犬，放在院子里看家护院。

"康荣"愈来愈敏感多疑，除了这个儿子外，他不相信任何人，因此他一个伺候的人也不要，一天三顿都要康健亲自去送饭他才吃。

又过去几年,当康健长成二十岁的大小伙子时,"康荣"的身体彻底垮了,瘫痪在床。这一天,康健给父亲送饭回来,想到父亲可能不久于人世,他不由悲从中来,边走边痛哭起来。

就在这时,有个人走了过来,是镇上的卜员外。他见到康健痛哭,忙上前询问怎么回事。康健说了"康荣"的事,卜员外大吃一惊,说:"这些年来,你父亲为繁荣咱们镇上的生意,居功至伟。如今,他瘫痪了,我得代表乡亲们去探望一下。"

康健挺为难:"您知道我父亲的脾气……尤其生病这些年,更加古怪,他再三叮嘱我,谁都不见。"但康健架不住卜员外的恳求,还是带他去了。

见儿子带了个人进来,"康荣"勃然大怒,躺在被褥里,吼叫着:"我怎么跟你交代的?为什么带生人来?"

"不是生人,是……"康健想辩解,父亲已气得咳嗽连连,上气不接下气了,卜员外忙悄悄退了出去。

康健安顿好父亲,回到家,夜已经深了,却见卜员外及一位老妇在客厅等候着。康健心中有点不快,问:"时候不早了,你们还有什么事吗?"

卜员外指着那位老妇,问:"你还认识她吗?她就是你死去弟弟的奶妈。"

康健瞪着老妇,怒冲冲地道:"都是你不留神,让我弟弟掉到井里淹死了,我母亲这才上的吊……事后你背井离乡躲了出去,不然我父亲一定会杀了你!"

老妇语惊四座:"你弟弟是你母亲亲自扔井里的,开始我不晓得为什么这样,后来才弄清楚。"

康健一听对方胡说八道,正要大发雷霆,卜员外说话了:"没错。你母亲淹死你弟弟,是为了保住你。如果你弟弟活着,你这个冒牌父亲一定会杀死你,而你的亲生父亲,也是被你正在孝顺着的瘫子杀害的!"随后,卜员外将来龙去脉细说了一遍。

康健犹如五雷轰顶,但他仍难以置信,说:"可是……我还是不敢相信你讲的是真的!"

"那么,你跟我们出来看看。"卜员外拉起康健,三人来到院外,只见院子外面,排起一条长长的队伍,从院门口一直排出老远,一眼都望不到头。

卜员外激动地说:"我今天执意要去你'父亲'的住处,就是想看看他的身体怎么样了。听说那个混蛋瘫痪了,要完了,大伙都不怕了。镇上能动弹的几乎都出来了,要一个一个地向你说明真相,直到你相信为止。"

一个白发苍苍的老大娘喊着:"孩子,为你爹娘报仇啊!"

又一个人呐喊着:"还有'余家面坊'的一十三口,死得那个惨啊!"

"这么多年,因为怕那个混蛋,这么明明白白的真相,没一个人敢讲出来,大伙心里都堵得要死要活的啊!"

人们吵着叫着,不少人"呜呜"地痛哭起来。

爱有多深,恨就有多切,康健的面孔渐渐铁青起来,他一言不发,在镇上男女老少的簇拥下,朝山坡上那幢高墙深宅大步走去。

一会儿,康健打开了大锁,一脚将大铁门踹开,斥退了两条恶犬,阔步迈进大厅,点起灯火,一声大喝,吼醒了睡梦中的"康荣"。

睡眼惺忪的"康荣"正要发怒,一瞧满屋子义愤填膺的民众,他愣了。半晌,他什么也没说,耷拉下了脑袋。

康健冷冷地说道:"你怎么这么蠢?他们就算怕你一万年,还有第一万零一年!"

等众人退出后,康健锁好了大铁门,吩咐家丁将宅院包围起来,不许任何人出入。

第一天,能听见宅院里,狗在叫,"康荣"在骂;第二天,狗叫得更大声了,"康荣"基本没动静了;第三天,狗不叫了,人也没声了,仿佛是幢空宅……

直到第五天的黄昏时分,狗的狂叫声和"康荣"的惨叫声骤然响起,夹杂着扑咬声、斥骂声,状况之惨烈,令人惨不忍闻。

一会儿,惨叫声停止,狗也不吠了。康健打开大铁门,缓缓走进大厅,望着正被两条饿疯了的恶犬撕咬吞吃的"康荣",久久无语……

(老 三)

(题图:谢 颖)

殊死的搏击

故事发生在七十年代北方的深秋季节。这时,地里的庄稼全收割了,山上的茅草也已经一片枯黄。村里的孩子们一放学,就挽着柳条编的筐篮上山割草。

这天,村里的两个要好的小朋友,俅娃和虾崽一商量,觉得平时去北岗割草的人多,那儿草越割越少。今天,他们要去西岗。西岗虽说离村子远一些,道路难走一些,但听大人说,那儿的草又好又多,用不了一会儿,就可以割满一大筐。于是,两个小伙伴一路蹦蹦跳跳,直奔西岗而去。

两个孩子刚出村头,就碰上了在机井边抽水灌地的刘大爷。刘大爷问他俩上哪去。当他听两个孩子说是去西岗割草,不禁愣了一下。

刘大爷为啥发愣?因为,他知道,西岗那地方草深坡陡,地形复杂,每到秋冬食物缺乏时,时常有豺狼出没,咬死叼走放牧的牛、羊,甚至还伤害过往的行人。他记得去年初冬的一天夜里,村里的赵大勇从电厂建设工地回家时,路过西岗,遇上了狼,差点丢了性命。这事在村里传得沸沸扬扬,谈狼色变。刘大爷想起这事,不无担心地抚摩着两个孩子的脑瓜,叮咛道:"你们可要小心,那地方有狼,太阳下山之前就回来,啊!"

两个孩子答应一声:"知道了。"就撒开腿,很快爬上西岗。放眼看去,"呀!"这里的草果然又深又密。两个孩子二话没说,提刀就割,不一会儿,就割了半筐。

割着割着,虾崽突然大嚷起来:"俅哥,快来看,这是谁家把两只小狗丢在这山上了?"俅娃赶紧朝虾崽跑过来。

可不是,草丛里两只毛茸茸、胖乎乎的小黄狗在滚爬着嬉戏。

两人再也没有心思割草,连忙把割好的草塞进一只筐篮里,把两只小黄狗装进另一只筐篮里,兴冲冲地回家了。一路上,他们发觉这两只小狗不停地动弹,不停地撒几滴尿。他们走到村头,又遇到了还没收工的刘大爷。

刘大爷见两个孩子回来,高兴地招呼道:"呵,你们回来得真早呀!"

虾崽乐滋滋地说:"刘大爷,你看,我们在山上捡了一对小黄狗。"

"什么?在山上捡了一对小狗?拿过来给我看看。"

刘大爷往筐篮里一看,不由得倒吸了一口凉气:"糟了,你们闯大祸了!"

俅娃和虾崽一时弄得丈二和尚摸不着头脑:"怎么闯大祸了?我们又不是偷来的!"

"哎呀,你们知道啥呀?这不是小狗,是狼崽!"

俅娃仍不服气地说:"两只小狼崽我们还怕它不成?"

刘大爷说:"这两只小狼崽倒没啥可怕的,可是母狼归窝发现狼崽不见了,肯定要带领狼群找来的。那狼群多到上百只、几百只,进了村那还不叫它搅得天昏地暗呀!唉!人畜都要遭大殃了!"

望着刘大爷那紧张神情,俅娃和虾崽相信刘大爷没有骗他们。两人顿时也惊慌起来。他们提出把狼崽送回去。刘大爷摇摇头说,万一碰到寻狼崽的狼群怎么办?他们说,狼也不会知道狼崽是他们捉的,未必会寻到村里来。

刘大爷说:"你们呀,想得真天真呀,狼是闻着气味走的,小狼崽被你们从山上捉到村子里,沿途能不留下气味吗?"

经刘大爷这一说,虾崽也恍然大悟说:"难怪两只小狼崽沿路不断地撒尿呢!"

刘大爷想了想,说:"你们把两只小狼崽交给我吧,我把它们先送到大队部,那里每天晚上都有武装民兵值班,他们都有枪,就是狼群找来也不愁对付不了。"

这天晚上,在大队部值班的正是民兵营长王长松和青年民兵高杰、周大平。王长松在部队当过侦察连的班长,复员三年了,无论擒拿格斗和射击技术都是顶呱呱的。刘大爷把两只小狼崽交到值班室,向王长松介绍了两只小狼崽的来历,嘱咐他们要特别小心,狼群随时都可能会找上门来。

王长松拍拍手中的半自动步枪,大大咧咧地回答:"没关系,来了正好打活靶,有狼肉吃,狼皮可以做褥子!"

两个小伙子也说:"叫它们来吧,来一只打一个,来两只打一双!"

刘大爷见他们满不在乎的样子,临走时,又特别忠告道:"大意失荆州呀,你们要千万注意,门窗都要关好,要知道,一只两只狼好对付,成了群就难办了。"

等刘大爷走后,三个人看了一阵小狼崽,就围着一张桌子开始玩扑克"争上游"。大约玩到九点钟,高杰出门小便,刚出门,就大叫起来:"快来看,那是什么?"

王长松和周大平出门望去,只见原野里一大片绿莹莹的小灯笼晃动着由远而近。

王长松大喊声:"坏了,快进屋,狼群来了!"说罢,三个人赶紧跑回值班室关好门窗。

说话间,狼群已蜂拥而至,将大队部团团围住,有的使劲地用前爪刨墙,有的扒在窗台上嗥叫,有的抓门,还有的绕着大队部的房子"嗷嗷"叫着转着圈子。看样子有三四百只狼。三个人虽然手中都有半自动步枪,弹药也很充足,但毕竟从没见过这样的场面,年纪最轻的高杰吓得差点儿尿裤子。

王长松毕竟见的世面多,人老练,他命令两位同伴道:"快压好子弹,准备射击!"

这时,扒在窗台上的狼,正用脑袋使劲地撞玻璃,撞得窗玻璃"哗哗"直响。接着,"哗啦"一声,朝北窗户的一块窗玻璃给撞碎了。一个狼头和两只前爪从铁杆之间挤了进来。王长松骂一声:"妈的,看你狗日的嚣张!"说着,用枪口顶住狼头,一扣扳机,"砰"的一声,狼脑袋开了花,狼的脑浆溅满了窗台。没容王长松喘息,死狼立即被它的同类拖了下去,又一只狼跃上窗台从铁杆的间隙之间往里挤。就这样王长松打死一只,上来一只,打死一只,上来一只,转眼间,压进弹仓的十发子弹打光了,在他往弹仓内压子弹的同时,又一只狼头挤了进来。王长松知道,狼头能进来,它的身躯就能通过,只要有一只狼进入值班室,后果不堪设想。他赶忙叫高杰:"快开枪打,快!不能让它进来!"高杰颤抖着举枪上前,被狼一口咬住了枪口。高杰趁势一扣扳机、狼一声不响地翻下去。打死了一只狼,高杰的胆量壮了许多,他也学着王长松的样子,狼头一伸进来,他就开枪,由于靠得近,技术不怎么高明的高杰也是弹无虚发。

这时,朝东的窗户也有块玻璃被狼撞破,狼群从两个方向开始了两面夹攻。不等王长松吩咐,守在这面窗户前的周大平不慌不忙地把一只正往里挤的狼打了下去。

放在筐篮里的两只小狼崽这时也一反当俘虏以来垂头丧气、蔫头搭脑的神态,兴奋地躁动起来,"呜呜"地嗥叫着沿着筐沿转圈子。显然,它们也感受到了大批援兵的到来和这场人狼恶战的气氛。

"吱嘎"一声,值班室朝南的木板门被狼抓掉了一块,两只狼头伸了进来,咬住木板使劲拉扯,这块木板要是被掀掉,狼就可以毫不费劲地钻进来了。刚压好子弹的王长松眼疾手快,调过枪口"砰砰"两枪,将这两只企图偷袭的恶狼送上了西天。

这时,房顶上传来了瓦被掀动的声音。王长松知道有狼爬上了房顶!为了不分散同伴的注意力,也为了不引起惊慌。他没有吭声,只是迅速地将桌子掀倒,把桌面竖起来顶住了门口。

房顶上的动静越来越大,看来不止一只狼爬上了房顶。北方农村的房屋往往是就地取材,墙多用石头砌成,而人字顶房屋,在纵向桁条上面只铺上一两层芦苇秆编的苇箔,再在上面盖上机制瓦,并不坚牢,所以,狼掀开瓦片之后很容易扒开苇箔从房顶钻下来。

这时,周大平朝王长松大喊一声:"快,我要压子弹了,注意我这边!"王长松闻言,侧身一看,只见一只狼正从东面的窗户往里挤。与此同时,房顶也被狼扒开了一个窟窿,一只狼从窟窿里探进了脑袋。好个王长松临危不乱,先"砰"的一枪,打死了房顶上的狼,又迅速掉转枪口,朝东边窗口的狼开了枪。这时,听到高杰惊慌地叫道:"糟了,我的枪卡壳了!"

王长松果断地命令高杰:"快用枪顶住窗口,别叫狼挤进来!"高杰凭着手中的枪杆与狼展开了一场角力赛:狼咬住枪管拼命向里顶,高杰则抓紧枪托使劲往外推。

"哗啦啦"一阵响,房顶同时被狼又扒开了两个窟窿。刚刚压好子弹的周大平一枪打死一只往下探头的狼,另一只狼已经从房顶钻了下来。没容它站起身,周大平一枪打中了狼的肚子,受伤的狼倒在地上,立即挣扎着朝装着两只小狼崽的筐篮爬过去。

见这情形,王长松恍然大悟:狼群行动的目的是要救出小狼崽!他忙命令周大平道:"快,把小狼崽从窗口扔出去!快!!"

周大平也猛然省悟,忙从筐篮中抓起两只小狼崽从东边的窗口扔了出去。

狼崽一扔出去,狼群立即停止了进攻,一阵骚动之后,便恢复了平静。

这一夜,三人没敢合眼,也没敢开门往外看。直到第二天早饭后,村民们都出工干活了,他们才敢开门出去。奇怪的是,除了留下一摊摊狼血外,房顶、屋外被打死的那些狼的尸体全都没了影子,都被狼群拖走了。如果不是值班室内的那只死狼和被狼扒烂的房顶、弄坏的门窗以及那斑驳的血迹,人们很难想象昨夜这里曾发生过一场骇人听闻的人与狼的殊死大搏斗!

刘大爷过来,见此情景感叹地说:"在大自然中,狼和其他野兽是不同的。狼的群体行动一致,纪律性强。大的狼群行动时都有它的首领带领,目的性非常明确,途中决不会'打家劫舍',侵犯人畜。这时,即使是单个的行人遇上它们,只要不与它们发生正面冲突,就不会有什么危险。只要不是处于特别饥饿的状态，大的集体狼群一致行动时，如果有的狼要离开群体单独去侵犯人畜，狼的首领和群体决不能容忍，这时会有维护纪律的'狼纠察'们出来将其撵回群体或当场咬死。狼类就是这样一种高度兽性和高度理性矛盾统一的令人不可思议的动物。"

听了刘大爷一番话，王长松等终于明白，当他们把狼崽扔出之后，狼群见达到了它们这次行动的目的，所以就立即撤退了。

(罗学知)

(题图：谭海彦)

死人工厂

1989年金秋的一天,在北美洲加勒比海地区的海地首都太子港,天气晴朗。一个30开外的年轻女子,拉着一辆手推车,车上装着满满的一车甘蔗,正顺着公路往城里赶。她叫安吉莉娜·纳尔西斯,是太子港东郊甘蔗园的一个农家姑娘。安吉莉娜过公路,穿大街,来到甘蔗收购站。

司磅员替她过了磅,手一挥,说:"送到仓库去!"安吉莉娜抱起一捆甘蔗,正要起步,只听得背后传来一声:"不用了,搬到汽车上来吧!"

安吉莉娜转身一看,只见一个50多岁的大胡子男人,站在一辆汽车下边,指手划脚的冲她吆喝。安吉莉娜觉得这人有些眼熟,但一下又想不起在哪儿见过。

安吉莉娜抱起一捆甘蔗,便往汽车边走去。汽车上接货装车的是一个年轻男人,蓬头垢面,衣衫褴褛。安吉莉娜来到汽车边,双手将甘蔗捆高高举起，朝车上递去。当那男人弯下腰伸手来接时，安吉莉娜朝那男人瞟了一眼，脸色立即变了，她连连后退了几步，两眼直直地盯着那男人足足有两分钟，突然将甘蔗朝地上一摔，口中吃惊地叫出了声。司磅员见她那模样，不由骂道："你发疯了？他又不是个怪物！快点搬，人家还等着过磅呢。"

安吉莉娜看一眼后面长长的卖甘蔗队伍，只好又抱起地上的甘蔗，往车上递。安吉莉娜为什么见了车上那位男子，那样惊慌失措呢？原来，她眼前的这位男子，酷似她12年前死去的未婚夫克莱尔维士。那鼻子、那眼睛、那微笑的神态，处处惟妙惟肖。只是12年前的克莱尔维士，嘴唇边还没长胡须，眼前的这个人，唇上已稀稀拉拉地长出了一抹淡淡的胡须。难道这人真是自己的未婚夫？不可能！12年前，是她亲手缝新衣给他妆尸的，又亲手掩埋他尸体的啊。

安吉莉娜一边搬甘蔗，一边胡思乱想，不知不觉，只剩下最后一捆甘蔗了。当她将最后一捆甘蔗往上递时，禁不住又盯了那男人一眼，正逢那男人弯腰接甘蔗。这回，她清清楚楚地看见，那男人左脖子上有一块手指大的黑色胎记。她立刻想起，克莱尔维士左脖子上也有一块手指大的黑色胎记，她曾多次用手抚摸过。世界上怎么会有如此凑巧的事？不，他一定就是克莱尔维士了。这时，车上的甘蔗已装满，汽车启动了。安吉莉娜惊慌的叫了一句："克莱尔维士？克莱尔维士！"然而，车子已一溜烟地开出了甘蔗收购站。

她跑着，喊着，也追了出去，但脚下一绊，一头栽倒在地上，竟摔昏了过去。

当她苏醒过来时，发现自己躺在一家医院的病床上，同房的病人，有的面朝墙壁痴痴呆呆，有的独自哈哈傻笑，还有的嗷嗷乱叫。安吉莉娜一下明白了，自己被人送进精神病医院了。她翻身跳下床来，就往门外跑，被一旁的护士小姐拉住了，安吉莉娜大喊大叫："我没疯，你们放了我，我要去找我的丈夫！"

正在这时，一位满头白发的老头儿来到病房，护士小姐忙对老头说："达乌恩博士，她醒了。我正要给她打针。"

"慢，让我看看！"达乌恩博士翻开她的眼皮，又让她张口伸长舌头，接着又看她的手指甲和手掌心，完了说道："你跟我来。"

安吉莉娜跟着他来到博士办公室。博士亲切地让她坐下，聊天似的问她叫什么名字、哪儿人、为什么在大街上又哭又叫？安吉莉娜便将在甘蔗收购站遇到的事，详详细细地说给博士听，并求博士说："博士先生，你让我出去吧。我要去找克莱尔维士，找我的丈夫！"

"小姐，这一定是你的幻觉，这是不可能的！"博士和蔼地说着，又将安吉莉娜领回了病房，并要护士强行给她注射了吗啡，她便什么都不知道了。

安吉莉娜再醒过来时，天刚麻麻亮。她悄悄起床，看看四周，病房里的其他病人在药物的作用下，都像睡死了一样。她蹑手蹑脚走到门边，轻轻拉开门，走出房去。门外走廊上没有灯光，也没有人。她来到医院大门口，门卫也已入睡了，她轻轻开了门锁，逃出了精神病院，来到大街上。她仔细辨了辨方向后，就径直往甘蔗收购站跑去。

安吉莉娜走到甘蔗收购站，已是太阳当头。那儿仍和昨天一样，热闹繁忙，卖甘蔗的、过磅的、装车的，忙忙碌碌。路边停的仍是昨天那辆装甘蔗的汽车，那大胡子老头仍在车下指手划脚地吆喝着，可车上装车的已换成了一位留山羊胡的小老头。这时车上已装满甘蔗，大胡子转身进收购站结账去了，车上装车的一见大胡子走了，也立刻跳下车来，捂着个肚子往收购站旁边的厕所跑去。安吉莉娜乘机爬上车,往甘蔗堆一条缝隙中一蹲,又顺手搬过两捆架在自己的头顶上,这样她便躲在了一个无人知晓的地方,而她却可以从甘蔗捆的空隙中把外面看得一清二楚。

"突突突……"汽车启动了。安吉莉娜往外瞅着,汽车先在首都的大街上走,两旁的梧桐树、高楼大厦,一排排直往后退。后来,车子出了城,上了山道,一颠一歪的,两旁尽是高高的山岗,显然汽车是进了一条峡谷。不知过了多久,车拐了个弯,安吉莉娜远远地看见有一排灰蒙蒙的房子,渐渐的离自己越来越近,终于车子来到房子跟前。安吉莉娜看见一块招牌上似乎写着什么制糖厂的字样,前面几个字被甘蔗挡着看不见,她当然不敢探出头来看。

大门开了,车进门后随即又被关上了。安吉莉娜隐隐看见,门口有两个持枪的门卫。汽车拐了道弯,在一座仓库前停了下来。大胡子跳下驾驶室,大声嚷叫着:"卸车,都出来卸车!"

这时,仓库里拥出一群人来,个个面黄肌瘦,蓬头垢面,衣衫破烂。安吉莉娜仔细瞧着那些人,几乎有一半是她认识的:奥尔维斯·斯沃兹大叔、戴维斯大哥、普拉达尔大伯,还有安吉莉娜的父亲,克莱尔维士也在里面,这些人,都是安吉莉娜村上10年、8年或5年以前就死去了的人,这下突然全部出现在安吉莉娜的眼前,吓得她魂飞魄散,口中尖叫一声"啊——"当场晕厥过去。

当安吉莉娜被一阵嘈杂的声音惊醒时,睁眼一看,发觉自己正躺在一堆干草上,刚才那一群人正围在她的四周,个个露着狰狞可怕的面孔,对着她痴呆呆地笑着,一个比一个笑得难听,一个比一个笑得刺耳。安吉莉娜感到又惊又恐:这些人中,有她的乡亲、长辈、生父、情人,可谁也好像不认识她，只是一个个朝着她淫笑。那一张张狰狞的面孔，慢慢向安吉莉娜聚拢，一双双魔掌伸了出来，有的解安吉莉娜的衣服、有的扯她的裤子、有的摸脸、有的抓胸、有的摸大腿。安吉莉娜只吓得一声声尖叫："不能，你们不能这样！"

可他们似乎谁也不听她喊叫，仍对她拉着、扯着、摸着。安吉莉娜无可奈何，把一丝希望寄托在了一张张熟悉的脸孔上，她对着他们求着、喊叫着："奥尔维斯，我是安吉莉娜！斯沃兹大叔，你不认识我了！戴维斯大哥，你不能这样！爹，爹，我是你的亲生女儿呀！"

安吉莉娜嗓门喊痛了，喉咙喊哑了，可谁也不理她。安吉莉娜绝望了，感到世界末日已经来临。啊，地狱，这大概就是可怕的地狱了。

突然，门外传来一声大吼："你们这群猪猡，在干什么？"这一声吼真灵，刹时，那群张牙舞爪的恶魔全都定在那儿，一动不动。安吉莉娜睁眼一看，门口站着那位大胡子老头。那老头一见到她，脸上立刻显出了惊异的神色，但只是一瞬间，立刻又显得没事一般。安吉莉娜身上的衣服刚才已被撕得破破烂烂，露出一块块白皙的皮肤。安吉莉娜本能地抱住双臂，护在胸前。

"你们这些畜生，猪猡！跪下，脱衣！"大胡子又是一声吼，那群人一个个跪在地上，都乖乖地脱下了上衣，赤身露体，显出那一个个皮包骨的躯体。安吉莉娜看着，眼光定在了克莱尔维士身边摆着的衣服上了。那不正是自己12年前给他妆尸的那件衣服吗？虽然已十分破旧，可安吉莉娜还是一眼就认出来。

"啪！"大胡子解下自己腰上的皮带，重重地抽在了斯沃兹大叔身上，他背上立刻起了一道殷红的血印。

"啪！啪！啪啪……"大胡子一鞭鞭抽下去，那些人身上便落下了一道道血印,可谁也没有喊叫,只是浑身发着抖。刚才,安吉莉娜还对他们恨之入骨,现在,看到大胡子这么狠心地抽打他们,又产生了几分怜悯。

大胡子抽累了,将皮带往腰上一系,二话没说,一把拉起安吉莉娜就走。安吉莉娜对大胡子有几分害怕,也不知道等着自己的是吉是凶。但是,一想起刚才的一幕,还是乖乖地跟着大胡子走出门去。

安吉莉娜跟着大胡子进了一片树林,沿着一条狭窄的小道,拐弯抹角,来到绿荫丛中一栋漂亮的小别墅跟前。大胡子拉着她进了小别墅,上了小楼。小楼装饰得特别讲究,栏杆是红木雕花,走廊上都铺着地毯。大胡子在一条门道上按了一下电钮,门开了,他们走了进去,这是一间漂亮的小卧室。大胡子不知在墙上什么地方按了一下,平平的墙壁上又出现了一道门,门里站前一位40多岁的中年女人。

大胡子冲那女人命令着:"领这位小姐去浴室洗澡,更衣!"那女人也不答话,引着她直往里走去。安吉莉娜也记不清一共过了多少道门,最后才来到一间浴室。那女人仍是板着个脸孔,说声:"去洗!"就走了。安吉莉娜进了浴室,浴室中毛巾、香水、胭脂、眉笔,一切洗浴、化妆用品应有尽有。安吉莉娜一想起刚才和"死人"在一起的事,便觉得身上脏不可言,痒得难受,立刻脱下那件破破烂烂的衣服,痛痛快快地洗起来。洗毕,换好衣服,又轻描淡写地化了一下妆,一个年轻漂亮的姑娘便出现在浴镜中了。她走出浴室,房间里空荡荡的,没有一个人。

安吉莉娜正在胡乱猜想,门外走进一个人来,安吉莉娜定睛一瞧,不觉又惊又奇:原来来人不是别人,正是村里的安蒂神父。村上有什么红白喜事,常常请这位安蒂神父来主持的。安吉莉娜惊诧地问:"神父,你怎么也在这?这是什么地方,那些人又是怎么回事?"

神父将一杯热腾腾的咖啡端到安吉莉娜面前,慈祥地说:"姑娘,以后你会明白的。现在你先休息一会儿。"

安吉莉娜正渴,端起杯子刚要喝。突然,她想起小时候老祖母给她讲的巫师用"迷魂药"毒害年轻姑娘的故事来,心想在这神秘的地方,突然冒出个神秘的神父,还有那群"死人"……她害怕了,心生一计,端起杯子,放到唇边,害羞地举起另一只衣袖遮着脸,嘴里喝得"哗哗"响,那咖啡都暗暗地倒入了衣袖中,然后她将空杯放回茶几上。

神父见咖啡喝完了,便说:"姑娘,你好好上床休息吧!我待会再来看你。"说完,就起身走了。

安吉莉娜心想,如果神父是有心害她,过一阵必定还会来。她便将床上的枕头塞进被窝,装成蒙头大睡的样子,然后钻在床底下,静静地等候着。也许是太累了,安吉莉娜不知不觉在床底下睡熟了。不知睡了多久,安吉莉娜被"啪啪"的耳光声惊醒,只听得安蒂神父凶声凶气地骂人:"臭婊子,你吃醋了。你不把她找来,我揍死你!"接着,"啪!啪!"又是两记耳光。

"没有,我没有!"一个女人的声音。

"你不给我交出来,看我剥你的皮!"神父骂完,走了。房里,只剩下那位女人走来走去的脚步声。突然,那女人想起了什么似的,停住了脚步,弯下腰,掀开床单往床底下一看,明明她是看见了安吉莉娜,却没喊没叫,口中却恶狠狠地说着:"骚婆娘,我叫你不得好死!"

那女人骂着,在墙上按了一下。

"嘭——"安吉莉娜只觉得地板震动了一下,整个身子便随着下沉、下沉,不知下沉了多深,才算停下来了。再看四周漆黑漆黑,伸手不见五指。安吉莉娜伸手一摸,手触到的是冰凉冰凉的石头,湿漉漉,滑腻腻。安吉莉娜这下可惊慌了,这里叫天天不应,叫地地不灵,可真是落进十八层地狱了。

此时，安吉莉娜只觉得又饿又冷又急。洞中一阵冷凛的阴风直向她扑来，她双手紧紧地抱住身子，蜷缩在地上。突然，安吉莉娜想起老人们曾经说过,山洞若不与外面相通,是不会生风的。现在洞中既然有风，一定与外面相通。这一下，安吉莉娜不觉又兴奋起来。她弯下腰，双手趴在地上，顶着风向往前爬。手刚着地，却触到一个滚圆滚圆的东西，这时安吉莉娜眼光已慢慢适应了黑暗，仔细一看，手摸到的是一颗人头骨，再一看,地上的人骨很多很多，一块块、一节节、一件件摆在那儿。

"哎!"安吉莉娜吓得尖叫一声，只顾起劲地往前爬，咬住牙根，狠起心将那些骨头拨到两边，从白骨堆中辟出一条通道，直往前爬。她爬了一段距离，骷髅不见了，便坐在地上喘气。安吉莉娜休息了一会儿，仍然顶着风向前爬着，爬啊爬，也不知爬了多久，爬了多远，安吉莉娜沿洞拐一个弯，突然见前面显出一丝亮光，立刻兴奋得大叫起来。

突然耳边响起一个男人的喝问声："什么人，干什么的？"声音在洞中嗡嗡地回响着。

安吉莉娜大惊失色，她万万没想到洞中还会有人！"什么人，快说！"那男人的声音又响起来。这回，安吉莉娜觉得这声音好耳熟，忙反问道："你，你是谁？""我是达乌恩，你是……"

"博士先生，是你! 我是安吉莉娜，你的病人！"安吉莉娜一听出是博士先生，又惊又喜，扑进博士怀中像见了久别重逢的亲人。

过了一阵，安吉莉娜才突然想起来问他："博士先生。你怎么也会在这儿？"

原来，达乌恩博士在医院中查出安吉莉娜确实没有患精神病，但听她说见到了12年前死去的情人，又觉得蹊跷，就故意让她逃出医院，然后暗暗跟踪,见安吉莉娜上了装甘蔗的车。等到那辆车来装第一趟货时,博士也以同样的办法上了车,来到这座神秘的制糖厂。卸货时,博士被神父发现,神父客气地请他喝咖啡,博士倒是真的喝了,一喝下肚,便觉得头昏脑涨,神志恍惚,知道自己中了"迷魂药",幸亏他身上带着"清神丸",是博士最近研制出来的,专治神经系统的特效药,立刻暗暗吞下几颗,便觉没事了。神父发现没有使博士中毒,便使暗道机关,将博士摔进了洞中。此刻,二人同命相怜,险难中喜遇,当然十分高兴。

安吉莉娜问:"博士,我们这下怎么办呀?"

"姑娘,别担心,我们会有办法出去的!"博士说着,拉着安吉莉娜,又往前走去。他俩走了一阵,又拐一道弯,突然只觉一道强烈的阳光射来,刺得双眼直流泪。二人都兴奋地叫喊起来,出口找到了!但是,当他们来到洞口时,才发现这不过是一个拳头大的洞眼,怎么能爬出人去呢?连一贯沉着冷静的博士先生,这会也垂头丧气地蹲在地上,耷拉着脑袋,一声不吭了。安吉莉娜却仍不甘心,两只眼睛对着洞口瞅过来瞅过去,总希望找到一丝解救的办法。突然,她兴奋地叫起来:"博士先生,洞口这块石头好像是卡在这儿的,也许能推开!"

"是吗?"达乌恩一听这话,立刻站了起来,隔着老花眼睛,对着洞口那块石头看了又看,然后举起双手狠狠地推那石头,似乎有几分松动,但毕竟是60多岁的老人了,力气太小。安吉莉娜立刻举起手来助力,二人齐心协力,一边推,一边喊着号子:"1——2——3!"

"哗——当!"石头被推开,滚下地去,露出一个箩筐大的洞口来。二人爬出洞去,外面阳光明媚,空气清新,他们贪婪地呼吸着新鲜空气。

突然,安吉莉娜叫了起来:"博士,你看!"原来,他们虽出了洞,却仍然在那座制糖厂内。他们眼前是一堵高高的围墙,围墙上还拉着一道道铁丝网。二人正在犯难,突然背后冲出一个人来,拦腰一把将安吉莉娜抱住,口中发出"嘿嘿"的傻笑声。安吉莉娜吓了一跳,转过头去,一看,不是别人,正是她12年前死去的未婚夫克莱尔维士。她立刻喊道:"克莱尔维士,你松手,松手!"

那克莱尔维士好像没听见一样,只是一个劲地傻笑。达乌恩博士站在一旁观察了一阵,发现这男人是一个典型的精神病人,立刻从身上摸出颗药丸,递到克莱尔维士面前,像对待他医院中的病人一样,和蔼地说:"吃呀,好吃的,快吃呀。"

克莱尔维士一见那药丸,立刻放开了安吉莉娜,一把抓起,就往口中送。安吉莉娜立刻乘机挣脱。克莱尔维士吞了药丸,两眼仍直勾勾地盯着安吉莉娜,口中还是"嘿嘿"的笑着。盯着笑着,不一会,他便双腿一软,瘫倒在地上了。博士先生上去看了一看,对安吉莉娜说:"快,搬开他,这儿是路口,会被人发现的。"

安吉莉娜见克莱尔维士已经熟睡,便与博士一道,将他抬到一片树丛中去。博士找到一堆干树叶,便将他放在上面。安吉莉娜就坐在克莱尔维士身边,将他的头放在自己的大腿上,看着他睡得那样安详,不由爱怜地抚摸着他那消瘦的脸颊。不知不觉,安吉莉娜自己也进入了梦乡。

安吉莉娜醒来时,太阳已经西斜。她看看自己身边的克莱尔维士,他仍在熟睡着,呼吸十分均匀。安吉莉娜轻轻地抚摸着他,既希望他快点醒来,又担心他醒来后,又像以前一样疯疯癫癫地傻笑。安吉莉娜正想着,克莱尔维士的两眼微微睁开了。

安吉莉娜惊喜地叫着:"克莱尔维士。"

"你,你是……"克莱尔维士两眼全睁开了,可他仍然认不出眼前的安吉莉娜。"我是安吉莉娜,安吉莉娜呀!"

"安吉莉娜!"克莱尔维士终于认出来了,他大叫了一声,翻身坐了起来,一把抱住安吉莉娜。安吉莉娜也紧紧地抱住他。二人热泪双流,好久好久,他们才松开了手,克莱尔维士望望四周,感到一切都很陌生,忙问安吉莉娜:"我们这是在哪?"

安吉莉娜回答说:"我们在一家制糖厂。"

"制糖厂,这是怎么回事?我不是刚锄甘蔗回家,安蒂神父请我去他家喝咖啡吗?"克莱尔维士已恢复了记忆,可他现在的记忆只能继续12年前的往事,中间的12年,他什么也记不起了。

博士走了过来,微笑着对两位年轻人说:"你们醒了。"克莱尔维士问:"你,你是谁?"安吉莉娜说:"他是达乌恩博士,你的救命恩人!""救命恩人?"克莱尔维士大惑不解。安吉莉娜便将他12年前如何死去,她和乡亲们亲手掩埋了他,以及这两天发生的事情一五一十地告诉了克莱尔维士,克莱尔维士简直不敢相信这一切。他们正说着话,制糖厂门口方向传来几声枪声:"叭——叭——"博士先生兴奋地说:"他们来了!"安吉莉娜问:"谁来了?""警察!""警察,这是怎么回事?"

"你们看。"博士先生从怀中掏出一个小型对讲器。原来,博士先生早准备好了对讲器,刚才安吉莉娜入睡时,他就报告了太子港警察局,没想到,他们来得如此之快。他们立即赶到大门口,只见两个持枪门卫已被击毙在地。警察们冲了进来,他们三人忙迎上前去,领警察们到小别墅,活捉了神父,可怜那位中年妇女已被神父害死,尸体被抛入深洞。他们又去将那些"死人"工仔们解救出来,用大卡车送进精神病医院,博士先生一一为他们治疗,使他们都恢复了记忆,成为正常人,又一个个将他们送回了家。

乡下的人们突然见到自己死了多年的亲人好端端地回到家来，又惊又喜，家家庆贺。安吉莉娜和克莱尔维士自然是破镜重圆，结为伉俪。乡亲们为他俩举行了盛大的结婚仪式。

那安蒂神父，经海地高级法院审理，原来他多次以大蟾蜍和海豚素制成"迷魂药"，让身体健康的男子吃下，使他们假死，等乡亲们将假死的人埋葬后，他又当夜偷偷将人挖出，注射一种药剂，使"死人"恢复过来，但却成了失去记忆的"机器人"，他便用这些"机器人"，作为极廉价的劳动力，为自己的秘密制糖厂做工。累死了的人，就将尸骨抛入山洞。法院根据他的罪行,处以他极刑。这样，一桩惊动世界的"死人工厂"案得以圆满破获。

（编写：黄铜塔）
（题图：李　加）

天下第一厨

这年是明太祖朱元璋六十六大寿，大小官员忙得不亦乐乎，四皇子朱棣与皇太孙朱允炆自然更为关心，因为他们是未来最有希望的两个皇位继承人。

举办庆寿活动，自然无论如何也少不了最好的厨子。那时大江南北各有一个名厨，南面是杭州府"逸风"酒楼的掌勺，名叫李然；北面则是北平府的"若昌"酒楼主厨，名叫谢更。这两人本是同门兄弟，烹调的技艺天下闻名。

北平府是朱棣的封地，他自然就找上谢更，杭州府这边朱允炆也找上了李然。朱元璋得知南北两位大厨到京，龙颜大悦，遂颁旨命令他们大寿之日登台献艺。

第二天就是万寿大典，李然不敢怠慢，开始献艺前的热身准备，他拿起刀尽情耍了起来，一阵寒光晃过，案板上的一大块精肉便成了馅，这时只听一声赞叹："好俊的功夫！"

李然转身一看，原来是一个小太监，小太监道："传皇上口谕，召李然入宫见驾！"李然一惊，赶紧菜刀一放就跪了下来。

李然小心翼翼地跟在小太监后面进了宫，不知过了多少时候，他们来到皇帝的宝座前，李然赶紧跪下，小太监道："陛下，李然、谢更均已带到！"

李然不敢抬头，一转头，谢更也跪在那里，心中不禁打了个"咯噔"："不会有什么坏事吧！"

朱元璋道："明天就是朕大寿的日子，听说你们是天底下最好的厨子，一山怎么能留二虎呢？趁着高兴，朕就设了个'天下第一厨'的称号，要你们明天好好表现，胜者，朕就颁发额匾，败者斩首！"一听此言，李然和谢更的脸"刷"一下就白了……

第二天，万寿大典隆重开演，只见杂耍魔术各施其艺，乐得这个朱元璋呵呵直笑，然而在场的群臣人人都知道谢更和李然才是今天这出戏的主角，虽然赔着笑脸，目光却都不约而同地投向他们。

总算挨过了几个时辰，已至午时，谢更和李然正式登台献艺。只见中间戏台一撤，露出了一个大广场，一顿饭的工夫已经摆上了厨师的诸多用具，材料更不用说，什么天上飞的，地上走的，水里游的，样样俱全，就待两位大厨上场。

谢更和李然同时深吸一口气，上了场子，他们两个向朱元璋行了大礼，就分别忙活了起来。只见谢更大勺一挥，热油便如长虹一般落入锅里，右手木叉一引，一堆切好的各种肉条便落入锅内，谢更挥手如电，迅速将刚刚泛白的肉条抄入另一只沸水锅内,如此工序往复了数次,然后甩出玉盘,将肉条尽数抄起,当众人正看得目瞪口呆之时,谁知谢更又将手中之物加上作料,上蒸笼蒸了起来。

不待众人将"好"字喊出来,这边李然已经开始表演自己的刀法了,只见一阵白光,一条红鲤的骨头内脏已经与皮肉分开,李然三下五除二,各式海鲜已经飞入红鲤的腹中,未待众人反应过来,各式调料已经添装完毕,他也打开蒸笼,将其装盘上锅蒸了起来。

"好!好!"场上同时爆发出一阵喝彩声!两边的第一盘菜都是以蒸为主要烹调手段,却都无比的精妙,众人大饱眼福!

"真是难以置信,谢更师傅所做的那道菜乃是威震北方的'降龙玉笛'!它采用八十八种调料,反复回锅,将每种调料的特性和最佳味道表现出来,看似简单,其实天下除了谢师傅没人能做出来!"朱元璋身边的一个厨子不禁叹道。

朱元璋眉头一皱,此菜名如此犯忌,降龙?他朱元璋就是龙呀,这个谢更犯上作乱,真是胆大包天!

另一个厨子并没有看到朱元璋的脸色,也道:"那李师傅的'八仙斩龙'也是出神入化呀!乃用八种珍贵海鲜添装到红鲤腹中,红鲤过龙门就是龙,所以其味极其鲜美,更是百毒皆治,加之海鲜的独有鲜香,经龙蛇汤蒸过,此菜只应天上有呀!"

朱元璋脸色更难看了,斩龙?岂不是让他这个洪武皇帝做不长久吗?他斜眼望去,只见两方都红光满面,似有喜色,疑窦丛生:"难道是他们要用这两道菜来谋害朕,还是要在天下人面前杀杀朕的龙气?"

这边谢更已经完成六样主菜,开始忙活那十六碟辅菜了,而这边李然由于有刀功上的优势,已经完成六样辅菜。

虽然呐喊声依旧，朱元璋却没有心思看比赛了，一道道菜的样子怎么看怎么像有毒或有害的，就是这么一点点疑心，足以让一个人倒了胃口。

突然，他挥了挥手，一个锦衣卫凑了过来，他低声叮嘱几句，挥了挥手，锦衣卫低着头退了下去……

终于，在天黑之前，两人都完成了手上的任务，这天底下最好的两个厨师也终于要完成他们生命中的最后一次交锋了！

报菜官喊道："谢更的六道主菜是：首菜'降龙玉笛'，其余为'虎落平阳'、'千面莲花'、'玉石观音'、'清溪映照'、'貂蝉一笑'。李然的六道主菜是：首菜'八仙斩龙'，其余为'崇奉金石'、'华山一峰'、'万紫千红'、'江山升平'、'普天同庆'！"

朱元璋看着眼前的佳肴，久不动筷，沉吟一番，突然站起来喊道："这次的天下第一厨大赛，谢更获胜！"

这一喊，将下面的李然惊得"扑通"一声跪在地上，他知道面子是小，掉脑袋的事大呀！谢更和朱棣这边的人欣喜若狂，要不是朱元璋在场，他们此刻就要弹冠相庆了。

李然拼死谏道："皇上，您还没动筷呢！"他心中确实不服，就这样被杀，岂不是冤死他了？

朱元璋拍案而起："我是天子，我的话就是金口玉言！来人呀！将李然斩了！"

李然大呼："冤枉啊！"可锦衣卫哪管这一套，就硬拖了出去，半晌将李然首级呈了上来，吓得朱允炆这边的人"噗噗噗"跪倒一片。

就在这时，一个锦衣卫突然上前奏道："陛下，我们刚刚得到情报，谢更用的精肉乃是人肉！"

这一下可惊得谢更魂飞魄散，一时间竟一句话也说不出来。

只见朱元璋大喝道:"大胆奴才,竟敢欺君!推下去斩了!"锦衣卫又架起瘫作一团的谢更,拖去斩首了。

原来朱元璋这人疑心最重,听到厨子讲到菜名更是生疑,心中顿起杀意,俗话说,欲加之罪,何患无辞?于是他先除掉李然,然后又假借锦衣卫的指控,将谢更也推到刀下。

整个万寿大典就这样在恐怖气氛下结束了,"天下第一厨"之争,也就告一段落。

杀了两人后,朱元璋暗想:"看这朱允炆的首菜名更有杀意,看来他是一个能干大事的人,朕也确实需要十足霸气的接班人!"

后来朱元璋果然选择了朱允炆做皇储。至于日后朱棣在北平府发起"靖难之役",一路南下,将朱允炆逼死,那就是这位洪武皇帝没想到的事情了。

(七松石)
(题图:黄全昌)

探秘·险事
tanmi xianshi

探寻人性深处的奥秘,分享一段冒险的旅程。

别墅探秘

离奇委托

何树雄是临江市有名的私家侦探。这天清晨,他还在睡梦中,突然被一阵急促的电话铃声吵醒,张开眼睛一看,才只有五点半,"谁呀,这么早就找上门来了?"何树雄不禁皱起了眉头,他一面嘀咕着,一面拿起了电话。

原来打电话来的是临江市后浪集团的董事长,号称"临江首富",名叫伍云忠。

大约两个月前,何树雄替伍云忠办过一桩事情。因为伍云忠风闻自己夫人红杏出墙,便让伍云忠帮他调查,伍云忠足足花了一个月的时间,最后确认他夫人没有任何越轨行为,便如实报告给伍云忠,让伍云忠彻底放了心。伍云忠对何树雄的办事能力大加赞赏,何树雄对伍云忠的持重稳健也留下了深刻印象。

不过今天听起来，伍云忠在电话里的声音有点紧张，难道又出什么事情？何树雄正在心里猜测着，伍云忠就在电话那一头直截了当地问他："现在就你一个？身边没有其他人吧？"

何树雄嘲讽了他一句："你说我现在身边有几个人？"伍云忠也不接他的茬，压低声音约何树雄上午八点在峙山公园见面，"我有重要事情托付，你来的时候注意，别带'尾巴'。"

一向沉稳持重的伍董事长怎么变得如此神经兮兮，何树雄不觉暗中好笑，不过既然是有重要事情托付，也就意味着有更多的钱可以收进来了呀，想到这一点，何树雄不禁兴奋起来，再也无心睡觉。

何树雄平时是个十分守时的人，每天六点准时起床，现在看看时间也差不多了，索性就从床上爬了起来。不一会儿，他就穿戴整齐地下了楼，步行一刻钟来到"如意轩"饭店。这是一家24小时营业的小饭店，店堂里环境幽雅，饭菜也可口，何树雄几乎每天都来这里吃早点。

饭店老板姓杨，年纪不到三十岁，不仅相貌堂堂，而且非常精明能干，他和何树雄已经很熟了，所以看到何树雄进门，立刻满面笑容地迎上来。何树雄和他寒暄了几句，就照例在自己每天坐的老位置上坐定下来，要了一份蒸饺、一碗银耳羹，一边吃，一边猜想着伍云忠会有什么样的事情要自己办，不觉想出了神。

吃完早点，结了账，八点差一分的时候，何树雄准时赶到了峙山公园。

公园里冷冷清清，只有寥寥几个人影，何树雄心里疑惑：伍云忠人呢？忽然眼前一花，似乎有人从路旁的树林里一闪而过。他心中不由一动：这家伙在搞什么名堂？几乎是与此同时，他的手机铃声急促地响了起来，一看，有条短信：为了安全和保密，请你立即到烈士陵园湖心亭见面，伍。何树雄心里有点窝火：既然你伍总认为这里见面不妥，为什么不早点说呢？但他又觉得十分好奇，这么神神秘秘的，干啥呢？于是立即急步出了崞山公园，骑上摩托车，风驰电掣般直奔烈士陵园而去。

湖心亭的位置在烈士陵园中心，一座弯曲精致的独木桥把它和湖岸相连。此刻，陵园里比崞山公园还要静，高耸的纪念碑倒映在湖面上，显得分外庄严肃穆。何树雄走在环湖林荫大道上，一眼就看到湖心亭的石桌旁，坐着一个身着黑色西装、戴着大墨镜的中年男子。那人侧对着他，但他立即认出对方正是伍云忠。再看四周，他发现离自己不远处，有两个大汉正在林中活动腿脚，他知道，那是伍云忠的保镖。

何树雄刚走上独木桥，伍云忠就起身迎了上来。何树雄看他一副心事重重的样子，与两个月前几乎判若两人，不由心里一沉：看来他要托付给自己的这个事情，分量不轻啊！

两人在亭子里坐了下来，伍云忠不放心地四下张望了一下，然后递给何树雄一支烟，强笑着问道："你看我们是不是像两个特务在接头啊？"

何树雄看出他这是在故作轻松，便打趣说："你怕什么！只要我们都不是双重间谍，再像特务也没关系啊！"他本以为自己这么一说，会使见面的气氛轻松些，不料伍云忠听了却顿时变了脸色，盯着他看了半天，脸上的表情怪怪的，把何树雄搞得莫名其妙。

伍云忠告诉何树雄，这几天，他家里发生了一件奇怪的事情。

那是前天下午，伍云忠从银行里取了三万元钱，回家后就锁进了卧室的保险柜里，可是昨天早上当他起床后开柜拿钱的时候，却发现钱不见了。开保险柜的钥匙只有他和夫人才有，开柜门锁的密码也只有他和夫人知道，而且仔细看，柜门锁并没有任何撬损的痕迹。这到底是怎么回事呢？

震惊之余，伍云忠担心夫人受不了如此惊吓，就没敢声张。当天中午,因为急用,他又独自开车去银行提了五万元钱。这次他多了一个心眼,不但换了一家银行提取,而且回到家里把钱锁进保险柜后,还特地找借口把夫人手里的保险柜钥匙也拿了来,而且晚上还把夫人赶到隔壁客房去睡。即使这样,他心里还不踏实,临睡前又仔细检查卧室的每一扇门窗,看看关紧了没有,然后手里一直握着钥匙不放,直到半夜才迷迷糊糊睡去。今天早晨五点左右他就醒来了,睁开眼睛后的第一件事就是立即翻身下床,打开保险柜检查。不看不知道,一看他差点昏倒:五万元钱,一百元的票子整整五百张,一张不留!

何树雄一听,眉心拧成了疙瘩:"这么大的事情,你为什么不去公安局报案?"

伍云忠颤抖着声音说:"不是我不相信警方,实在是这件事情太奇怪了。你想,现在的形势是'盗暗我明',如果我一报案,惊动了警方,必将闹得满城风雨。这样做的结果,除了会打草惊蛇之外,我伍某也脸面无光啊!再说了,既然盗贼出入我家如入无人之境,惹恼了他,他想干啥谁还奈何得了?怕是报到公安局也未必顶用啊!"说到这里,伍云忠的脸色更加灰白,忍不住又紧张兮兮地四下张望,好像那个盗贼随时都会跳出来抢他钱包似的。

何树雄连忙拍拍他的肩,宽慰说:"事情也许没有你想象的那么严重吧?当然,没有深入调查,我也不能妄下结论,不过既然你把案子交给了我,我一定会尽力去做,这点请你放心。"

伍云忠看何树雄一脸诚恳的样子,这才稍稍镇定下来,点点头说:"我就知道找你不会有错,你以前在警局干过,是个能人,现在再以私家侦探的身份来调查这件事,可能要比以前在警局方便。我保证不会亏待你的,如果你帮我把这两笔一共八万元钱全部追回来的话,我就把其中的一半四万元作为报酬送给你,当然,就是追不回来,我也不会让你白干的。你觉得怎么样?"

何树雄本是警局的一员虎将,辞职其实也就一年多一点的时间,因为一场急病突然夺走了他父亲本还不老的生命,已经下岗了的母亲经不起如此沉重的打击,终日瘫在床上以泪洗面,家庭生活的重担完全落在了何树雄的身上,迫于家庭生活的压力,何树雄思来想去,终于在一片"下海"声中离开了警局。这次,如果能通过自己的本事大大赚一笔钱,这当然是高兴的事情,所以他朝伍云忠微微一笑,算是作答。

之后,伍云忠便匆匆离去了。

飞盗无影

下午三点半,何树雄按照事先和伍云忠的约定,骑着摩托车飞去他家。

这是一个极具北欧风格的高档住宅小区,每一座别墅的式样都不相同,伍云忠的别墅在小区里并不十分显眼,但单独看仍显华贵气派,庭院里绿草如茵,四周围着铁栅栏。何树雄很少到过这么高级的住宅区,一面慨叹同一片蓝天下人们的居住条件竟有如此天壤之别,一面也敏锐地注意到,这座别墅周围没有一棵大树可以遮蔽。换句话说,盗贼即使躲过门房保安的眼睛偷偷潜进小区,但要想在别墅周围找地方隐身,伺机进入,也是十分困难的。

何树雄是以伍云忠生意场上的朋友身份第一次到伍家的,上次替伍云忠办事,因为要避开伍夫人,他和伍云忠都是在外面咖啡厅里见的面,因此这次登门,伍夫人并不认识他。但何树雄对伍夫人应该说是非常了解了,既然这对夫妻在感情上没有问题,那么伍夫人拿走丈夫巨款的可能性就不太有,何树雄一面和这个文静的女主人寒暄,一面心里这样分析着。

何树雄在楼下客厅里坐了下来,伍夫人亲自给他端来了茶水,然后就告退上了楼。伍云忠悄悄递给何树雄一张纸条,上面写着他家一串雇佣工的名字,包括他的两个保镖,开车的司机,儿子的两个家庭教师,一个钟点工,一个园艺师和一个保健医生。伍云忠说,两次窃案前后,这些人都曾出入过他家。

何树雄职业性地环顾四周,一瞥眼,透过客厅的后窗,看到有个四十多岁的中年妇女正手脚麻利地在那里洒扫后院。根据伍云忠提供的名单,这个人应该就是伍家的钟点工陆晓勤了,一问,果然是。伍云忠介绍说,她是本地人,伍家所有的雇佣工中,只有她是每天必来的,每次在伍家做三小时的活。

何树雄不由多打量了她几眼。

由于伍夫人在家,何树雄不便急于去楼上卧室察看现场,只能根据伍云忠的描述进行分析。他还注意到客厅墙上挂着的那些名家字画,据伍云忠介绍,这其实都是仿制品。何树雄看到其中有一幅毕加索的《拿烟斗的男孩》,他知道这幅画的原件前不久曾在一个著名拍卖行卖出一亿多美元的天价,眼前这幅虽是仿作,估计应该也有不菲的价值。看来,伍云忠的艺术欣赏眼光不俗啊!

按照事先的约定,伍云忠装模作样地留何树雄一起吃晚饭,并对夫人说,虽然朋友一场,但平时各忙各的,相见不易,所以一定还要留何树雄在家住一晚。伍夫人自然连连称是,于是何树雄便顺水推舟地在伍家吃了晚饭,并留宿下来。

晚饭后，伍夫人说是要带儿子去一趟娘家，伍云忠就急忙趁此机会引何树雄上楼，去卧室察看现场。

　　伍云忠和伍夫人的卧室不很大，但装饰极尽奢华，那只保险柜就放在墙角，离床头很近，大约有一米高。伍云忠把保险柜打开，让何树雄里外仔细勘察，果然如他所说，包括柜锁，没有任何撬动破损的痕迹。走出卧室，下了楼，两人又佯作散步，围绕别墅转悠了两圈，园艺师还在后花园里收拾工具，何树雄和他闲聊了一阵，也没发现任何蛛丝马迹。

　　晚上，何树雄就被伍云忠安排在客房休息。客房在楼上，就相当楼下客厅的位置，何树雄把客房查看一番后，便在床上躺了下来，静静地倾听着客房外的动静。大约是晚上10点左右，伍夫人带着儿子回来了，短暂的嘈杂过后，四周归于宁静。何树雄跳下床，仔细锁好客房的门窗，然后便上床睡觉。

　　一觉醒来，竟然天已大亮，何树雄一看表，已是早晨七点。他连忙起床，伸手去拿放在床头的外套，突然心中一动，职业的敏感告诉他，衣服被动过了！一摸衣服口袋，他脑袋里"嗡"的一下：袋里的钱包果然不翼而飞！

　　何树雄很快让自己镇定下来，他把伍云忠的两次保险柜被盗和自己昨晚的钱包失窃遭遇联系起来，感觉这不像是一般的家庭财物被盗，极有可能是一个有计划的刑事大案。他心里立刻清楚地意识到，自己这个私家侦探，接下来该怎么做……

两笔捐款

　　临江市公安局刑警大队的庭院，何树雄是再熟悉不过了，但自从辞职离开之后,他就再也没有回来过,所以今天走进庭院,虽然一切都还是老样子,房间里传出的依然还是熟悉的笑声,但对何树雄来说,却有点感到陌生了,他迟疑地挪着脚步。

刚从办公室急匆匆走出来的刑警队员小安一头撞上了何树雄,立即扯开嗓门嚷起来:"你们看谁来了!"他一把就把何树雄拖了进去。

办公室里顿时就热闹开了,大家把何树雄团团围了起来,打闹取笑说个不停,就像回到从前一样。闹了好一阵,小安才嚷嚷着说:"好啦,好啦,你们让何大侦探干正经事吧,他现在是时间贵如油啊!"说着,就把何树雄带到队长办公室。

队长凌锋正在党校学习,现在队里的工作暂时由副队长黄冲主持。黄冲可谓女中豪杰,敢做敢为,快人快语,胆识过人,武艺高强。何树雄在刑警队时,两人最为要好,以兄妹相称,只是黄冲对何树雄辞职下海很是鄙夷,指责他满脑子铜臭。何树雄自己也感到理亏,只好对她敬而远之,两人因此疏远了关系,所以今天黄冲见了何树雄十分冷淡,只是招呼了一声,再没了话语。

小安为了打破僵局,为何树雄泡了一杯茶,何树雄尴尬地笑笑,深吸了一口气,对黄冲说:"我是来报案的。"

恰在这时,现任副局长的老刑警队长蓝天过来了,何树雄便把自己接受伍云忠案子的前后经过详详细细地向两个领导说了一下。蓝局十分重视,当即决定由黄冲负责侦破这个案子,同时,由于何树雄的特殊身份,特聘他配合黄冲侦查。

黄冲接受任务后,立即带领助手小安,在何树雄的陪同下来到伍家。伍云忠见了,先是一愣,然后不满地看了何树雄一眼。

黄冲开门见山地对伍云忠说:"这位何先生说,他的钱包在你家里神秘失踪了,希望你能配合我们的调查。另外,如果你家里曾经丢过什么东西,也可以随时报案,我们一定全力侦破,把你的损失降到最低程度。"伍云忠想了想,一咬牙,低声说道:"看来你们都知道了,我也就正式向警方报案吧。只是……我请求在破案之前,警方要保护我和家人的安全,对手太、太可怕了!"

黄冲点点头:"公民的人身安全和财产安全一样,都是我们保护的对象。"

伍云忠听了,十分感动地和黄冲握手。他看了何树雄一眼,吞吞吐吐地说:"不过,我和何先生有过口头协议,如果他破了这个案子,我至少付他四万元酬金。要是你们警方破了案,我也……"

黄冲迅速扫了何树雄一眼,打断伍云忠的话说:"破案是我们份内的事情。不悬重赏,自有勇夫。至于你和何先生之间的事,与我们无关。"

说着,她果断地朝小安挥了挥手:"开始工作!"三个人便在伍云忠的别墅里开始了取证一类的勘察。

忙到中午,正要告一段落。何树雄的手机突然急促地响了起来,原来是他女友叶利利打来的。何树雄这才记起,今天是他们相识一周年的日子,三天前,叶利利就和他约好了,中午一起去花园饭店吃饭。何树雄本想说服叶利利换个时间,可一听对方在电话里那么热情洋溢的声音,心里的话实在不忍心出口。他瞥了一眼黄冲,黄冲故作没看见,冷着脸对小安说:"撤!"小安同情地朝何树雄扮了个鬼脸,急忙跟着黄冲回局里去了,何树雄这才跳上摩托车,向花园饭店驶去。

等何树雄赶到时,叶利利早已在包间等候了。叶利利今天的心情特别好,吃饭的时候,滔滔不绝地和何树雄说着自己单位里的事。叶利利是临江市慈善基金会的出纳员,她说,他们慈善基金会今天早上收到一笔个人捐款,是建会以来一次捐款数额最大的,她要何树雄猜猜这笔捐款有多少。

何树雄猜了几次都没有猜中,叶利利忍不住就告诉他说:"四万九千五百元!"

何树雄觉得有点奇怪:"这人也真是,捐也捐了,干吗不捐个整数,叫人这么难猜?"话音未落,突然他一拍桌子跳了起来,瞪着叶利利说:"对了,你们基金会一个星期前一定还收到过一笔捐款,你赶快想想!"

叶利利点点头:"是啊,我当出纳,当然对基金会的账目清清楚楚。你说吧,是哪一笔?"

何树雄肯定地说:"一个星期前,你们一定收到过,一笔两万九千七百元的捐款,对不对?"

叶利利惊讶得眼睛都要瞪出来了:"对呀,对呀,是有这笔三万少三百的捐款。怎么,你私家侦探简直成神仙了,莫非在查我们基金会的账?"

何树雄也为自己的猜测惊奇了:这两笔捐款的时间,都是在伍家保险柜巨款失窃之后,而且两笔数额恰恰都是捐款人扣除了巨款百分之一汇费之后的数字。他没理叶利利的话茬,当即拨通了黄冲的手机。

十五分钟后,黄冲赶到了,再次询问了叶利利关于捐款的事情之后,她意识到复杂的案子好像有了点眉目,不免有些激动,她不由自主地向何树雄竖起了大拇指,然后就跟着叶利利一起来到慈善基金会。

黄冲和何树雄调阅了基金会的捐款记录,那两笔捐款都是先后从本市建行城东分理处汇来的,汇款人为"阿毛"。他们又到该银行调看监视录像,发现汇款者是一对青年男女,两人均戴墨镜。女的身高差不多有一米六,男的身高也几乎接近一米八,遗憾的是两人的面容都模糊不清，相比之下，男的因站的角度正好面对监视镜，还稍稍清晰一点。从他们的动作看，那个男的好像很关照那个女的，进出银行时都挺照顾，一直搀扶着她。

黄冲当即将录像送技术处处理，以作人像备用，同时和何树雄商量说："咱们的侦破工作不能单挂在汇款人身上，还是要从接触伍家的人中寻找新的突破口。"

何树雄建议黄冲先查钟点工陆晓勤，理由有两条：一是陆晓勤每天去伍家，并且要在伍家干三个小时的活，相对来说对伍家的情况更了解；二是录像中那女的尽管年龄和陆晓勤有差距，但脸庞却很相像。

黄冲觉得何树雄的话有道理，于是又叫来小安，三个人细细安排了接下来的工作进程。一进入实质性的工作状态，黄冲就忘记了和何树雄的隔阂，两人又像以前一样有商有量地干了起来。

盲女失踪

破案工作一直在蓝局的亲自领导下进行，黄冲随时都和蓝局保持联络。

这天早上，黄冲还在路上，手机就响了，二十四小时监视陆晓勤行动的小安向她报告：陆晓勤神色张皇地直奔公安局去了。黄冲连忙回到局里，陆晓勤已经到了，正在向刑警队报案，原来与她住在一起的侄女失踪了。

陆晓勤的侄女名叫陆丽，今年二十三岁，出生时就双目失明。陆丽的父母十年前在一次海难中双双去世，但是因为他们早有准备，所以去世时给女儿留下了一笔遗产，基本上能让陆丽过完一生。但毕竟是一个盲女，生活上有诸多不便，于是自从兄嫂去世后，陆晓勤就主动承担起了照顾侄女的责任，以致自己一直未婚，就靠平时替人家做钟点工来维持生计。

陆晓勤和陆丽就居住在陆丽父母留下的一套三室两厅的房子里，平时陆丽很少外出，而且绝大多数时间都呆在自己的卧室里，昨天晚上，陆晓勤因为身体不适，回家就早早上床睡了，直到今天早上起来后，才发现陆丽不在房里。想到她是一个盲女，不可能一个人外出，陆晓勤顿时手脚冰凉，愣了好半天才想到来报案……

陆晓勤和陆丽的住处就在何树雄经常吃早点的如意轩饭店斜对面，黄冲他们三个人随同陆晓勤前去查看，发现屋里的陈设有些古色古香，客厅虽不大，但收拾得非常整洁，墙角橱柜上放着一台大彩电，对面靠墙是一套沙发，沙发上有一本盲文版的《罗密欧与朱丽叶》。黄冲拿起来翻了翻，陆晓勤连忙往一边解释说："这还是对面如意轩饭店的杨老板送的哩！"

"哦？"何树雄在旁边挺有兴趣地问了一句，"陆丽和杨老板认识？"

陆晓勤点点头，说这两年她外出做钟点工，陆丽的午饭就让如意轩给送来，有时候饭店生意忙，路远的由伙计送，因为她们家离饭店近，陆丽的午饭就经常是杨老板自己送过来了。

几个人边说边走进陆丽的卧室。卧室里看上去有点凌乱，好像陆丽走时很匆忙。何树雄在陆丽床头的书桌上看到一张名片，是个名叫"孙会音"的，头衔是"汇英物业管理公司总经理"。

何树雄问陆晓勤："这个人你们认识？"

陆晓勤连连摇头。

黄冲又接着问了有关陆丽的许多情况，例如生活习惯，兴趣爱好，性格特点等,陆晓勤除了摇头还是摇头:"唉,我们小丽自小就多愁善感,因为眼睛看不见,总躲在家里不敢见人,更说不上有什么兴趣爱好了。要说她特别喜欢什么,我看亏得杨老板送了她这本书,老见她捧在手里,喜欢得不得了的样子。"

黄冲想看看陆丽的照片,陆晓勤挺难为情地拿出几张来,说:"这还是她小时候我哥我嫂拍的。不瞒你们说,现在她什么也看不见,我想拍也是白搭,她又看不见,所以这钱也省了。"

临走前,黄冲关照陆晓勤说:"你仔细想想,如果想起陆丽还有什么异常情况,不管以前还是现在,都请马上告诉我们。"

"异常情况?"陆晓勤想了想,顿时两眼一亮,"这算不算异常情况啊?我们小丽最奇怪的就是她有特异功能,如果她一门心思要什么东西,这东西就会到她手里。"

"什么?"黄冲和何树雄迅速交换了一下眼光,"你能不能给我们说详细点?"

陆晓勤见他们这么感兴趣,便认真回忆说:"小丽七岁那年,有一回我带她出去,坐船过河的时候,她听到船上有个小男孩在吹口琴,便缠着我说她也想要一个。可船上哪有口琴卖呀?我只好哄她,她就闷闷不乐地靠在我怀里。过一会儿,我听到那男孩嚷着说他的口琴不见了,他父母找来找去找不到,就说一定是他拿着口琴满船跑,把口琴掉河里去了。可是临下船的时候,陆丽从我怀里站起来,我却看见那男孩的口琴在她的手里。我当时吓了一大跳,要是被人看见,还以为我们是贼呢,要知道我们离那男孩至少也有十来步远啊!这样的事情后来又发生过好几次,我才知道其实我们小丽有特异功能。可我们孤儿寡女的,哪敢声张啊,万一人家丢了东西都怪罪到我们头上,那怎么说得清楚?我一直关照小丽，千万不要乱动念头，幸亏她也听话，所以后来就再没有惹出什么乱子来……"

陆晓勤的这番话，让黄冲、何树雄和小安都很激动，虽然案情还不明朗，但三个人心里都觉得，这个情况一定有助于侦破工作的进一步突破。

判断分歧

新情况还有！从陆晓勤家里出来，何树雄告诉黄冲，那张孙会音的名片，原本是他放在钱包里的，怎么居然会在陆丽这儿，他实在想不出个道道来，这是一个线索。另外，他还突然猜测：去建行捐款的这对男女，会不会就是如意轩的杨老板和陆丽呢？因为陆丽是个盲女，出入银行时杨老板就会紧紧携着她的手，所以从银行的监视录像上看，这一对男女好像很关照的样子，这是符合陆丽盲女身份的。如果真是这样的话，那么现在陆丽突然失踪，那个杨老板会不会也同时失踪了呢？

黄冲觉得何树雄的这个猜测不能说完全无来由，便让他马上去如意轩看看，自己先赶回局里向蓝局汇报情况，小安则去邮局调查汇款之事。于是，三个人在路口分了手。

在去如意轩的路上，何树雄特地买了一份当天的早报，进了饭店之后，他要了一份点心，然后一边浏览报纸，一边慢慢品尝着点心，他注意到，在这个过程中，杨老板始终没有露过面。最后到收银台结账的时候，何树雄随口问道："你们杨老板呢？"

收银小姐说："你找我们老板啊？今天好像出去了，没见他来过。"

何树雄探寻着说："如果一会儿他来了，请他中午送一份便当到我家里，可以吧？"

小姐撇了撇嘴："别人送不行吗？还非要我们老板自己送？"

何树雄笑了："你们杨老板不是一直说对待顾客要一视同仁吗？他经常给对面人家送饭，为什么就不能给我送一次？"

小姐一时无语，便拿出一张纸说："那请你把地址留下来，我负责转告就是了。"

话分两头。再说黄冲回到局里不久，小安兴冲冲回来汇报说：从银行里得到汇款人"阿毛"的笔迹，经核实鉴定，正出自如意轩杨老板之手。

黄冲正想打电话把这个消息告诉何树雄，何树雄回来了。何树雄带来的消息是：杨老板也失踪了。

案情分析会在蓝局的亲自主持下召开。分析会上，一种观点认为：陆丽由于生活无聊，从其姑母陆晓勤口中知道伍家情况后，便运用意念取物的特异功能来取得巨款。她的本意可能是所谓的"劫富济贫"，可因为怕陆晓勤责怪，便让杨老板陪着到邮局去寄给慈善基金会，后来也许是意识到自己玩过了头，就害怕得躲了起来。另一观点则认为：杨老板在送饭的时候偶然得知陆丽具有意念取物的特异功能，于是便利用一切机会接近她，送书给她也是为了取得她的好感，目的是想利用她来达到自己窃财的目的。至于后来将窃得的巨款捐给慈善机构，肯定不是杨老板的本意，而陆丽的失踪，则预示着将有更大的犯罪行为发生。

黄冲是持后一种观点的，而特邀列席分析会的何树雄却一直沉默不语。蓝局要他谈谈自己的看法，他才仿佛从沉思中惊醒过来，字斟句酌地说："我现在脑子里还一团乱麻，说不出有什么观点，但是我感到，对陆丽意念取物这件事情，我们还不能轻易下结论。尽管伍云忠的两起保险柜失窃事件，除了意念取物之外好像无法解释，可我的钱包失窃用陆丽的意念取物是解释不通的,一是我那天在伍家过夜,陆晓勤并不知道,陆丽就更不可能知道了,她哪来要取我钱包的意念呢?二是我钱包里也就一千来元钱,也不值得她搞什么'劫富济贫'。"

何树雄当初在队里就以善动脑筋出名,所以他的这番话很让大家深思。蓝局说:"对案情的不同分析意见是很重要的,这可以促使我们更加客观和冷静地思考问题。接下来,我们确实要加强对陆丽意念取物这件事的深入调查,包括向有关专家和科研机构请教。好在我们已经有了一个很重要的开始,相信经过大家的努力,案子很快会水落石出!"蓝局综合了大家的意见,对案情的侦破工作又作了具体指示。会议结束之后,大家便开始分头行动。

事情说巧也真巧。这个案子还没结束,第二天早上刚上班,公安局值班室就接到报案电话:国际博览中心正在举办的"世界名画巡回展"上,五幅名画昨晚被盗,总价值超过一亿美元。消息经媒体披露后,立即成了临江市民人人关注的中心话题。

市领导要求公安局限期侦破。蓝局决定黄冲小组暂停手中的案子,全局上下集中精力,立即转入名画被盗案的侦破工作。

现场勘察没有任何线索,黄冲陷入了深思,不由把它和伍云忠案进行比对,正好这时银行监视录像处理结果也出来了,证实这一男一女就是杨老板和陆丽。专家意见认为意念取物的现象尽管非常罕见,但确实存在。综合以上情况,黄冲认为杨老板利用陆丽偷盗伍家巨款只是他的一次试验,而偷盗世界名画巡回展上的世界名画,才是他的真正目的。

偏偏又传来消息:市郊接合部加油站的工作人员发现,有戴墨镜的一男一女神情鬼祟,正向南郊深山方向逃去。黄冲立即把这些情报和自己的想法向蓝局作了汇报,蓝局当即指示黄冲两案并一案,加快侦破步伐。

黄冲身先士卒,准备马上带刑警队员前去追捕那两个逃窜的男女,刚要出门,何树雄突然大叫一声:"等一等!"

黄冲愣了一下,笑着说:"我差点忘了,你还要等着拿伍云忠的重赏哩!走吧,你和我们一起去,抓住了杨老板和陆丽,我算你的功劳。"

何树雄压低声音,严肃地问地道:"你不觉得这一切来得太'水到渠成'了吗?这种时候,你还开什么玩笑!"

黄冲一愣:"你的意思是……咱们先不去追捕?"

何树雄沉思着说:"我觉得这里肯定有名堂……"

黄冲"嘿嘿"冷笑一声,神情中掩饰不住轻蔑之色:"我的何大侦探,你放心好了,我黄冲是说话算数的人,你就等着去领赏金吧!"说完,带着小安等人急匆匆出了门。

何树雄站在原地,望着她的背影发呆。有人过来拍了拍他的肩,回头一看,是蓝局。他刚想张嘴,蓝局抢先开了口:"别急,到我办公室慢慢说。"

云开雾散

傍晚时分,伍云忠前脚刚从公司回到家里,何树雄后脚就赶到了。何树雄不请自到,伍云忠不免有些诧异。

在客厅落座之后,何树雄看了伍云忠一眼,笑着说:"伍总一定在猜测我的来意。很简单,我是准备来拿那四万元报酬的。"

伍云忠顿时笑逐颜开:"好,好,案子破了?"

何树雄说:"我现在来这里,就是来捉拿飞盗的。"

伍云忠一愣，不解地望着他。

何树雄说："我算定飞盗今晚要光临贵府，所以先在这里等候。"

伍云忠一听，神色顿时紧张起来："可是我家里现在既没多少现金，也没什么值钱之物啊？"

何树雄压低声音说："那飞盗除了现金，还喜欢名画呢！"他正要说下去，只见伍云忠突然站了起来，给他茶杯里斟满水，然后说："我有点小事，失陪几分钟。"说罢，就要走。

何树雄呷了口茶，头也不抬地说："离飞机起飞还有两个小时呢，伍总何必这么着急？"

伍云忠整个身子顿时僵住了，沉下脸来说："想不到我的行踪你何大侦探也这么关心？我可没有托付给你这个任务啊！"

何树雄呵呵一笑，说："我不是关心你的行踪，而是关心我那四万元报酬啊！我总不能为你白白出力吧？哈哈哈哈！"笑罢，他就岔开了话题，"楼上我住过的那间客房，好像比这个客厅要大一点，奇怪……"他一边自言自语地嘀咕着，一边就站起身来，走到墙的一边，伸出拳头擂了几下墙壁，立刻响起一阵"咚咚咚"的声音。他显出一副恍然大悟的样子，说："原来这墙是空心的啊，我说哩，怪不得外面看上去楼上楼下房间一样大，而从里面看，怎么客厅就显小了呢！是吧，伍总？"

他猛回头，见伍云忠僵硬着身子站在那里，于是自顾说了下去：

"有这样一个故事，相信你会很感兴趣。有位民营企业家，经过二十年的苦心经营，终于富甲一方，然而对金钱的贪恋，使他在投资股票时头脑发热，结果很快到了破产的边缘。绝望之中，他决定狠捞一票后出国去，于是就打起了偷盗的主意。一个偶然的机会，他听说一位双目失明的姑娘具有意念取物的特异功能，便精心策划了一场瞒天过海的大骗局。"

"他组织了几个人，制造两起大额现金神秘被盗的假案，又搞了两笔稀奇的捐款，弄得整个事情离离奇奇，神神怪怪。更绝的是，他精心挑选了一位与警方有某种特殊关系而又急需用钱的私家侦探，来扮演这出好戏的主角。为了帮助这位侦探进入角色，他让侦探在他自己家中亲自体验了一回神秘被盗的感觉。可是谁也不会想到，他家二楼客房中有一面墙是可以升降的，而且天衣无缝。可惜，正是这一次被盗，使侦探产生了怀疑，因为这个侦探的生活习惯是每天晚上十一点准时睡觉，早晨六点钟准时起床，雷打不动，而那天早晨他足足睡到七点钟才醒过来，显然是被人熏了迷香。如果盗贼真的是用意念取物，是用不着这么费心的。

"他还指使同党杨老板挟持可怜的盲女，又让戴墨镜的一男一女忽隐忽现，故意来吸引警方的注意力，可是暗中他却用重金收买名画博览会里的内部人员，不费吹灰之力就盗走了五幅世界名画。只要警方没捉到那一男一女，就不会怀疑到其他人的头上。他就能够从容出国，做自己的黄粱美梦了。

"伍总，我说的这个故事不错吧？"

伍云忠的脸此刻已经成了猪肝色，他盯着何树雄看了半晌，咬着牙问道："姓何的，你到底想怎么样？"

何树雄眯起了眼睛："人为财死，鸟为食亡。我相信，我们是能够互相理解的。"

"你说，你想要多少？"

"我抓到了飞盗，能得四万，我放走了飞盗，至少要四十万。"

"你……"伍云忠的两只眼睛简直要喷出血来，他克制着，迅速从

口袋里掏出一本支票簿,

飞快地撕下一张,签了就扔给何树雄,然后转身就朝门外走去。

"等一等!"何树雄叫了一声。伍云忠回过头来,只见何树雄朝他微微笑了一下,掏出打火机,将到手的这张支票点着了。

伍云忠先是目瞪口呆,继而额头渗出了冷汗。

这时,何树雄从口袋里掏出了手铐,伍云忠见了,歇斯底里地狂叫起来:"姓何的,你究竟要多少?你也太狠心了!"

就在这一刻,蓝局带着刑警队员冲了进来。一见面,蓝局就握住何树雄的手说:"小何啊,好消息,黄冲刚才带人在码头上截住了后浪集团一批出口的货物集装箱,在夹层里找到了被盗的那五幅世界名画。"

伍云忠顿时就两眼一翻,面孔变得灰白。

何树雄兴奋地抓住蓝局的手说:"蓝局,不出所料,这客厅有面墙是可以升降的,我相信,里面一定还有不少令人称奇的东西。"

一名刑警队员在墙角的文件柜后面,发现了通往墙壁夹层的暗门,打开后用手电往里一照,不禁"啊"地叫出了声。蓝局和何树雄奔过去一看,里面一男一女已经被压成了肉饼,他们就是陆丽和杨老板,名画到手之后,伍云忠就杀人灭口了。

当晚,在庆祝案件告破的总结会上,黄冲满脸通红地走到何树雄面前,低声说:"对不起,我小瞧你了!"

何树雄呵呵一笑,洒脱地说:"像以前那样,还是叫我雄哥吧!"他附着她的耳朵轻声说,"我已经向蓝局交了申请归队的报告,孤军奋战的滋味,总不如大伙一起干来得强啊!"

(王志明)

(题图:杨宏富)

定夺生死

奥拉姆少校在海军服役,是一艘潜艇的艇长。他奉命率部到指定海域执行任务。

潜艇到达了指定海域,突然,传来一声巨响,随之而来的是艇身剧烈的摇晃和下沉。

副手保罗上尉踉踉跄跄跑了过来,大声说:"少校,不好了!一枚鱼雷爆炸了,把两个舱炸开了,我已经命令他们封住其他舱门,目前其他舱都没进水,只是潜艇不受控制,急速下沉,通讯系统尚且正常……"

保罗上尉还没说完,艇身又是一震,然后居然不再下沉了。经验丰富的奥拉姆少校明白,他们这是搁浅在礁石上了。

奥拉姆少校立刻跑到通讯设备前,亲自拿起对讲机,呼叫基地。伴随着刺耳的电波声,总算是接通了基地。奥拉姆少校汇报完情况,脸上紧绷的肌肉松弛了些。他转过身,对身后的全体水兵说:"情况没有我们想象的糟糕，至少现在我们不再飞速下沉，而且基地已经派了一艘大型救援船来营救我们，很快就会到达。"

水兵们焦虑的神情都缓和了下来，现在只有等了。奥拉姆少校坐在大家中间，说起了一个个笑话，最后，他又说起了自己的妻子和可爱的小儿子，满脸洋溢着幸福。

一天过去了，大家都有些疲乏，突然，基地呼叫潜艇了，奥拉姆少校冲上去，拿起对讲机，对方说是救援船遭遇风暴，被吹向暗礁，还引起大火，别说救援船不能救援了，恐怕他们自己还要别人救援呢。

奥拉姆少校的脸再次绷紧，他说："那还有其他救援船吗？飞机呢？"

基地的人员说："飞机要等到风暴结束后才能起飞，而且飞机带不了足够的救援设备，没有足够的救援能力。还有一艘救援船，在干船坞里呢，一个星期内绝对不可能到你那里。"

奥拉姆少校的身体微微颤了一下，对着对讲机大声说："明白了，谢谢！我们就等着你们了！"放下了对讲机，他转身对保罗上尉说，"让小伙子们都到我这里来。"

十分钟后，水兵们集合完毕，奥拉姆少校站在他们面前，说："小伙子们，首先，我要说，你们是我见到过的最优秀的水兵。现在有一份非常困难的工作得干，让我们先一起来干一杯，暖暖身子，再配合基地的营救。"

少校的脸色像死人一般苍白。他给每一个人的酒杯斟上一杯烈酒，又把事先已经装了酒的五只白酒杯分别递给保罗上尉、轮机军官诺丁和詹维、鱼雷兵普里斯，舵手斯佩尔。他自己则拿起最后一杯，把酒杯高高举起来。

所有人都一饮而尽，奇怪的事情发生了，除了奥拉姆少校、保罗上尉、普里斯、诺丁、斯佩尔和詹维,其他人喝下酒后,都发生了同样的情况,那就是同时僵直、窒息、倒下,马上死去,酒杯"哐啷"一声掉在地上。

几个活着的人被当时的情景吓呆了,连一句话也说不出来。

奥拉姆再次开口讲话,说:"伙计们,海岸基地说我们的救援船遇险,另一艘还在干船坞里,到达这里救援我们,最快也要六七天时间。舱内剩下的空气还不够我们全体用两天。现在,将会有足够的空气供你们五个人用七天。请你们服从我最后的命令。保罗上尉,你负责指挥。"

保罗上尉说:"为什么你不指挥,少校?"

奥拉姆少校平静地回答道:"我写完报告就会自杀,我该和死去的水兵在一起,我对他们心怀愧疚。"

奥拉姆少校写完报告,郑重地签上了自己的名字。他让人把水兵们的遗体都移到艇尾一个船舱里,然后呼叫海岸基地。

奥拉姆少校用平淡而不带感情的声音说:"我已经作好安排。保罗上尉、轮机军官诺丁和詹维、鱼雷兵普里斯、舵手斯佩尔五人生存下去,其余的人为他们的生存而死亡,包括我在内……"耳机里传来基地通讯官一阵阵恐惧的叫声。奥拉姆少校继续说:"其他人完全不知道我的意图,我安排让有家室的人活下去,整个责任由我一个人承担……"

(编译:吴本慧)
(题图:佐 夫)

赶蛇绝招

瘦子杰克和胖子威利是一对形影不离的好朋友,又都是考古迷。一天,他俩结伴去雅玛人遗址考察,不料在森林里迷了路。到了天黑,他们只得找了一块干燥的地方挂起遮雨布,燃起了篝火,然后躺进随身带来的鸭绒睡袋里过夜。

他们一觉睡到天快亮时,瘦子杰克被一阵窸窸窣窣的声音惊醒了。他睁开眼睛一看,顿时吓得汗毛直竖,连大气都不敢喘。原来离他一步之外,一条褐色的响尾蛇正慢悠悠地朝林子深处游去。等那条响尾蛇消失之后,杰克才嘘了口气,忙壮着胆从睡袋里爬了出来,打算叫醒威利,快快离开这个危险的地方。

杰克刚要伸手推醒威利,突然他的眼睛又瞪大了,那只伸出的胳膊也在半空中僵住了。原来他发现在威利的睡袋中部凸起了一个圆鼓鼓的大包!天啊,这不是蛇盘在威利的睡袋里吗?他早听说过,蛇是冷血动物,最爱钻暖和的睡袋。有一个探险家,就是被钻进睡袋的毒蛇咬死的。威利的处境万分危急,可是他却毫无察觉,得赶快告诉他!怎么告诉威利呢,叫吧?不行,万一威利身体一动,准会被蛇咬;不叫也不行,威利翻个身，同样也难逃厄运。杰克急得六神无主的时候，突然想到了一个妙计，他忙从笔记本上撕下张白纸，在上面写着：

毒蛇正睡在你的身边，你别动，也别讲话，不然就会没命！！！

随后他轻轻趴在胖得像座山一样的威利一侧，把纸条放在威利的鼻子上面，等待着威利醒来。

杰克足足趴了两个多小时，威利才睁开了眼睛。他刚要张开大嘴打哈欠，突然眼睛瞪大了，脸色变得煞白，停了片刻，他转动着眼珠，用求救的目光盯着杰克。杰克见威利知道了自己的处境，便附在他的耳边，轻轻说道："我会想办法救你的，你千万别动！"

杰克说完，瞧了瞧四周，见地上有不少枯叶，马上想起了印第安人用烟熏蛇出洞的办法。他轻手轻脚地把枯叶捧到威利睡袋后面，用旅行剪刀把睡袋剪了一个洞，然后点上火，用手把烟往洞里扇进去。一会儿青烟钻入睡袋，又一缕缕从威利的脸上飘过。谁知烟把威利熏得直淌眼泪，那条蛇仍盘在那儿纹丝不动，急得杰克满头大汗。这一急一热，眼睛又忽地一亮，他想蛇的体温是随着气温的变化而变化的。它既怕冷，也怕热。眼下太阳老高了，我不如用太阳晒，把那条蛇从闷热的鸭绒睡袋里赶出来。

于是，他悄悄起来，解下遮雨布的绳子，揭去了遮雨布，顿时热烘烘的太阳直射威利那凸起的睡袋。

不一会儿，威利的睡袋被太阳晒得滚烫，这一晒，可要了大胖子威利的命了，他像睡在火炉里，浑身燥热，头上大汗淋漓，但他仍旧一动也不敢动，直挺挺地躺在那里。又过了一会，只见他那胖乎乎的脸由白变红，又由红变成了紫色，可是，盘在睡袋里的那条蛇，像存心要在里面安家落户似的，一点也没离开的意思。这一下杰克傻眼了，他再也想不出用什么绝招赶蛇走了。

杰克正无计可施时,只听威利一声惨叫,从睡袋里爬了出来,扑倒在睡袋外面,绝望地嚎叫道:"让我死个痛快吧!"杰克大惊失色,心想可怜的威利肯定被蛇咬了!一想到好朋友马上就要死去的惨景,他气急败坏地操起身边的一根大树杈,一个箭步冲过去,朝着那个凸包,"劈劈啪啪"一阵拼命抽打。不一会儿,那个凸包慢慢地瘪了下去,接着从睡袋里淌出了一大摊水,杰克一看,心想,这条该死的蛇一定给打死了,成了一堆肉酱。但他还不解恨,他还要狠揍这条毒蛇。于是他一手拎起了睡袋,把死蛇从睡袋里倒出来。只听"扑"一声,果然从睡袋里滑出来一样东西,杰克定神一看,不禁失声叫道:"天啊!"差点昏倒,原来从睡袋里滑出来的不是死蛇,而是一只大热水袋!

原来威利腰部有伤,每天睡觉都要用热水袋。这时,威利看着被砸烂的热水袋,有气无力地说:"杰、杰克,你可害苦我啦!"

(编译:张 励)
(题图:李 加)

隔壁的鼾声

去年初夏，大老李去外地出差，车到目的地已是午夜一点，他本想在候车室里捱到天亮，可那里横七竖八躺满了人，连个插足的地方都没有，想想第二天还要赶十几里的山路，于是决定找个旅馆好好休息一下。

大老李走出车站，沿街找了半天，一连两家旅馆都已挂上了"客满"的牌子，后来好不容易发现有家小旅店灯还亮着，就推门走了进去。

这是一家由住家改建的私人旅店，进门便是廊厅，厅里摆着床和电视机，五十多岁的老板娘正躺在床上看电视，一看来了客，连忙起身，带大老李到客房去。老板娘指着一个半开着的房门说："就这间，平时15元一晚，照顾你是下半夜来的，给10元就行。"老板娘看上去非常爽气，大老李心里挺感激。

大老李给了钱，老板娘转身带上门就出去了。

大老李抓紧时间倒头就想睡。可借着房间里昏暗的灯光一看，床单被子和枕头那个肮脏劲儿，他直想吐，没办法，只好安慰自己："权当就在车站蹲一晚吧，这里总算还能躺下来。"大老李连鞋也懒得脱，硬着头皮和衣往床上一倒，就闭上了眼睛。

　　这时候，房门突然开了，老板娘拿着暖瓶和水杯走进来，招呼大老李说："给你送水来。"大老李确实有点渴，可一想到那杯子也干净不到哪儿去，就懒洋洋地说了声："谢谢你了，放那儿吧。"又闭上了眼睛。

　　老板娘没有马上走的意思，半夜三更的还给大老李套近乎："你是头一次到我们这地方来?"大老李只想早点睡觉，懒得和她说话，随口答道："哪里是头一次，这地方我来得多了。"谁知老板娘一听他说这地方来得多了，马上就凑近他问："那，要不要我把咪咪小姐送你这来?"

　　大老李心里"别"一跳：莫非自己撞上黑店了？吓得睁开眼睛就坐了起来："不不不，我只是来睡觉的。"

　　老板娘笑了："你放心，咪咪懂规矩，我又不多收你的钱，你急什么？"

　　大老李喉咙响了："我不要就是不要。你要硬送来，我立马就走。"

　　"好好好，"老板娘见大老李这个倔样，叹了口气，"都什么年代了，还这么死板！"她边摇头边就嘀嘀咕咕地走了。

　　老板娘一走，大老李立即将房门锁插上，重新在床上躺了下来。可是不到两分钟，老板娘的声音在他耳边又响了起来："咪咪啊，人家不要你这个小姐，我也没办法啊！"大老李一紧张，坐起来一看，房间里没人啊？再一打量，发现自己躺着的床头上方，与隔壁房间相连的墙壁上，有个大大的窗洞，老板娘的声音就是从这个窗洞里传过来的，怪不得听起来就像在房间里说话一样。大老李吃不准这老板娘到底还要搞什么名堂，早知道这样子，刚才还不如蹲车站里呢，他心里懊悔死了。

就在这时,"砰砰砰"老板娘过来敲大老李的房门,大老李不想开,装睡。谁知老板娘见敲不开门,索性自己用钥匙开进来了。大老李见那门锁原来是聋子的耳朵——摆设,气得板着脸说:"你怎么可以自说自话进来?你到底要干什么?"老板娘却一点不生气,依然笑呵呵地说:"咪咪小姐喜欢陪客人睡觉,要不我领过来你看看,喜欢就留下……"

大老李气得一蹦三尺高:"我不会上你当的!"他不想与老板娘多啰嗦,一把把她推出门去,又掏出口袋里的手机,朝老板娘晃了晃,"你要再敢进来,我就打110报警!"说完,"哐"把门狠狠关上了。

老板娘会不会再来骚扰呢?大老李心里吃不准,但他打定主意,千万不能让女人走进房间一步,否则自己就是浑身长嘴也难说清,这种事大老李听得多了。他把房间里可以搬得动的桌子椅子都挪到门后边叠起来,把老板娘刚才送进来的暖水瓶往床边一放,人靠在床头上休息,两只眼睛却没有离开那个窗洞半步。他想好了:不管女人从门里进来还是从这个窗洞里过来,只要她来,自己就立刻高声大喊,坚决不让她靠近;如果她硬干,就先下手为强,把暖瓶甩过去,然后想办法夺门冲出去。他心里清楚得很,老板娘这么干,无非是想诈他的钱。唉,自己今天也不知哪根神经搭错了,鬼使神差竟找了这样一家黑店。

这时,外面走廊里传来一阵男人的咳嗽声,是老板?同伙?大老李的心再一次紧张起来:完了,今天难逃他们的手心,一定是想帮着编排自己来了!他马上把暖水瓶拿在手里。还好,结果是虚惊一场,原来这男人是半夜上厕所的,因为大老李听老板娘招呼了一声:"厕所在那头。"

一直到老板娘的脚步声走远了,大老李这才松了口气,把手里的暖水瓶放了下来。

外面一切都安静下来了。可是大老李还是睡不着,也不敢睡,通过这个床头上的窗洞，隔壁老是传来"窸窸窣窣"的声音，这女人到底在干什么？为防不测，大老李把随身带的钱分开塞进自己的鞋底和袜子里，就怕女人和老板娘再耍什么花招。一个小时过去了，又一个小时过去了，大老李发现隔壁"窸窸窣窣"的声音没有了，随之而起的是另外一种声音，非常有规律，仔细辨别，原来是轻微的鼾声。大老李不由长嘘了口气，突然就觉得困顿极了，两眼一闭也迷糊过去。

天刚蒙蒙亮的时候，大老李就醒了，侧耳听隔壁鼾声依旧，他不由心里一喜，轻手轻脚把叠放在门口的桌子椅子移开，就溜出门去，恨不得一脚就逃出这个倒霉的旅店。在走廊里，他发现隔壁房门半开着，心里突然就跳出一个念头：隔壁到底是个怎么样的女人？探头朝里一望，不由惊呆了，蜷卧在床上的哪里是女人，原来是一只大花猫，轻微的鼾声就是从它的鼻腔里发出来的。

"轻点，轻点，别吵醒了我的咪咪小姐！"老板娘不知什么时候突然就站在大老李面前，眦着眼说，"怎么样，后悔了吧？这么好的小姐，还不要！"

"小姐？明明是只猫，怎么硬说成是小姐？害得我一夜没睡！"

"啊？"老板娘的眼睛瞪得比大老李还大，"你真不知道？我昨晚不是问你是不是头一回来，要不我早跟你说清楚了。我们这儿都这样，天生爱养猫小姐不算，就得让这宝贝晚上跟着陌生人睡，让它沾点儿财气回来，讨个吉利呗，要不怎么说'发财猫'呢？谁知道你还这么小气！"

大老李想想自己一夜遭的罪，哭笑不得。

（唐　勇）
（题图：王申生）

煤井惊魂

这天,陆大明、老侯和刘刚三人,在井下同一作业面上采煤。由于贪进度,别的工人收工后,他们又干了半个多小时才收工。三人沿坡道往井上走,眼看就要到巷道口了,走在最前面的刘刚突然一拍脑袋,说:"不好,水壶忘井下了,大明你帮忙拿来。"

大明答应了转身就走。可刚走了几步,就听"哎哟"一声,老侯从坡道上滚了下来。大明回头把老侯扶起来,就听"轰隆"一声巨响,原来洞口那块巴掌大的亮光不见了,碎煤块稀里哗啦雨点般落了下来,腾起的煤末灰尘呛得他俩眼睛都睁不开来。

"塌方了!"大明惊叫起来。

老侯此时仿佛镇定了许多。他告诉大明先关掉头上的矿灯,以节约电源;然后和大明分别找到一处凹陷的坑壁站好,以防再有大煤块滚落下来砸着……

陆大明认识老侯、刘刚时间并不长。一个月前，大明在火车站与老侯相识，都是要进城打工的，可他们在城里转悠了两天，没找到一份工作。后来，老侯决定去煤矿找他表弟刘刚谋一份苦力，大明便也跟着来了。

这是家私营的小煤矿，管理混乱，人员混杂。为避免别的矿工欺生，三人对外就称是结拜兄弟。挖煤这活又脏又累又危险，可三个人相互照应，几十天下来情同手足……

约莫半个多小时过去了，大明开始感到头发晕，胸口也堵得慌。他见上边不再落煤块了，便就近找到一个风道，把脸贴了过去。奇怪的是，风道里连一丝风也没有。他又找到另一个风道，仍然没风。

"别费劲了，风道堵死了。"黑暗中传来老侯绝望的声音。大明心里一沉，如果风道全部堵死的话，不到半天他俩就会被活活憋死。一阵恐惧感袭来，他紧张到了极点。

突然，坑道里好像有动静了。"刘刚带人来救咱们了！"大明兴奋地叫道，急忙扭亮了头上的矿灯，他惊讶地发现，灯光照耀下，闪动着十几双绿豆粒大小的幽光。

"老鼠！"老侯惊叫道，大明这时也看清了，那些亮点原来都是老鼠的眼睛。"打死他们，不然等我们动弹不了时，他们会来吃我们的肉，喝我们的血。"老侯咬牙切齿地说道。

大明不由自主哆嗦起来，他捡起一个大煤块，用力朝老鼠投了过去。没想到，这群东西比鬼还机灵，"嗖"的一下都躲开了。他们趁机又扔了许多煤块。经过这一番折腾，大明和老侯累得一屁股坐在了地上，大口地喘起粗气来。他俩本来就干了一天活，又累又饿，再加上矿井中的空气越来越稀薄，两人明显感到头重脚轻，四肢无力。

大明闭上眼睛，把身子靠在井壁上，刚想休息一下，却被老侯狠狠推了一把，险些跌倒。"千万不能睡觉，睡着了你就没命了。"老侯显然比大明有经验，他又在向大明部署新的命令："到作业面去，那里地面宽敞，打起仗来对咱们有利。""打仗，和谁打仗？"大明话一出口，立刻便想到那些尺把长的大老鼠。

时间仿佛停止了……大明看了看自己的电子手表，已经过去四个多小时了，坑道上方仍然没有动静。而他和老侯的身体却越来越虚弱。饥饿和寒冷令他们越来越感到了死亡的危险，而他们的难友，那十几只黑老鼠大概也是这样，在一只毛色有些发黄的大老鼠的带领下，竟趁着黑暗向他们发起进攻了。

大明和老侯打开矿灯，挥舞平铲一顿猛拍，鼠群扔下几具尸体，又吱吱叫着逃散了。

"必须主动出击，不然等我们体力耗尽了，绝不是它们的对手。"大明已感到自己快要崩溃了，但还是艰难地跟着老侯朝坑道深处走去。当走到一个岔洞时，大明发现了那只黄毛大老鼠，便打起精神追了过去。眼看黄老鼠逃到了坑道尽头，再也无路可走，竟惊叫着蹿上了直陡的坑壁。大明瞅准机会挥铲狠命一击，铁铲拍到坑壁上，震得煤块碎石哗哗直往下落。"咔"的一声，铲柄断了，迸飞的铲头正砸中大明头上的矿灯。灯灭了，大明也一屁股坐在了地上。

这时，老侯赶了过来。借着他头上矿灯的亮光，两人发现老鼠不见了。这东西跑哪去了？他俩仔细寻找，忽然发现大明铲头劈下的地方，竟现出一个手指宽的缝隙，透进一股股凉风。"快挖，可能有出口。"老侯激动了，声音都有些发颤。两人的喉咙像风箱一样喘息着，交替使用老侯的平铲拼命挖着。不一会，终于挖开了一个脸盆大小的洞，一阵带着潮湿腐朽的新鲜空气扑进来。

原来这是别的煤矿打过来的岔洞，无意中被大明打通了。

两人先后钻进了岔洞，然后艰难地朝坑道口走去。谢天谢地，坑道口是敞开的，他俩跌跌撞撞地钻了出来。总算又看到外面的世界了，他俩在坑道口大口地呼吸着新鲜空气。

休息了好一会，大明要回矿上去，被老侯拦住了。他已被这次事故吓破了胆，说什么也不回去了。他拉着大明来到路边，搭上了一辆运煤的卡车，来到了离煤矿不远的一座小镇上。然后，给刘刚打了一个电话，说了他俩的打算。天刚黑，刘刚便风风火火地赶来了。

三人见面，都激动不已。刘刚带他俩来到一家小旅馆住下，一边咬牙大骂煤矿老板见死不救，毫无人性，一边从包里拿出一只烧鸡和一包花生米，又拿出一瓶白酒，说："大难不死，必有后福。我们庆祝一下，今天晚上好好喝喝。"三人在小桌边坐定，老侯忽然长叹一声，说："表弟呀，你表哥长这么大还没尝过女人味哩！这次死里逃生，我也想开了。你陪我俩去找女人去。"大明听了一皱眉说："那不成，难道你不怕得艾滋病？""我不管，命都是捡回来的，还在乎多丢一回？"老侯脸涨得通红，瓮声瓮气地说。"人各有志，大明兄弟不去也就算了。"说完，刘刚带着老侯出去了。

两人走后，大明打开酒瓶正要喝，忽听屋角有动静，起身细找，发现是一只大老鼠正直勾勾地望着自己。想到那只曾经救命的黄毛老鼠，他不禁对这个小东西产生了好感，顺手从烧鸡上撕下一块肉来，扔到了它面前。这只老鼠胆子还真大，凑到鸡肉上嗅了嗅，张嘴就啃了起来，大明见状便又抓了一把花生米丢了过去。老鼠见了也不客气，一边吃，一边吱吱叫着。不一会，一大两小三只老鼠不知从什么地方钻了出来。

看来这是一家子，听到大老鼠的召唤后，一起来享受美味了。

大明觉得很有意思。忽然，他见那只大老鼠痛苦地叫起来，全身一阵战栗，竟趴在那里不动了。紧接着，另外三只老鼠也一一倒下，大明大吃一惊，凑过去蹲在地上细瞧，只见几只老鼠口鼻流血，早咽气了。看着地上的鸡肉和花生米，大明惊出了一身冷汗……

半夜时分，两个黑影溜进了大明的房间。"喂，兄弟，这小子死了吗？"说话的是老侯。

"没问题，我在菜里足足放了三包毒鼠强。"另一个人是刘刚。

"这次你从窑主那里讹了多少？"

"6万块，我要的价又准又狠。侯哥，你那三万块我给你留着。"

"窑主没起疑心？"

"疑心了也不敢声张，他的煤矿是无证经营的，不给钱我们就闹到上边去。反正我们这样做也不是头一回，这陆大明是第四个冤鬼了。"

"那哥哥我呢！你竟然连我都算计。要不是黄毛老鼠救了命，我就见阎王了。"

"不，不，本来就只想干掉大明一个人，没承想你也滑进去了。来，兄弟敬哥哥一杯酒赔罪。"

老侯一仰脖把酒喝进肚里，然后大大咧咧地往桌边一坐，伸手接过刘刚递过来的三捆钞票数了起来。然而，钱还没数完，他的脸就痛苦地抽搐起来，用手指了指刘刚，刚说了一个"你"，便重重地摔倒在了地上。

刘刚得意地狞笑着，用脚踢了老侯的尸体一下，自语道："兄弟啊，本来咱们合作得这么好，我是不准备要你命的。可三万块钱太诱人了，我实在舍不得还给你。不过，有陆大明那傻小子陪着你，黄泉路上你也就不寂寞了。"说完,夺过钞票,装进自己的黑皮包,然后来到大明的床边,伸手揭开了被子。

忽然,刘刚脸上的笑容凝固了:床上的大明竟是一个伪装成人形的被褥卷。刘刚感觉不妙,拎起黑皮包转身想逃,但房门却被几个全副武装的警察挡住了。

警察身后站着的,正是双眼冒火的陆大明!

(闫 锐)

(题图:王申生)

面对飓风

 8月17日是星期天，那天卡米勒号飓风将自东南向西北横扫墨西哥湾，一整天广播和电视都在播放有关它的警报。约翰全家所在的密西西比州的格尔夫波特市，这次肯定要遭到飓风的袭击了，将近15万的居民从三个州的海岸地区向内陆较安全的地方撤离。但是，约翰就像有些居民一样，他不想离乡背井，他37岁，是一位设计师，他全部的技术图纸和设计方案都存放在家里，很难搬走，更何况他还有七个3岁到11岁的孩子，所以逃难是件不容易的事。约翰和父母商量对策，这老两口一个月前刚从加利福尼亚搬来，约翰也和老朋友希尔商量了这事，希尔是从拉斯维加斯开车来看望他们的。

 大家领教过飓风的威力，四年前，贝琪号飓风摧毁了他们以前的一所房子，那所房子只比海面高出几英尺，而现在的房子却比海面高出23英尺。约翰的父亲老柯萨克是一个粗嗓门、热心肠的熟练技工，67岁了，他说："我们能安然度过的，如果实在不行，天黑前总能逃出去。"

几个男人开始有条不紊地做对付飓风的准备：自来水管道可能会受破坏，于是他们将浴盆、水桶都装满了水；很可能还要停电，于是又检查了收音机、手电筒要用的电池，和油灯要用的燃料，约翰的父亲还把一个小型发电机搬到了楼下门厅里。

那天下午雨下个不停，随着风力的迅速加强，灰色的云从墨西哥湾不断涌来，全家人提前吃了饭，又见一位女邻居抱着两个孩子过来，要求和他们待在一起，因为她的丈夫在国外，她很害怕，也感到孤单。另一位邻居要去内陆，把她家的狗送来请他们帮忙照看。

7点钟不到，天就黑了下来，风雨不断地抽打着房子，约翰让他的大儿子和大女儿给小孩子们拿来床垫和枕头，让他们遮着头脸："离窗子远点，当心暴风打碎玻璃伤人！"

风声越来越大，震耳欲聋，房子也开始漏水，一家人用拖把、毛巾、水桶清理积水。8点30分，电力中断了，老柯萨克打开了发电机。这时，飓风的咆哮已经到了压倒一切的地步，房子在乱颤着，起居室的天花板一块块地往下掉，楼上一个房间的落地玻璃门在一声爆响中崩碎了，其他的窗子也一一破碎，那发出的声音，楼下的人听起来像是在打枪。

水已经淹没了他们的脚面，突然，一阵狂风卷来，前门被风从门框上扯了下来，约翰和希尔上去拼命用肩顶住它，但是一阵大水冲上了房子，冲开房门，把他们一直推到门厅另一端。发电机被浸泡，灯也灭了，希尔舔了一下嘴唇，然后朝约翰喊道："真是麻烦了，水是咸的！"

不错，海水已经涨到了房子里，而且还在分秒不停地继续上涨！

约翰见此情景，立刻高声叫道："大家都从后门到汽车里去，我们排成一行，把孩子一个一个传过去，数一下，一共9个！"

可等到大家到了车子旁，这才发现水把车的电路系统浸坏了，风大水深，徒步逃生已经不可能，风雨之中，只听见约翰又大声喊了起来："回房子里去，数一数孩子，数到9！"大伙儿跑回屋后，约翰又命令道："大家都待在楼梯上！"人们都吓坏了，上气不接下气的，浑身湿透，孩子们将家里养的猫放在楼梯平台上，老猫不安地看着小猫，邻居家的狗也蜷成一团，不住地哼哼。

风声很大，就像几米外有辆火车经过，房子在颤抖、移动，一楼的外墙倒塌了，水渐渐地沿着楼梯漫上来，没人说话，人人都知道现在无论如何都跑不出去了，是死是活都只能待在这里。

女邻居吓得几乎失去了理智，她抓住希尔的胳膊不断地说着："我不会游泳，我不会游泳……"希尔做出镇定的样子，安慰着她："你用不着游泳，很快就会过去的！"在墙角的另一边，老柯萨克夫人搂住丈夫的肩膀，嘴贴着他的耳朵轻轻地说："孩子他爸，我爱你。"老头转过身来回答："我也爱你。"不过，老头说话时嗓门不像平时那样粗大了。

这时，约翰看着水波拍打着楼梯，感到深深的内疚，他还是低估了卡米勒飓风，以至于现在沦落困境，他双手抱头，默默地祈祷着："上帝，请千万把我们从这困境中解救出来吧！"

不一会儿，飓风一下子把整个屋顶掀出大约40英尺，最下面的几级台阶碎了，一堵墙也开始倾倒，如果此时再待在下面，每分每秒都是危险，约翰大喊："快上楼，到我们的卧室去！数一数，孩子有没有缺！"

一群人来到卧室，孩子们在大人围成的圈中抱成一团，老柯萨克夫人建议说："孩子们，我们一起唱个歌吧！"孩子们都吓坏了，哪还能唱歌？于是她只好一个人勉强唱了几小节，唱着唱着，也就慢慢地停了下来。这时，卧室这个避难所也有两堵墙开始倒塌，约翰又命令道："到电视间去！"因为电视间是离飓风来的方向最远的一个房间。

一群人到了电视间，老柯萨克将一个松木柜子和一个双人床垫也拖了进来，就在那一刻，风刮走了一堵墙，同时吹灭了油灯……一会儿，又有一堵墙开始颤动，希尔想去顶它，但墙"轰"地一下压倒在他的身上，压伤了他的背，这时，房子已经从地基上移开了大约25英尺，给人的感觉是整个世界好像正在解体！约翰喊道："把那个床垫立起来，把它当个挡风墙，让孩子们钻到下面，我们用头和肩顶住它！"就这样，大孩子们趴在地上，小的在他们身上又爬了一层，大人们则弯腰顶着床垫。

地板又开始倾斜，装小猫的盒子从架子上滑落后随风刮走了，邻居家的那条狗趴在地上，闭着眼睛，绝望地哀叫着。第三面墙也倒了，水流冲刷着地板，约翰抓着一块还和壁橱连在一起的门板对父亲说："如果地板也完了，就把孩子们弄到这块门板上！"

大伙儿又提心吊胆地呆了将近半小时，就在这时，大家明显感到风稍稍小了一点，水也不涨了，卡米勒的主力已经过去了，约翰一家和他们的朋友全都活了下来。

天渐渐亮了，人们陆续返回了家园，他们见到了好多尸体，男女老少都有，海滩和公路上的一些地方随处可见死猫、死狗、死牛什么的，没倒的树上挂着破碎的衣服布条，刮落的电线像黑色的面条一样，一圈圈散落在地上。

和许多格尔夫波特市的居民一样，约翰一家很快重新把家收拾了起来，老柯萨克夫人说："我们几乎丧失了全部的财产，但全家人都活了下来，仔细想想，我们并没有失去什么真正宝贵的东西，相反，这个飓风来临之夜，倒使我们得到了很多……"

(编译：傅　卉)
(题图：箭　中)

女保镖

狭路相逢

　　这天上午,从银行里走出一个中年人,此人叫严一帆,他从一个"业余打桩模子",一跃成为证券市场的"炒股巨星"。他口袋里的钞票,就像八月里的大潮汛,涨得满了出来,是上海滩上屈指可数的百万元大户。

　　严一帆虽然腰缠万贯,可他恪守树大招风、财大招祸的名言。为了不露富,他一不用大哥大,二不骑摩托车,就连衣着打扮,也是普普通通。你看他上身穿一件纺真丝T恤衫,下身着一条淡灰色西装裤,脚上那双皮鞋,还是八十年代风行的五香豆式老船鞋。他取了五万元钱,向银行同志要了张旧报纸,包了钱,但他不放在牛津包里,随手丢进一只塑料马夹袋里。那只马夹袋里装了熟泡面、猪肉脯、瓜子和香烟,谁能想到这些杂七杂八的东西中会藏了五万巨款?严一帆对自己的隐而不露一手颇为得意。他背起牛津包,手拎马夹袋,大摇大摆朝前走去。

严一帆今天提取五万元干啥?原来昨天晚上,他用电脑测算股市行情,吃准兴隆房产股票还要往上蹿。他下决心吃它三百股,可是一查股票资金账户上的存款不满一万元,他是从银行里取了款,想赶在证券公司开门前,将五万元存进股票帐户。为了赶时间,他大路不走走小路,拐进一条像弄堂一样的仁义路,脚下加快往前走去。走了大约二百米光景,突然迎面走来三位小青年挡住他的去路。严一帆一看,只见为首的那一位,身穿又长又大画有歌星肖像的红色广告衫,人又瘦又长,活像一根红皮甘蔗。

这时,红皮甘蔗双手交叉抱在胸前开口道:"朋友,你可能不认得我们。可我们三兄弟却久仰你的大名。你叫严一帆,人称'严百万',是股市场上的炒股巨星对不对。今天,我们兄弟三人做生意少了点本钱,特向你严老板借一点,总不会不给面子吧?"

严一帆知道碰上劫道的了,想夺路而逃,可三个青年已形成丁字型将他围在当中。他马上想到三个月前,曾遇到过拦路抢劫的歹徒,心里十分紧张,但他强作镇定,想用拖的办法与他们周旋。他脸上挤出笑容,从塑料袋里摸出一包香烟说:"朋友,烟酒不分家,有事好商量。"他发烟、点火,随后举起马夹袋,说:"不瞒各位,我带了熟泡面,本想在证券公司泡它一天,摸摸行情。现在既然三位看得起我,向我借钱,我身上没钱,是不是劳驾跟我回家去拿。"说完,他又扬了扬马夹袋,转身想夺路而走。

没容他挪步,红皮甘蔗抢先一步,挡住他冷笑道:"严老板,你刚从银行出来会没钞票?请你把牛津包放下来!"

严一帆见他们的目标是牛津包,心里暗暗高兴,装成无可奈何的样子,从肩上取下牛津包。包内有架小型摄像机,这是他炒股的工具。现在,见三个人要查看牛津包,他就捧出摄像机,说:"这是我炒股的工具,如果三位欢喜,就……"

红皮甘蔗见牛津包内没有钞票,不禁大失所望,抬手推开摄像机,怒气冲冲地说:"谁希罕这玩意儿?"就在红皮甘蔗推开摄像机的刹那间,严一帆已悄悄打开了摄像机的镜头,红皮甘蔗的尊容已摄进了摄像机里。这时候,红皮甘蔗的两个同伙一左一右逼了上来。

严一帆感到形势紧张,他嘴里说着:"你们不愿我家,那就跟我去银行……"说着,又想滑脚朝路口奔去。

红皮甘蔗见他想逃,"刷"拨出了弹簧刀,恶狠狠地说:"严老板,今天你也别想滑脚,我们是有借有还有商量,如果你敬酒不吃吃罚酒,那我只好让这把刀帮你开口了。"说着,红皮甘蔗举起了弹簧刀。

就在这危急之际,突然路口"扑扑扑"响起了一阵摩托车的轰鸣声。严一帆回头望,只见一位骑士头戴红白双色盔帽,身披淡黄色风衣,风衣随风飘起,显得更加潇洒威武。严一帆一见,赶紧举起马夹袋朝摩托骑士连连扬了几下。摩托骑士以为来了生意,便一踩摩托车飞到他们面前。

红皮甘蔗见来了人,急忙藏起弹簧刀。严一帆见他收刀,赶紧一个箭步跃上摩托车后座,说了声:"快开车!"红皮甘蔗手脚也极快,一跃上前,一把把严一帆从车上拽了下来。严一帆被拽得脚步踉跄,倒退几步撞在墙上。

摩托骑士见红皮甘蔗一伙要敲掉他的生意,便一踩摩托车开出十几米远,然后一个倒地旋转,将车头对准了红皮甘蔗,加足马力,摩托车怒吼着猛冲过来。红皮甘蔗一伙顿时吓得东窜西逃。就在他们散开的刹那间,摩托骑士抬手丢给严一帆一顶头盔,喊声:"快上车!"严一帆接过头盔,纵身坐上了摩托车,将马夹袋夹在他与摩托骑士的胸背之间,随后双手紧紧拖住摩托骑士的腰部。摩托车像出洞的猛虎,"扑扑扑"一阵响,冲出仁义路,飞驰而去。

摩托骑士飞一般的将严一帆带到一条热闹的马路,来到十字路口,轻声问道:"老板,你去什么地方?"

此刻严一帆还余悸未消,他紧紧抱住骑士的腰,脸贴在骑士的背上,双眼紧闭,说:"送我回家。""你家住哪儿?"严一帆依旧闭着眼睛说:"老城区老庙路老庙里。"不一会,摩托骑士已将严一帆送到了老庙里弄口,"老板,到家了。"

严一帆睁开了眼睛,见到了熟悉的弄堂,一颗悬着的心才放下来。他刚想下车,突然觉得脸颊痒兮兮的,一看,只见摩托骑士已卸下了头盔,她那一头像瀑布似的秀发直落下来,随着她头的转动,发梢拂在了严一帆的脸颊上。严一帆惊呆了:闹了半天,骑士原来是女士?吓得他急忙缩回紧抱她细腰的双手,慌乱地跳下车,惊愕地望着女骑士喃喃地说:"你、你,你是一位小姐?"

摩托女骑士望着他那副愣怔的神情,微微一笑说:"少见多怪,难道摩托车是你们男性的专利?我们女人就不能摆弄?"

"不,不!你刚才救我时,一个倒地旋转好威风啊,比我们男的还强!"说着他就掏钱付车费,谁知除了马夹袋里五万元外,他身边竟分文未带,他只得请女骑士到他家里去取钱。

摩托女骑士倒也爽快,她下了车,上了锁,脱下头盔捧在手里,跟着严一帆走进了老庙里一幢老式石库门。

踏进严一帆的家，只见底层客堂的四壁，灰暗潮湿，水迹斑斑，房间当中用木板一隔为二，木板灰黄，隙缝比手指还宽，一副寒酸景象。女骑士心里困惑不解：这么个穷酸样，怎么会有人拦路抢劫他？她跟严一帆走进木板后面那间房里，见里面黑咕隆咚，什么也看不清。严一帆伸手拉了电灯拉线，电灯亮，女骑士这才看清这是严一帆的卧室。只见一张锈迹斑斑的铁床，床头边放了几只木板箱子，箱子上搁着彩电、录音机、电脑和电话。女骑士见了这许多现代化的设施，更加惊疑，忍不住问道："老板，你是哪路神仙？在哪里发财？"

严一帆边搬椅子边说："我是证券投资个体户。"

"哦——打桩模子！那你一定很有钱喽！"女骑士顿时来了兴趣。

"靠开放政策赚了些钱。唉，有了钱就不太平啦。""那你请保镖嘛！害人之心不可有，防人之心不可无嘛！""请保镖，上哪儿去请？现在又没有保镖公司。""现在练功习武的人不是很多吗？请一个来保保驾。"

严一帆摇摇头，说："现在大兴的东西真是太多了，真正的武林高手属凤毛麟角。我万一请来一个保镖，一旦遇上意外，他自己也是泥菩萨过江——自身难保，哪儿还能照顾我的安全？"

女骑士说："我给你介绍，我有一个朋友，他身高马大，是全国散打第三名——"

严一帆摇摇头，说："不行，不行，整天让一个彪形大汉站在我的身边，这不等于向歹徒宣布：我是老板，要钱冲我来——""那你要怎么样的保镖？"

严一帆竖起两个手指："一要隐蔽，二要武功好。"

摩托女骑士听了沉思了一会，问："老板，你知道春秋战国时，赵国平原君门下有个叫毛遂的食客吗？""知道。""那个毛遂，自告奋勇，代主出使，从楚国搬来救兵，打退了秦国的进攻。我虽然是个女人，今天也想学学毛遂自荐。"

严一帆瞪大眼睛："哦，你要当保镖？"

"对！我以前是少体校的武术教师，因为与校长闹翻了，才愤而辞职买了这辆摩托车做起接客生意。按照你的要求，我完全符合。第一，我当你的保镖，站在你身边，别人以为我是你的女秘书，有隐蔽性；第二，我是迷宗拳的传人。刚才摩托车一个倒地旋转，人不离车，车不离人，没有武功底子是玩不起来的。"

严一帆万万没料到自己点了灯笼也找不到的保镖，竟然近在眼前。他不由抬起头来细细打量这位摩托女骑士来。只见她年不满三十，身材丰满适度，尤其那双透着灵气的乌黑大眼睛，和那件淡黄色风衣相映成辉，清秀中显得豪放。他觉得这位女性，不仅外表漂亮，出言吐语有章法，有谋略，从她那手摩托车倒地旋转，可见她的武功不凡。于是他开口道："小姐，请教尊姓芳名？""敝姓王，叫王琼丽，人家都叫我阿丽。""既然我俩有缘，我决定请你为保镖，不知你有什么要求？"

王琼丽说："老板，我们还是初交，我想订一个聘用合同来制约双方，以免口说无凭？"

"好好好！"严一帆立即取出纸笔，与王琼丽一起斟字酌句，草拟了一份《保镖聘用合同书》。

雨中搏斗

严一帆已年过四十，算得上半世坎坷。父亲是个小业主，他在他母亲四十二岁那年降临到这个世界上。由于父母亲老年得子，自然倍受宠爱。然而"文革"中，父亲因出身问题，挨斗挨批，严一帆也被送到安徽农村修地球。1979年，他父亲病故，接着母亲也奔赴黄泉。严一帆虽说来到上海，却成了身无分文、无亲无故的孤儿。为了生计，他决心下海做生意。他凭着在农村曾经无师自通做过小裁缝，便以自己一技之长，看准行情，做起了胸罩的生意，而且一炮打响，成了小百货市场颇有名气的"胸罩大王"。

严一帆靠胸罩起家，赚了整整三万元。但他并不满足现状，又花钱托人弄来一张赴日本自费留学的护照和签证，告别了女友，漂洋东去日本，扒了十多万人民币。谁知当他飞回国内，想与女友大干一场时，他那女友却另攀高枝，跟随一个华裔外商出国去当洋太太了。

多年来的知心女友，说走就走，对他的打击实在惨重。他倒在床上，整整困了三天，深感人情淡薄如纸。他心灰意冷，从此怀疑一切女人，为求得精神解脱，便走进了教堂，祈求十字架来熨平他心头的创伤。

前一阶段，证券公司刚开业，当许多普通百姓对证券、股票还十分陌生时，严一帆因失恋后闲得无聊，就经常出入证券公司，渐渐地竟迷上了"炒股"行当，成了上海滩上第一批"打桩模子"。开始，他是零打碎敲，意在探探股海的深浅，到了今年，上海发放"92股票认购证"时，他认准了方向，一下子吃进四千张认购证，转眼就变成了暴发的"严百万"，成了九字头的百万元大户。

严一帆的钱越来越多，可他的胆子却越来越小。尽管他处处装穷，可是，股票交易有一定的公开性，所以严一帆的暴富早成了房间里吹喇叭——名（鸣）声在外啦。最近三个月内连遭两次抢劫，他早有寻一个保镖保护自己的想法，如今王琼丽毛遂自荐，正中下怀。

为了王琼丽能尽心尽职，在合同上严一帆坚持要王琼丽作出保证：

在她担任保镖期间，如他遭到财产损失，她要负责百分之二十五。其余各条，他都答应王琼丽的要求，为她配备BB机，每月支付她一千元高薪，如果出省市"护航"，工资翻倍；如果遇到强盗抢劫，王琼丽必须作出自卫还击，严一帆每次支付"出场费"三到五百元。另外，为了消除王琼丽的后顾之忧，严一帆还为她投报高额人身安全保险。

第二天，严一帆又亲自陪王琼丽到银行开了一张五年期五万元的存单。他笑着说："阿丽，如果你保我五年太平，这张五万元存单到期就是你的奖金。现在，这张存单暂时由我代你保管。"

从此，王琼丽把全部精力都扑在严一帆的身上。每天，严一帆到哪里，王琼丽就紧跟其后，形影不离。邻居们以为严一帆找到了女朋友，股市场的老板们以为他找了个情妇。王琼丽除了保驾护航之外，还主动照顾严一帆的饮食起居，俨然是个家庭主妇。对王琼丽的表现，严一帆是看在眼里，想在心里。那么，严一帆是否对王琼丽全抛一片心了呢？这就难说了。

这天晚上，严一帆接到一个电话，打电话人自称姓赵，是他股市上的朋友。姓赵的对他说，他有位朋友，因购房急需用钱，准备将一百张认购证抛出，其中十张已经中签，开价六万元，问他想不想吃进。

虽然，等严一帆听完电话，也没想起姓赵的是何许人，但严一帆细细一算，觉得这笔交易十分诱人，便当即答应了。双方说定明天中午十二点整，交割地点放在虹桥机场餐厅里。

第二天一早，大雨倾盆，王琼丽冒雨驾着摩托车准时赶到。她那件淡黄色风衣被雨淋得透湿，连里面的衣服也湿了一大片。严一帆见了，心里顿生怜爱，轻声关照道："阿丽，今天中午去机场餐厅，有笔六万元的业务交割，现在时间还早，你先把湿衣服换了，不要弄出病来！"

待王琼丽去换衣服，严一帆就将前几天摄录的股市牌价，通过电视机放出来，准备有选择地输入电脑储存。就在他播放股市牌价时，突然出现了红皮甘蔗持刀张牙舞爪的镜头。恰巧这时王琼丽换好衣服出来，见了这镜头忙问："老板，你把这东西录下来干什么？"

严一帆颇为得意地说："这叫有备无患，如果他们再找我麻烦，我就用它报案，叫他们吃不了兜着走。"

王琼丽没有吭声，上前在录像机的键钮上按了几下，红皮甘蔗的形象就全部删掉了。严一帆惊得瞪大眼睛："你这算什么意思？"

王琼丽说："老板，我作为你的保镖，就得事事处处为你的安全着想，你留下这盘像带，万一被他们知道了，这帮流氓能让你过太平日子？"

严一帆听了王琼丽的解释，没有再说什么，脑子里又出现了仁义路上王琼丽驾着摩托车冲进来，带了他从红皮甘蔗身边逃走的一幕。他想这一切是巧合？还是……

外面的雨仍"哗哗"越下越大，眼看时钟已快到十一点了。王琼丽见严一帆望着大雨出神，就问："老板，你说中午要去虹桥机场餐厅，我们还去不去？"

"去！"严一帆望望窗外的大雨，对王琼丽说，"你看雨这么大，坐摩托车去，我们都会淋成落汤鸡，你去拦辆出租车，我们坐出租车去。"

王琼丽在弄堂口拦下一辆桑塔纳，严一帆手拎一只考克箱，钻进轿车后座，王琼丽紧挨着他坐下。

轿车在大雨中缓缓而行，严一帆一言不发，闭目养神。王琼丽双目警惕地望着窗外，也不讲话。雨越下越大，轿车越开越慢，前面又遇上红灯，轿车停了下来。

就在这时，突然有人敲轿车玻璃。司机将车窗摇下一半，只见大雨中一个矮个子青年人,哭丧着脸哀求道:"师傅帮帮忙,我爸爸高血压毛病犯了,雨又下得这么大,出租汽车又叫不到,请你带一带,把我爸爸送到前面的医院,求求你啦!"

司机为难地回过头来征求王琼丽的意见,王琼丽推推严一帆。严一帆虽然闭着眼睛,耳朵却听得一清二楚。他睁眼看看表,时间还有宽裕,便说:"给人家一点方便吧!"王琼丽见老板同意了,就坐到司机旁边的位置上,让这一高一矮父子俩坐在严一帆身旁。汽车重新启动了。严一帆又闭上眼睛。王琼丽却把眼睛睁得大大的,通过司机头上的反光镜,监视着两个陌生人的一举一动。

那父子俩一上车,连声道谢。那老头个子很高,满面通红。轿车驶到新华路附近,那儿修路,轿车驶在那凹凸不平的马路上,颠簸得使车内的人也左右摇晃起来。就在大家摇晃不定的时候,那个患病的老头突然朝前扑去,用他那高大的身躯扑向王琼丽,双手紧紧卡住她的脖子。与此同时,那矮个子青年,也抽出弹簧刀顶住严一帆,凶相毕露地说:"朋友,机场餐厅不用去了,我们就在这儿交易吧!快把六万元现金交出来!"

严一帆猛地睁开双眼,不由倒抽一口冷气,知道又碰到劫道的了。他脑子里马上闪过,知道今天事的只有三个人。自己、姓赵的,王琼丽。是昨晚姓赵的电话就是阴谋?还是王琼丽当了"内应"?他看着那个高个子老头卡王琼丽的脖子,掐得她动弹不得,他既不叫喊,也不动弹,静观下文。他是想看看他的保镖到底是何许人也!

此时,司机见遇到劫道的,慌得本能地将车刹住。矮个子青年用刀柄在司机肩上猛砸一下,命令道:"不许停车,如果你要捣鬼,我先放你的血!"司机吓得只得重新发动汽车。

再说王琼丽,脖子被高个子老头死死卡住,连气也透不出来,动也动不了。就在这生死存亡之际,她见在自己左边手刹车的凹档里,有一只装满茶水的雀巢咖啡玻璃瓶。她伸手抓起玻璃瓶,望着反光镜,对准了身后高个子老头的脑袋砸去,只听"扑"地一声,玻璃瓶碎了,老头子脑袋开花了,茶水从被砸开的伤口流进去,痛得高个子老头像杀猪般的"哇哇"一声嚎叫,紧卡住王琼丽脖子的双手渐渐松开了。王琼丽趁机猛一转身,一掌劈在高个子老头的鼻子中央,高个子老头被劈倒在座位上。

这时,矮个子青年见同伙吃了亏,立即挥起弹簧刀朝王琼丽猛刺过来。王琼丽缩身一躲,刀刺在坐椅靠背上。王琼丽趁他拔刀时,伸手擒住他拿刀的手,两人展开了一场生死搏斗。

就在王琼丽与矮个子青年搏斗时,司机停了车。严一帆趁机推开车门,就地一滚,从车厢内滚到了马路边。

高个子和矮个子吃了亏,弹簧刀又落入王琼丽之手,眼看要吃大亏,还是三十六计逃为上策,他们从车上跳下,狼狈而逃。王琼丽也紧跟着下了车,她没去追赶歹徒,而是急于寻找严一帆。当她看到严一帆躺在路边,急切地问:"老板。没事吧?""没事。""你的考克箱呢?""在车上。"

司机经历这场惊吓,只想马上离开这是非之地,他车资也不要了,忙启动车要走。王琼丽见汽车开走,考克箱还在车上,急得一边叫喊,一边拔脚紧追。司机也发现了考克箱,他将箱子扔了出来,开了车子,飞驰而去。

考克箱被摔在地上,箱盖自动打开。王琼丽过去一看,见箱内空空如也,顿时大惊失色:"老板,箱子被歹徒调了包,我去追……"

严一帆一把拦住她说:"别急,阿丽,箱子里我没放钱。"原来,严一帆对昨晚那姓赵的电话早有戒心，为了保险起见，他只带了个空箱子，以探虚实。此时，他为自己施的"空城计"得意地笑了。

可是，王琼丽却对严一帆的"空城计"十分恼怒！她把空箱子往地上一扔，怒冲冲地说："老板，你没带现金为什么事先不和我讲明？根据合同规定，你受损失，我要赔偿，你怎么对我能瞒三瞒四？我们之间不能坦诚相见，你永远找不到对你忠心耿耿的保镖！"

严一帆见王琼丽在刚才舍死与歹徒搏斗中，既显出她的机智、勇敢，又从她对考克箱丢了那焦急神态，表明了她对自己的忠心。他解除了对她的怀疑，心里顿生歉意，急忙赔笑道："阿丽，请原谅。今后我的一切行动听从你的安排。"

这时，两人都淋成了落汤鸡，回到家里，两人洗了澡，换了衣服，一直忙到下午三点，才共进午餐。席间，严一帆讨好地说："丽丽，今晚我请客，请你去希尔顿跳舞好吗？"王琼丽说："谢谢你的盛情，晚上舞厅里总不需要我来保驾了，我今晚另有约会，只好失陪了，抱歉！"说着，她走出门，跳上摩托车，朝他嫣然一笑，走了。

王琼丽虽然拒绝了他的邀请，但他一点也不生气。自从他失恋后，他怀疑过一切女人。自从与王琼丽接触以后，觉得她不贪财，不轻佻，为人爽快，一身正气，他感到此君值得爱。此时王琼丽的摩托车早已走得没了影子，而他依旧痴痴地望着弄堂口，他想：越是得不到的东西，我越是要得到她！这才够味！

香港来信

一周后，严一帆收到他侄子从香港寄来的信件，说他因业务要来广州，想与他在广州见面。

提起这个侄子，他们叔侄俩还没见过面。去年，有关部门送来一封香港来信，一位具名严兴隆的香港老板，要寻找严一帆的父亲。据他在信中自我介绍，他是香港某房地产公司的经理，论辈分严一帆是他的叔父，论年纪他比严一帆大十岁。就这样，按照严兴隆提供的香港地址，严一帆与他已经书信往来多次，从他来信中，严一帆从字里行间发现这个侄子是久闯江湖的老资格商人。他想借这次广州见面的机会，和侄子商量如何联合开发房产业。这次南行，他决定带王琼丽同去，一来他的人身可得保护；二来可借机在感情上有所突破。于是，他通过BB机立即召来了王琼丽。

严一帆见王琼丽进来，马上冲了两杯咖啡，随手又将一盒港台歌星的磁带塞进录音机，随着悠扬的歌声，两人面对面坐下，严一帆开口道："阿丽，这次去广州少则一周，多则半月，你家里能允许你离开这么久吗？"王琼丽喝了口咖啡，淡淡地说："家？以前有过，唉，现在……""怎么？你和我一样，也是个快乐的单身贵族？""不，我结过婚，我的丈夫就是少体校那位校长大人。""你有爱人了？"严一帆像泄气的皮球，无精打采地问。"他不是爱人，是丈夫。"

严一帆想，爱人是感情上的称呼，丈夫可具有法律效应，人家是有夫之妇，自己还有啥戏好唱！这么一想，他耷拉下脑袋，闷头喝起咖啡来。

王琼丽见他垂头丧气的样子，便猜到了他的心事。她故意说："还记得上星期那个下雨天，你约我去希尔顿跳舞，我没去，就因为我丈夫约我去吃饭，我推辞不掉啊，只好到他那里去了……"

严一帆听了，心里更不是滋味，他瓮声瓮气说："既然你不爱他，为什么还要赴约陪他吃饭？"

王琼丽叹了口气，便说了起来。她说随着经济政策的开放，社会治安也将受到新的考验。看来，单靠警方是力不从心的，保镖业务将成为民间的一支治安队伍应运而生。为此，她想利用少体校的设备和师资，开办武训班，培养武术人材，成立保镖事务所，以满足新形势下的需要。可是，她的建议却遭到她那位校长丈夫的坚决反对，在学校里，她丈夫以校长身份训斥她，她因此愤而辞职，买了摩托车做起接客生意。这么一来，她丈夫以为是丢了他的面子，扫了他的威风，回到家里，他就用离婚来逼她就范。王琼丽想当一个能独立自主、体现自身价值的新女性，她决心凭自己的奋斗，非把保镖事务所办成。于是，两人便大路朝天，各走一边，她毅然离开了家。

　　听到这儿，严一帆问道："你离开了他，又怎么和他一起吃饭？"

　　王琼丽侃侃而谈："我们结婚时热热闹闹，离婚时也该留个纪念。既然他约我吃饭，饭后，我是来而不往非礼也，就送他一支钢笔。""送钢笔作纪念？"王琼丽狡黠地一笑："这就叫一笔勾销。"

　　"一笔勾销？"严一帆被王琼丽带有幽默的话语，引得哈哈大笑。他对她的兴趣更大了。

　　三天后，严一帆和王琼丽来到广州，住进了东方大饭店。他俩各自住了一间单人房。

　　当天傍晚，严兴隆就来拜会严一帆。叔侄俩第一次见面，严兴隆就亲亲热热、恭恭敬敬地叫了声"小爷叔"。严一帆见他这个大侄子已五十开外，身材高大，肩宽腰圆，浓眉方脸，脸上已布满了皱纹。严一帆觉得这样一位长者，却一声声叫自己"爷叔"，叫得他局促不安。

　　此时，严兴隆发现王琼丽站在一旁，悄悄地说："小爷叔，这位是谁！""我的私人保镖。""保镖？大陆也兴雇保镖？"

严一帆将自己几次遭劫说了一遍，并对王琼丽夸奖了一番。严兴隆转过身来，对王琼丽全身上下注视了许久，然后轻声说："小爷叔，我与你一笔写不出两个严字，虽然初次见面，却是同宗同族同姓人。今天，我们要商量的事，事关商业情报，我的习惯是不允许有外人在场，是不是请你那位保镖……"

严一帆边听边点头，他佩服阿侄不愧是商业场上的老手，便请王琼丽回到她自己的房间。然后，叔侄俩紧闭房门，进行密谈。尽管严兴隆身在香港，可他对上海房地产行情十分熟悉，他从上海现有房地产的潜力，谈到2000年上海市场对房地产的需求量，正因为他瞄准了这有利可图的势头，他想找一个合作伙伴，在上海联合经营房地产业务。同时，他出示了他在香港注册的开业证件说："小爷叔，商场如战场，兵贵神速，如果更多人意识到经营房地产的好处，我们竞争的对手就更多了，如果你有意合作，我们就得抢先申办执照。"

听了严兴隆这番话，严一帆对这个阿侄已经佩服得五体投地。他说："兴隆，如果我们合作，企业的性质就是中外合资，办理申照、注册资金就要用美金啦。""对，我出一百万美金，你也出一百万美金。""我拿不出这么多美金。""我帮你换，1∶5的比价，比你们市场上汇率低。"

严一帆听了好不高兴，他毫不犹豫地一锤定音，说："三天后，你来上海，我准备好五百万现金，你给我换。至于上海申照的手续均由我负责办理。""好。"

叔侄俩商量定当，严一帆要请阿侄吃酒、跳舞，严兴隆摇摇头，说："我马上要回香港，明天早晨还有业务要处理。小爷叔，临走前，我有句话提醒你，在香港保镖与盗匪是一家，你对你那个女保镖要留意啊！"

严一帆说："放心，她对我忠心耿耿。""真的？告诉你个秘密，她左乳房有颗黑痣……""她乳房上的黑痣你怎么知道?""你问她有没有去过香港?大陆妹在香港红灯区供职的也不少啊,哈哈哈……"严兴隆一阵大笑后,与严一帆握手告别。

严一帆送走阿侄,他满腔高兴,被一颗黑痣搞得心烦意乱。他想如果王琼丽真的在香港红灯区混过,肯定与香港黑社会有联系。请这样的女人当保镖,无疑是引狼入室。会不会阿侄认错了人?她的左乳房到底有没有一颗黑痣?就在这时,王琼丽来叫他吃饭,还买了舞票说:"老板,上次希尔顿没陪你跳舞,今天补上。"

严一帆跟她走进餐厅,草草吃了饭,然后无精打采地走进舞厅。

王琼丽不愧有舞后之称,她舞姿轻盈如燕,时而似蜻蜓点水,时而像蝴蝶戏花,潇洒飘逸,令人瞩目。严一帆也是个舞迷,却从没碰到过配合如此默契的舞伴,渐渐地舞兴被提了上来,趁机探问:"阿丽,你香港去过吗?"

"去过,两年前,我带了一班少体校武训班的学生去香港表演。""你有没有去过红灯区?""我又不是去旅游观光,带了那么多孩子,怎能去红灯区?"

严一帆刚被勾起的兴致,又像被冷水浇灭了。他再也没兴趣跳下去,便推托累了,就各自回房去休息。

王琼丽已跳得满身是汗,回房后,匆匆脱了衣服,进盥洗室洗了澡,又随手将换下的脏衣服洗了,洗好衣服,发现忘了把更换的内衣内裤带进盥洗室。她想反正房内没别人,就一丝不挂地走出盥洗间。

她万万没想到严一帆竟身披浴衣,已坐在她房内的沙发上。王琼丽惊得"哟"一声叫,连忙转身逃回盥洗室。但内衣内裤还在床上,只得扯下两条浴巾往身上一裹,见严一帆已来到盥洗室门口。严一帆觉得此刻正是看她胸脯上有没有黑痣的极好时机，可是王琼丽已将浴巾遮住了胸脯。他觉得机不可失，就上前一步，王琼丽见他闯了进来，忙退到瓷砖墙边，在无路可退时，急道："老板，别这样！"

严一帆没有答话，伸出双手，抓住了她身上的浴巾。顿时，王琼丽觉得浑身燥热，微微颤抖，不禁闭上了双眼。

严一帆猛地拉下她的浴巾，一眼看到她那丰满的左乳房上果然有一颗十分刺目的黑痣。他顿时脑袋"嗡"地一响，急转身，退出盥洗室，跟跟跄跄回到了自己的房间，颓然地倒在了沙发上。

王琼丽闭上了眼睛，以为一场暴风雨顷刻降临，谁知好一会儿竟风平浪静，睁眼一看，不见了严一帆。她赶紧奔到床边穿好衣服，然后走进严一帆房间，见他闭目躺在沙发上，便走过去，坐在他身旁，轻声说："老板，我非常感谢你对我的尊重！"

她顿了顿又说，"我是个离了婚的女人，我还年轻，总要找个归宿的。我原来想得很天真，以为离开丈夫，离开少体校，凭自己的能力创办保镖事务所。可至今，我连买摩托车借的钱还没还清，更不要谈创办保镖事务所了……我，我想和你商量，你能不能将你五年后奖给我的五万元存款，提前奖给我。我以信誉担保，保证五年内尽心尽职保你的安全！"

此刻严一帆思想斗争很激烈，他本想立即和她解除聘约，从此分道扬镳，可再细细一想又觉不妥。解聘的理由是什么？指责她在香港红灯区混过？如果她真的与香港黑社会有联系，那么，她在仁义路上救我就是圈套，我解聘了她，她能放过我？这时，他又听王琼丽要求提前给她五万元，恼得他真想立刻把她赶走。但他强忍住了，他想先忍着，找个机会好聚好散。于是，他柔声说："阿丽，刚才我太冲动了，请你原谅，我现在很累，关于这五万元的存单，到上海再商量吧。"

谁忠谁奸

　　回到上海，严一帆便着手筹集资金，以备三天后阿侄来上海取款去换美金。对严一帆来说，银行里有的是钱，只要去取出来就是了。可是，这次要一次提取五百万，不仅数额巨大，风险也大，更主要的他感到如今王琼丽，不但不再是保护他的镖师，而是时刻威胁他的定时炸弹，他觉得这取款的事，绝不能让她知道。可是叫他头疼的是，从广州回沪后，王琼丽对他更加殷勤体贴，除了晚上睡觉外，她像个钉屁虫钉牢自己，寸步不离，钉得他白天无法去银行，晚上银行又打烊了。如何摆脱王琼丽这个钉屁虫，取出五百万巨款呢？严一帆为此可谓煞费苦心。

　　回沪后的第二天早上，王琼丽八点不到就买了早点，来到老庙里。严一帆故意用调情语气说："阿丽，你天天这么早来，太辛苦了。今晚就睡在我这里吧。"

　　王琼丽白了他一眼，说："老板，我看你从广州回来，成天像掉了魂似的。你到底有什么新打算？如果你有新动作，从保镖角度，我也要制订新措施啊。"

　　严一帆见她主动出击，想探听他有什么新打算，肚子里说一声：好狡猾的女妖精！他想到去广州前，曾经和她谈起过与阿侄合资开办房地产业务的事，就顺篷落帆说："阿丽，你到工商局去跑一趟，问问他们，我与阿侄合资开办房地产公司要办哪些手续，问得详细点，回来告诉我。"

　　王琼丽应了一声，转身出门骑上摩托车走了。严一帆奔到门口，等到看不到那件淡黄色的风衣时，赶紧转身进门，从床底下拿出两只蛇皮袋，雇车急急赶到银行，对银行同志说："我要提取五百万元，装在这两只蛇皮袋里，下午三点我来取。"说着，留下存折，又急急赶回家。

一进门，王琼丽已端坐在床上，见他进来就问："老板，你连点心都不吃，去哪儿啊？"

"买香烟。"严一帆从袋里摸出一包万宝路扬了扬，然后说，"阿丽，今天我们早点吃午饭，下午到老董家打麻将。你陪我去玩玩。"

王琼丽本想把咨询来的情况向他汇报，见他无心听取的样子，就去准备午餐了。吃了午饭，王琼丽用摩托车将严一帆送到老董家。老董和另两个牌友，都是他股市上的股友。他们知道严一帆去过广州，想借搓麻将向他打听打听南方的股市行情。严一帆呢？他上午将蛇皮袋送进了银行，正想下午无法摆脱王琼丽去银行取款。老董邀他搓麻将，心想机会来了。于是便带了王琼丽来到老董家。

四个人上了牌桌，一边打牌，一边调侃，顺带向严一帆打听广州的股市行情。因为严一帆此次去广州，根本没进过证券公司的大门，说不出个子丑寅卯，只得支吾应付。老董等没从严一帆口中探听到一丝南方的股市行情，却从严一帆袋里赢了不少钞票，几圈麻将搓下来，三赢一输，严一帆一下子输了好几千，他们赢了钱还要在言语上占便宜。老董说："严兄，你是我们股市上的龙头大哥，人称严百万，输掉几百几千元，牦牛身上拔根毛，毛毛雨……"另一个股友望望一旁年轻漂亮的王琼丽调侃道："严兄，这叫情场上得意，赌场上失意。谁叫你金屋藏娇，顾此失彼呢？"

正当严一帆输得一败涂地之际，王琼丽说："老板，你去洗洗手，让我来替你搓几副。"严一帆一看手表，快三点了，正为无法脱身犯愁时，想不到王琼丽会提出顶替他。他连忙起身让座，而后又借口出去买香烟，便抽身离开了老董家，直奔银行而去。

严一帆以为甩掉她了，可聪明过人的王琼丽，自打严一帆去广州与他的阿俚严兴隆会面后，就感到他对她的感情有了明显的变化。尤其那天晚上，她无意中在他面前暴露了整个身体，他扯下她身上的浴巾，竟又突然离去。她不相信严一帆是坐怀不乱的柳下惠，感到其中另有文章。从广州回来之后，他好像变了一个人。他既不去股市场，又不像筹备什么房地产公司，今天早上要她去工商局了解开办房地产情况，却又不想听她的汇报，而拉了她来老董家打牌。

她从他的表现和神不守舍的神情中感到他有什么事瞒着她，故意避开她。为了揭开这个谜，下午，她送严一帆上老董家时，趁严一帆上楼之机，她在弄堂口给她学生挂了电话，叫她来监视严一帆的行动，并用欲擒故纵的手法，主动提出代替严一帆打牌，看他葫芦里到底卖的什么药！

再说严一帆走出弄堂，拦了辆出租车赶到银行，取出两只蛇皮袋，又坐车赶到老庙里，把两只蛇皮袋塞在床底下，然后又坐车赶回老董家。

然而，就在严一帆刚从家中出来，王琼丽的BB机早已响了。王琼丽借了老董家的电话，听取了学生的汇报，她心中的疑团更大了：严一帆去银行取款应由我保驾。为什么要避开我独自行动？她心中的疑团焦点渐渐地集中到了严一帆的阿俚严兴隆的身上。因为自从他一出现，严一帆就对自己态度大变……

严一帆回到老董家，继续打牌，一直打到半夜，王琼丽送严一帆回到家里。严一帆故意说："这么晚了，你别回去了。"

王琼丽也故意用眼睛往床底下瞄了瞄说："老板，我留下你放心吗？"

严一帆心头一惊，立即打着哈哈说："你这鬼东西，啥时学了说俏皮话啦？我不放心你放心谁？好、好，回去就回去。但你明天早上晚点来，我想睡个懒觉，你也睡个懒觉。"

"行，我十点半到。"王琼丽丢了句话，走了。

第二天早上，一阵电话铃声，把严一帆从梦中吵醒。电话是严兴隆的秘书从香港打来的，她告诉严一帆，严兴隆已上飞机，十一点钟到达上海，要他派车去机场接。严一帆放下电话，一看手表，已经十点钟了。他急忙起床，出了弄堂口，拦了一辆出租车直奔机场。

这时在老庙里斜对过弄堂里，停了一辆幸福牌摩托车，车上坐了一位骑士，她头戴红白相间的头盔，身穿淡黄色风衣，两眼直视着老庙里。当严一帆坐上出租车走后，她开了摩托车，来到严一帆家门口停下，摸出钥匙，熟门熟路进了严一帆的房间。进了房间，就房里房外，床上床下，翻箱倒柜，拉抽屉，搬板箱，她找什么？找两只蛇皮袋。可是，翻遍了，却不见蛇皮袋的影子。她感到奇怪，咦，两只蛇皮袋到哪儿去了？她环顾四周，皱皱眉头，又像抄家似的翻起来。这么一翻，把严一帆那张旧铁床移动了，只听"轰咚"一声，棕棚落下来，她吃力地去搬棕棚时，突然发现棕棚反面绑着两只蛇皮袋。她轻轻骂了一声："好狡猾的家伙，害得老娘好找！"骂罢，摸出弹簧刀，割断绳子，取下蛇皮袋，拎了急急出门，把蛇皮袋绑在摩托车后直上，然后跨上车，脚用力一蹬，摩托车"轰隆隆"一阵响，飞出了老庙里。

再说严一帆赶到机场，严兴隆已恭候在机场门口。叔侄见面，严兴隆开口就问："钞票准备好了吗？""好了，我准备了五百万。""好！我在广州找了一个单位，他们愿意以1∶5比价调换，我取了款，下午就飞往广州。"

叔侄俩驱车来到老庙里，开开门，只见房内一片狼藉，棕棚翻了身，棕绳被割断，绑在棕棚反面的两只蛇皮袋已不翼而飞。严一帆见状，急忙奔出门，见弄堂里有几位老妈妈在晒太阳，忙问："阿婆，刚才你们看见啥人到我家来过?"老妈妈七嘴八舌地说:"就是那个经常上你家的,穿淡黄色风衣,骑摩托车的女人。她临走时还带走两只蛇皮袋,绑在摩托车后座上走的。""啊?!"严一帆差点气得昏厥过去。

严兴隆说:"小爷叔,我的话没错吧,镖匪一家嘛,在香港红灯区混过的女人会是好人吗!""唉,知人知面不知心,怪我太麻痹了!昨晚,那两只蛇皮袋曝了光,我没想到她会这么快就下手!"

严兴隆双肩一耸说:"小爷叔,论辈分你大,论年龄我大,看来你还嫩了一点,现在资金被她全部盗走,我们房地产公司也泡汤了。我只好空手回香港了。"

严一帆忽然微微一笑道:"兴隆,你不会空手回香港的,要知道你小爷叔不是戆大,昨天晚上,我故意让两只蛇皮袋在阿丽眼前曝曝光,是存心考验考验她的,她偷去的两只蛇皮袋里装的是旧报纸、旧杂志。哈哈,这下好了,我终于看清了她的庐山真面目!兴隆,你来看。"

严一帆说完,走过去,取下墙上挂的年历,顿时墙壁上露出一只嵌壁式保险箱。严兴隆见了,两眼放出惊诧的光,过了一会,他跷起了大拇指,连叫几声"高"。

就在此时,民警老王推门进来,通知严一帆说,他的女朋友出了车祸,在派出所里。还说有两只鼓鼓囊囊的蛇皮袋,说是他的,让他去派出所办理认领手续。

严一帆心里叫道:好啊,王琼丽落网了!便对阿侄说:"兴隆,跟爷叔走一趟,去看看这个不要脸的女人!"严兴隆懒洋洋地说:"我坐了几小时飞机,很累,想在此休息片刻,你自个去吧。"严一帆也不勉强,就跟了民警出门往派出所走去。

严兴隆站在门边,见严一帆走远了,急忙回到房里,关上门,拉上窗帘,然后过去取下挂历,望着嵌壁式保险箱,两眼闪着贪婪的光,谋划着如何将它撬开!

原来,这个严兴隆既不是严一帆的阿侄,也不是什么香港老板,而是地地道道的"三进三出"的上海老骗子。他叫王海山,早就盯上了严一帆这块肥肉了。去年,他借用香港朋友的地址,冒充是严一帆的阿侄,与严一帆通信联系。严一帆的信寄到香港,香港朋友就打电话通知上海的王海山,王海山在电话里口述,再由香港朋友代笔给严一帆回信。这次,王海山约严一帆到广州见面,以搞合资需用美元注册为名,他采取用人民币兑换美元过程中,想吞没严一帆五百万元。

但是,王海山十分忌惮严一帆身边的女保镖。仁义路红皮甘蔗等三个青年劫道、那天晚上姓赵的电话,都是他策划的阴谋,但都栽在王琼丽手中。他恨着牙痒,决心要拔掉这颗钉子,为此他们收集王琼丽的所有材料。当他们了解王琼丽因左乳房有颗黑痣,担心会癌变,去医院求诊,就设法偷了她的病例卡,制造了王琼丽在香港红灯区混过的谎言,骗过了严一帆。今天,他又叫自己的姘妇冒充王琼丽到严一帆家偷了两只蛇皮袋。

王海山原以为这一手很妙,既报复了王琼丽,又偷了严一帆的钱,一箭双雕。不料严一帆狡兔三窟,把钞票转移到保险箱里。当他听说王琼丽出了车祸,进了派出所,不由暗吃一惊,他感到严一帆一到派出所,见到他的姘妇,他的计谋就可能穿帮,于是,便一不做,二不休,趁严一帆去派出所的机会,打开保险箱取出钞票,逃之夭夭。

他麻利地切断电源,随后伸手去旋动把手,哪知手刚刚触摸到把手上,只觉一股强电流袭来,从手掌一直麻到肩头。他知道保险箱内藏有蓄电池。他用刀割了只套鞋,裹住把手,慢慢转动。可是他几乎使出了吃奶的力气,那旋转把手像生了根似的一动也不动。他翻翻眼睛,终于明白这是只新型的掌纹密码保险箱,除了严一帆的掌纹外,别人就别想打开它。

王海山急得暗暗叫苦,眼看时间已过去半个小时,急得他浑身冒汗。就在这时,严一帆、王琼丽和民警老王已走进石库门。

原来,王琼丽根据昨晚与严一帆约好的时间,于十点半准时来到老庙里。当她开了摩托车进弄堂时,只见从弄内冲出一辆摩托车。那驾车人的打扮与她一样,她好奇地回过头打量那骑车人,突然发现摩托车后座上绑了两只蛇皮袋,和昨晚看到放在严一帆床底下的一样。她马上意识到出事了。于是,她一转车,朝那辆摩托车追去。那家伙见有人追来,赶紧加快马力逃去。王琼丽更确准对方是老母鸡生疮——毛里有病,也加大马力追了上去,一个逃,一个追。王琼丽的车技何等高超,眼看渐渐追上,她故意使两车相撞,两个人扭作一团,民警赶来,王琼丽要求到派出所去调解。就这样,连人带蛇皮袋都进了派出所。

严一帆来到派出所,见有两个穿淡黄色风衣的女人,马上想到有人假冒王琼丽上他家偷钱!他觉得知道这笔巨款的,除开王琼丽,还有他的阿侄。这么一想,他觉得那个阿侄是个很危险的人物了。他立即大叫起来:"不好,我得马上回家,我家中要出事啦!"说完和老王、王琼丽匆匆赶回来。

严一帆等三人走进石库门天井,严一帆见门窗紧闭,情知不好,他来不及摸钥匙开门,飞起一脚,将门踢开,只见王海山正在扳保险箱的把手。民警老王一见此情此景,立即把王海山押走了。

严一帆见侄子原来是贼,不禁倒抽一口冷气。他觉得要不是王琼丽及时阻拦,自己及时赶回家,巨款就要落入歹徒之手。想到后果,他不寒而栗。此刻他愧疚地上前,双手攥住王琼丽的手,说:"阿丽啊,我犯错误了。常言说'用人不疑,疑人不用',我今天才看清你当保镖对雇主是一片真心。"

王琼丽说:"老板,培养一个武术人才容易,但培养一名受人之托、忠人之事的保镖不容易。现在社会正需要保镖加入治安队伍……"

"阿丽,你的五万元奖金我马上给你。我愿意投资帮你创办武术学校和保镖事务所!"

王琼丽朝他嫣然一笑:"谢谢老板!"

于是,第一家私营保镖事务所诞生了……

(黄宣林　孙炳华)
(题图:张恩卫)

悬崖遇险

故事发生在长白山脉的一个小山村里。

小山村名叫老虎砬子村,是个十分偏僻荒凉的地方,全村只有百十号人口,连学校都没有,崩儿星儿的几个天分好并且有毅力的孩子想读书,便要翻过一道大山,去十几里外的邻村小学校,酷暑严寒,风里来雨里去,受尽艰辛。但孩子们不在乎,他们决心咬紧牙挺下去,无论如何也得将小学念完再说。

孩子中有个叫段明奎的,十五虚岁。由于他学习成绩最好,遇事沉着有主见,便自然成了这些"走读生"的孩子王。

这是个冬天,嘎嘎冷。赶上礼拜,段明奎不用到校,便约上几个年龄相仿的孩子去拣干柴。深山老林,干柴不缺,拉回一爬犁,日头还挺高。段明奎匆匆吃了饭,没有和其他孩子一样在家里暖和,他拉着空爬犁,又直奔一个叫李家沟的地方。他要贪点黑,再拉回一趟,破个纪录。

段明奎拼命干活的原因,是为他的继父。自从随娘改嫁到继父家,他就觉咋瞅咋不顺眼,小小年纪,对继父有了种本能的抵制情绪。几年来，他一声"爸"也没叫过，尽管继父待他很好，他心里只打定主意，多干活，少欠继父的情，待将来有了能耐，甩给对方一沓钱，两清。

段明奎来到李家沟时日头刚下山，他猛想起阴坡鹰愁峰上干柴多，但那地方险，一般人上不去。他瞅准了，爬犁放在崖下，从侧面缓坡绕上去，拣了干柴从悬崖扔下，毫不费力，待扔够爬犁，再从原路返回，省时又省力，段明奎很为他的聪明而洋洋自得。

段明奎正高兴，猛一回身，吓得他头发一根根全竖了起来：不知啥时候，他背后站着一只狼！这个山里孩子虽然一千遍一万遍地听老辈人讲过狼的故事，可真狼却从未看到过，而今天站在对面的这东西，他只一眼便确认出，是狼！这只狼瘦骨嶙峋，四条腿细而高，浑身毛戗戗着，那双眼睛半睁半闭，对眼前的猎物似乎不曾认真细瞅，然而，那双狼眼射出的凶光，还是刺得段明奎打了个冷战。

这可如何是好？段明奎手中本来有斧头，但方才只顾往崖下扔干柴，斧头却倒插在雪地上，那畜生走过来，居然没有响动，斧头此刻在狼身边，已经无法拿到。再说，即使给一把斧头，让一个十五岁的孩子在雪地里对付一只恶狼，还有什么指望？

段明奎记起山里老猎人的一句话："狗怕弯腰狼怕蹲。"假如手里有两块石头，他能壮壮胆。他石头打得又准又狠，一块石头击中对方，另一块牢牢地抓在手中，说不定能把狼吓退，他伺机抢到斧头，那处境可要比现在好得多。可是，天寒地冻，大雪没膝，他到哪儿找石头去？

恶狼并不急于扑上来，它蹲在雪地里，把猎物足足盯了有十分钟。段明奎暗暗叮嘱自己："沉住气，别害怕。"可两条腿不听指挥，开始微微发颤，后来竟"突突"地抖了起来。

段明奎的小伙伴哪去啦？村里的大人们会不会找他来呢？段明奎四

下迅速扫一眼，天已放黑，整条沟筒子静得瘆人，只有他赤手空拳地面对一双蓝幽幽的狼眼睛。

恶狼开始进攻了。这畜生不是扑上来，而是绕着段明奎呈半圆形来回走动，大概是要分散段明奎的注意力吧。斧头离段明奎很近，他应当抓住机会把武器抢到手，最好能往上冲过十米，那儿有一棵小树可以倚一下，而他附近只有树桩。

机会来了，恶狼又绕到左上角，而远离斧头。段明奎脚下一用力，想冲上去抢斧头，谁知那狼不但凶狠，而且狡猾，刚才来回绕圈子不过是假动作。这边稍稍一动，它纵身一跳，已先抢到了斧头边。此时段明奎若弯腰拾斧头，整个后脖梗便会全部暴露给对方，恶狼一口就会把那细脖梗咬断。

段明奎脚下一动，见恶狼如此灵活，大吃一惊，急忙站住，可是晚了，山峰上雪薄，雪下落叶被他踩活，他"噗"地滑倒，连人加雪带落叶，借着惯力滑过五米缓坡，直往崖下冲去。段明奎只觉"轰"的一下，大脑便失去了知觉。

短暂的昏迷大约只是一两秒钟，段明奎睁开眼，妈呀，这是在哪？

鹰愁峰垂直高30米，陡峭如斧劈刀削一般，连老鹰都找不到落脚的地方，才得到这样的一个险名字。干柴从峰顶扔下，结实的摔光枝杈，只剩下主干，不结实的干脆成了劈柴。人若是从这儿掉下去，啐，还不成了肉饼。可是现在，段明奎偏偏就是从鹰愁峰上坠了下去。幸运的是，他刚坠下一米左右，恰巧这光滑如镜的绝壁上独独伸出一株比拇指略粗一点儿的小映山红，段明奎恰恰就骑在这小树上。这小树有三个根，呈鸡爪形顽强地扎进石缝，段明奎若骑住小树根部还好一些，可现今他却骑在距树根有好寸的地方，把小树压了个弯儿，亏他两手奋力上提，小树才托住了他。

往下一看，段明奎魂飞魄散。下滑时，积雪、落叶灌满了他的袄领、袖管，悬在空中的两条腿，积雪也钻进了绑腿。他回头试图想知道自己跌下陡崖有多高，刚一回头，由于身体扭动失去平衡，就听"咔叭"一声响，顶上那个树根断了，只剩下两个平行的树根岌岌可危地托着他。

段明奎一动不敢动地悬在小树上，他怕说不上一眨眼的工夫树根断了，他会随着一声惨叫而化作一团肉泥。天已黑下来，一弯新月悄然挂上西天，像一只独眼，淡漠地看着这冷冰冰的世界，段明奎的脖颈和手腕已经麻木，里面的积雪被体温融化着，"叭嗒、叭嗒"地直滴水。这孩子清楚，小树上待不久的，冻也得冻死。可怎么上去呢？骑在小树上，脑袋距陡崖上的缓坡还有半米多高，假如他骑住的是棵胳膊粗的树，那就好了，松开手把住树干，将双脚提上来，踩蹬住树根，然后转身，攀崖……但他现在的处境，即便是武林高手也没法松手和转身，何况头上还有一只恶狼。可真，那狼呢？

段明奎刚一想到狼，狼便出现了。原来，那畜生没离去，它一直在寻找下口的机会，可惜，到嘴的肉悬在空中，它也没法子。现在，大约是有主意了，它在段明奎的上方拼命地刨积雪和冻土，只见冰雪、冻土、木片、碎石"稀哩哗啦"落下来，无情地打在段明奎的头上。恶狼是企图扒下大石块，把悬在半空中的段明奎击落崖下，那样，它便可以绕到崖下吃肉饼了……

段明奎咬紧牙关，缩紧脖子，不松手，就是不松手。希望在哪里，他不知道，但是这个山里的孩子咬住一个信念：活一分钟，是一分钟，即使喂狼，也不能让它吃得这么便宜！

恶狼在段明奎头上扒了阵，见没有把段明奎打下去，它似乎灰心了，蹲在缓坡上大口大口地喘气。段明奎不敢转头，怕折断了树枝，耳朵却听得清清楚楚。

又过了一阵，段明奎猛觉得随着雪屑石渣的飘落，头发像被什么撩了下似的，反应敏捷的他立即将身子一缩。原来，这凶残狡猾的恶狼见刨雪抛石的伎俩打不垮段明奎，附近又没有大些的石头，喘息片刻，便想出恶点子，利用刚才扒的土坑，掉过身子，前爪扒住土坑，后身慢慢地从悬崖上吊下，用两条后腿去蹬段明奎。假如不是段明奎躲得快，那还不得摔下去呀？

可狼腿是躲过了，段明奎却又听到小树根"咔嚓"响了一声，吓得他身子紧缩，再也不敢动了。

他不动，狼更不动，两条狼腿就这么在他脑袋上方静静地悬着。段明奎的眼泪悄悄流了下来：段明奎呀段明奎，你这名字起得丧气，念白了，岂不是"短命鬼"？当年要跟继父姓多好，他姓"常"。

但是段明奎仍然不甘心这样白白地葬身狼腹。天边的月牙儿将落，接下去是更加骇人的黑夜，段明奎此刻倒不希望那狼走开了，他想，假如能把狼腿拽住，与它一同摔死，好歹也算为民除了一害呀。

可是，狼大约坚持不下去了，它扑楞了几下，又爬上缓坡，等待新的时机。这一来，段明奎完全陷入了绝望之中。早知道这样，方才还不如挺住让它蹬，说不定临死可以抓个垫背的。眼下可好，恶狼甚至可以不慌不忙地绕到悬崖下，去候着一顿美餐啦。

段明奎无论如何也支持不下去了，他双眼一闭，心想：掉下去吧，只那么一瞬间，便可以结束这长久的痛苦与恐怖。他冲家乡的方向默念了一句："妈，我走了……"

正在这时，段明奎觉得眼前一亮。真的，有手电的光，紧接着有人吵吵嚷嚷地寻到崖下来，这是村里人寻段明奎来啦，他们发现了爬犁和干柴。

"明奎——"继父用那粗辣辣的嗓子高声喊着。

段明奎有救了！他应该答应一声，可张开嘴，却什么声音也发不出来，他的嘴唇已冻得麻木而不能翕动，真急死人。他想弄点声响，可双脚悬空，不敢动，一动，小树肯定立刻折断。

终于有一束电光在崖上晃来晃去，照到了他。片刻的慌乱过去后，继父拿定了主意，冲他喊了声："明奎，坚持住，我来救你！"

段明奎看见一束电筒光飞快地从缓坡那边往峰顶闪去。崖下，很多人忙着清理乱柴，大概是担心万一段明奎掉下来人们可接一接。段明奎的小伙伴也来了，他们在崖下给段明奎打气："明奎，别怕，你爸爸救你来了！"

爸爸，多么温暖的字眼，段明奎七八年没喊过这两个字了。继父待他不错，可生性倔强的段明奎愣是什么也不称呼他。想想好悔，爸爸从缓坡上来救他了，还得是父子情。

段明奎猛想到，头上还有一只狼呢，爸爸能对付得了那只饿狼吗？他太应该提醒一句，可他发不出声音了呀……

其实恶狼见来了很多人，早吓跑了。

继父终于攀上峰顶。他一边用手电照准段明奎的准确位置，找到缓坡上一截树桩阻住双脚，不致下滑，然后，将手电筒夹在腋下，双手放下一根绳子："明奎，你千万别慌，使劲抓住绳子，我拉你上来。"

绳子，在段明奎眼前晃动，继父把它调到最佳位置，离段明奎双手只有一寸远，只要抓住绳子，段明奎便可以从死神眼皮底下逃出来。

"抓呀，明奎，别慌，别怕，我是老常！"继父见明奎不抓绳子，急了。

段明奎还是不敢去抓绳子，因为他双手一松，小树便永远不再属于他啦。那么关键问题是，他在一松手的瞬间，能不能抓住绳子？他的手已经冻僵了。刚才还要松手掉下去任其摔死的段明奎，对眼前这一线生的希望看得无比珍贵，他轻易不敢松手。

绳子在眼前抖动，继父在崖上朝他大声喊着："相信我老常吧，明奎，我肯定拉得动你！"

老常，爸爸，多好的爸爸呀，自己这回要活着，一定要好生孝顺他老人家。段明奎横下心来，恰巧绳子被继父调得紧贴着他的手了，他双手一松，只觉脑袋"嗡"的一下，便失去了知觉。

抓住绳子啦！段明奎恢复意识后第一个发现，便是自己抓住了绳子。就在他松手的同时，那棵小树"叭"地一声倒了下去，而继父腋下的手电筒，也掉到了崖下……

继父奋力往上拉他。继父站在缓坡上，与他不是垂直的方向，要用好几倍的力气才能使小明奎缓缓提升。不知过了多久，小明奎被提上悬崖，又被拽到继父脚下，继父扔掉绳子，一把搂住小明奎，挟在腋下，用另一只左手插在雪地里，连爬带拖地把他弄到安全地带。

崖下的人们也都来到了峰顶，在雪亮的手电光下，段明奎看见继父的双手被绳子磨得血肉模糊。继父脱下棉袄，把段明奎紧紧裹住。

段明奎想叫声"爸爸"，可喉咙里却像被堵住了似的；他想拥抱爸爸，但由于长时间高度紧张，他的两只手死死地捏住绳子，怎么也松不开……

（顾文显）
（题图：谭海彦）

大千世界，怪事无穷，听一则怪异的故事，在午夜悄悄降临时……

夜谈·怪事
yetan guaishi

绝恨野狐谷

救弱女飞来横祸

　　赤山南麓有个景云小镇。今天是赶集的日子,四邻八里来了不少人。这当中有个小伙子,中等个头,模样憨实,名叫于大龙。他扛了几张自编的席子,到街上卖完后在街上闲逛。当他逛到镇东十字街口时,忽见前面呼啦啦簇拥着一大堆人,好像在看什么热闹。他上前拨开条缝钻进去一看,呀,只见背对他站着一个索索发抖的年轻女子,两个男人正拉拉扯扯逼着她脱裤子。众目睽睽之下,眼看那姑娘头越垂越低,越垂越低。

　　于大龙虽是个见识不多的种庄稼老粗,却爱打抱不平,见了这情景不由火冒三丈,他不管三七二十一,上前将两个家伙使劲一扒拉,说:"狗日的还不放手!你们是稻草喂大的畜牲吗?"周围的人本来只是敢怒不敢言,一见有人领了头,都跟着喝斥起来。两个流氓见势不妙,瞪了于大龙一眼,拨开人群溜了。那女子感激地看了看于大龙,头一低,也赶紧走了。

　　此刻,天已将近黄昏,于大龙无心再逛大街,便匆匆出镇往家赶。没料到走至半道一个僻静的地方,冷不防从路边跳出两个人来,于大龙定睛一看,竟是刚才那两个流氓。于大龙知道来者不善,不由往后退了退,说:"你们……要干啥?"一个高个子慢慢从腰里摸出一把弹簧刀,"别"地打开,咬着牙齿"嘿嘿"一笑道:"朋友,做英雄是要付代价的!"说罢,"嗖"地闪手一甩,于大龙只觉得左胳膊热辣辣一阵麻木,刀子已深深地扎进了肉里。他用右手拔出鲜血淋淋的刀子,紧紧捂住了左胳膊,就在这时,高个子见刀子没飞中对方要害,便一纵身扑了上来。不料他用力过猛,脚下被一块凸石一绊,重心失控,整个身子向于大龙栽了过来。于大龙一下没明白过来是怎么回事,执刀的手本能地一挡,那把刀"哧"地正撞入高个子的咽喉。这家伙"呃"的一声,倒在地上扭了几下再也没能动弹。这下于大龙吓愣了。旁边那矮个子吓得掉头就跑,边跑边叫:"杀死人啦!杀死人啦!"

　　这么一叫喊,把于大龙吓醒过神来,杀死人是要抵命的!这怎么了得呢?唉,好歹自己是个无牵无挂、全家绑在两条腿上的光棍,等着被关进大牢吃枪子儿,还不如赶紧逃命吧。他趁四下无人,扔下刀子没命地跑了。先跑到外乡一个远房表兄家避了几天,而后又躲到一家个体小石灰窑上打起了零工，暗中悄悄弄了一包毒药放在身上，准备一旦被抓住了，宁吃毒药不挨枪子儿。就这样，他提心吊胆地过了两个月。这天，于大龙正在窑上干活，忽然发现不远处有两个警察匆匆朝这边走来。他料定大事不妙，急忙滚进一片草丛，跳下河游到对岸。当夜，又趁着月黑风高，扒上一辆过路的货车。约摸过了半个时辰，于大龙看看周围人烟稀少，不管三七二十一奋力往下一跳，不想由于地势不熟摔得昏了过去。

遇美人心猿意马

直到第三天，于大龙才昏沉沉地苏醒过来，只觉得身子像散了架一般的疼痛，抬头一看，四周全是茂密的树林，鬼知道自己这是到了哪儿？完了。他叹了一口气，绝望地闭上两眼。就在这时，他听到身旁不远处隐隐传出一阵奇怪的响动，他忙睁开眼，警惕地听了起来。他听着辨着，支撑着身子悄悄地向前摸去。隔了荒草望过去，他发现原来是一只大黄狗，它的一只后腿被人暗设的铁扣紧紧套住了。于大龙知道有狗附近就有人家，不由心中涌起了一种求生的希望。于是，他小心翼翼地上前替狗松开铁扣。那狗在原地喘息了一阵，摇了摇尾巴撒腿跑了。于大龙本想跟在它后面，可是两腿再也不听使唤，一个跟头绊倒在地就什么也不知道了。

醒来的时候，他发现自己躺在一张草铺上，他揉揉眼，模模糊糊记得刚才是昏倒在一堆乱石旁的，是谁把自己弄到这里来的？他一时捉摸不透。就这样，他昏昏沉沉地躺在草铺上。约莫快到一更天的时候，忽然门被轻轻推开了。他定睛一看，前面竟站着一个二十来岁的陌生女子。那女子手提一只小竹篓，正两眼含笑盯着他："大哥，你醒啦。"于大龙坐起来，瞪大了眼睛，奇怪地问："你，你是……"那女子好像看透了他的心思说："俺叫小菊，就住在山里。傍晚时候，是俺家阿黄领俺找着你。俺见你身上病着，人事不知，就把你背这里来了。"说着，她从竹篓里捧出一包米饭递给他道："你饿了，快趁热吃吧。"

正是天无绝人之路，自己被好心人救了。于大龙心里一阵高兴，他接过米饭狼吞虎咽地吃完，觉得身上好受多了。一旁的小菊见他身上到处都是伤，心痛地说："咋摔成了这样？"说罢出门去，片刻工夫她捧回一大把草藤，用嘴嚼烂了，轻轻地敷在他青肿的伤口上，慢慢地揉着。奇怪，于大龙只觉得浑身舒坦些了。此时，小菊那双小手把他弄得心里痒痒的，而且又离得那么近，小菊身上特有的气味，使这个从没有碰过女人的光棍汉不由浑身颤栗起来。他一把抱住了小菊，一只手粗鲁地去扯她衣服的扣子。小菊的脸一下羞得通红，说："别，别……"可是此时的于大龙哪里控制得住自己，他把小菊抱到了草铺上，喘着气扑在了小菊那白嫩的身躯上。

疑狐仙失魂落魄

不知过了多少时候，于大龙从睡梦中醒过来，见小菊已经穿好了衣服坐在一边，不由问："天还没亮，再躺下睡一会吧。"小菊可怜巴巴地望着他说："不，俺该回去了。到晚上俺再来陪你。"于大龙这才想起自己不知这是啥地方，便问道："这儿是啥地方？""野狐谷。"于大龙闻听大吃一惊，他"忽"地一下坐了起来，说："野狐谷？"他从小就听长辈说赤山野狐谷有一种狐狸精，专门扮成年轻美貌的姑娘勾引进山的男人，吸取他们身上的精血，所以他紧张地问："听说这里常常有狐狸精？"谁知小菊一听，脸色大变，慌慌张张地回答："没，没有。你咋也相信这种事？"说罢她下了床，不安地说："俺得走了。俺待会再给你送吃的来。""可外面还黑着呐。""俺习惯了。""那我送送你。"说着于大龙披衣下床。小菊急忙阻止道："俺那地方你去不得，俺自个能行。"说完，朝他一笑，转身出门去了。

此刻，于大龙不敢像昨天那样安心地躺在床上了，要知道进了野狐谷可是凶多吉少。他不由打量起这间屋子，这才发觉原来这里是一间破败的小庙，案桌上供着些发霉的供品，房梁上挂满了蜘蛛网。他又来到庙外，见门楣上方写着"狐仙庙"三个字。他不由倒吸一口冷气，一种不祥之兆一闪而过。他急忙回到庙里，掩上庙门，随手又拿过一根木棒抵牢。做完这一切，他坐在床上，想着刚才那个小菊来得突然，去得奇怪，该不是……他不敢再往下想下去。但是本来就疲惫不堪的于大龙，又加上昨晚的折腾，眼下一阵困意袭上来，他竟靠在草铺上睡着了。

朦胧中，于大龙好像听到一阵响动，他睁开眼，只见身边放着一包冒着热气的东西，打开一看，是米饭。咦，这是谁送来的？看看门，还像刚才那样被抵着。他急忙打开门，外面也不见人影，一只浑身长着黄毛的东西"嗖"地钻进树丛不见了。于大龙心里猛然"咯噔"一惊！

他再也不敢睡了，盯着那包还冒着热气的饭菜，越看越害怕，越看心里越毛！走，趁天已经亮了，还是赶快离开这儿。想到这，他活动活动手脚，觉得好多了，便拆下抵门的木棒，拉开庙门跑了出去。整整一天他都没敢打个停。天黑的时候，他终于发现，不远处有一座屋子，门敞着，里面还亮着一束灯光。啊，这下可找着人家，总算有救了！他顿时忘记了一天的疲劳，只觉得浑身添了劲，不由加快了脚步。

可是,当他满怀希望地跨进门一看,啊!不由得一阵毛骨悚然。原来他走了一天,竟又回到了那座"狐仙庙"。这亮光,正是今天早上自己忘了熄灭的那盏灯!

"嗷——"他仰天绝望地大叫一声。鬼撞墙!他心里立即闪过一个念头,难道自己真的遇到狐狸精了?他不敢相信那个年轻漂亮、又和自己睡过一夜的小菊真的是个狐狸精!想到这,他只觉得身体一阵疲软,一下栽倒在昨晚那张草铺上晕了过去。

当他苏醒过来的时候,屋外的天色已经黑了。小菊不知什么时候又出现在这个屋子里,正背对着他。于大龙内心一阵恐惧,翻身弄响了声音,小菊转身一看,高兴地说:"你醒啦,快喝点水。"说罢端着竹勺走了过来。他慌忙用手一挡说:"不,不。我不喝,不喝。"小菊一愣,问:"你怎么啦?""没,没什么。"小菊朝他一笑,又说:"那就吃饭吧,刚才你睡着,俺都弄好了。"累了一天的于大龙最终忍不住饥饿,接过小菊递来的碗吃了起来。吃完饭,小菊收拾妥了,对他说:"大龙哥,早些安歇吧。"说着,她脱衣上床。于大龙心里又是"别"地一跳,忙说:"你先睡吧,我不困。""嘻嘻,"小菊抿嘴一笑说,"瞧你眼皮都搭下来了还说不困哩。"可现在的大龙哪敢上床呵,要是这个小菊真是个狐狸精,再睡上去,被她吸完了精血,自己的小命可就完啦,他只好硬支撑着。不一会小菊睡熟了。于大龙站起来想跑,可一想今天白天跑了一天都没跑掉,现在黑乎乎的往哪跑?他不由又看了一眼躺在床上的小菊,对,还是弄弄清她到底是人是狐再说。他偷偷靠近了那张床,生怕弄出一点声音来。还好,小菊没有醒。他慢慢掀开她的被子,哪知道这一掀不要紧,竟把他吓得差点没叫出声来。原来,在小菊白嫩的躯体下竟拖着一条尾巴!

那白嫩姣美的躯体霎时间变得那么丑恶。于大龙一下愣在那儿连呼吸都忘了,脑子嗡嗡作响。他简直不敢相信自己的眼睛,不由掀开被子又瞧了一眼,千真万确,那条尾巴似乎还动了一下。他赶忙放下被子,心中"怦怦"乱跳。该死,自己昨夜还和这个狐狸精睡过一夜。嗨,怪只怪那会儿心叫她迷住了,咋没看见这条尾巴呢!此时,他跑不敢跑,叫又不敢叫,急得他在屋里团团转又不敢弄出声响。突然,他情急中急出了一个主意。他听说山里的狐狸精最怕烟熏,一般若遇上这一招,从此就不敢再缠人了。他忙抓过衣服,轻轻撕下一大块,扯成几条卷成捻儿,靠在灯上点着了,很快屋子里浓烟弥漫。

果然,过了不大一刻工夫,这个女人惊慌地爬起来。她失神地看了看那点着的布条,顿时呼吸急促起来,脸色苍白,两只手佝偻着,浑身缩成一团,结结巴巴地问道:"你……点这个……干啥?"于大龙此时哪敢说破,便撒慌道:"我怕,怕有蚊子叮着你,点这个熏熏。"小菊可怜巴巴地望着他说:"好哥哥,求求你,快,快把它扔了。俺怕,怕……"说着,无力地瘫软下去,眼里涌出了哀求的泪水。

不知为什么,于大龙一见她那哀求的目光,心又软了下来。他想,既然她害怕了,我就没必要再伤害她,饶她一命吧。于是,他把那点着的布条弄灭了扔到庙外,说:"那你快走吧。我身上伤好了,今晚你就别再来了!"这时已近黎明,小菊抹了抹额上的虚汗,慌忙穿好衣服离去了。

小菊走后,于大龙心里想想仍有些害怕,幸亏自己刚才想起了那个绝招,否则还不知会咋样呢。他长长地嘘了口气,仰面躺在草铺上。由于先前神经的高度紧张,现在狐狸精被吓跑了,再不会来缠人了,他内心感到一阵轻松。因为不会再"鬼撞墙"了,他可以走出这个野狐谷。他盘算妥了之后,打算趁天没大亮再睡一会,睡足了天明就可以赶路,但是他刚睡了不到一个时辰,就被一个奇怪而又熟悉的声音惊醒了。

他猛然睁开眼,见墙角有一团黄绒绒的东西。"哎呀!"他吓得惊叫一声。难道,难道狐狸精又来了!他急忙操起地上的那截木棒,可是一转脸那东西不见了。他就着微弱的晨光弯腰查看,意外地发现墙角有一个小洞,洞口拉拉扯扯地缠了几撮黄毛。我的妈,于大龙的魂都吓飞了。怪不得那个小菊来得突然去得奇怪。他不及细想,忽见地上有一管竹子,他拾起一瞧,见里面塞了一张纸条,他抖抖地取出一看,上面歪歪斜斜地有一行小字:

"大龙哥,今晚千万莫走开,俺有大事找你。小菊。"

于大龙看罢纸条,竟瘫坐在地上。他悔呀,悔不该当初手软放了这只狐狸精。现在自己咋办呢?突然,他那本来充满恐惧的眼睛里露出了一丝杀机。他想,不除掉这只狐狸精自己跑是跑不了的。一不做,二不休,他把牙一咬,心一狠,干脆,等晚上她来了和她见个高低,不是她死就是我活。现在怕也没用,只有这么干,否则自己永远跑不出这个野狐谷!他摸了摸那包揣在兜里的毒药,把脚一跺,索性重新躺在了草铺上,他不走了。

下毒药饮恨终身

一天很快过去了,天快黑的时候,小菊又出现了,还捎了个小包袱。这时的大龙变得相当冷静,迎上去接过包袱放到床上说:"小菊呀,快进来歇歇。"说着,便把掺了毒药的一碗水递到她面前。小菊高兴地接过来一口气喝了一半,她放下碗抹了抹嘴。一旁的于大龙心里一阵狂喜,暗道:狐狸精呀狐狸精,你现在可就没有多少时间好活了!为了稳住她,他一反常态主动地抱着小菊坐在床上,一边梳弄着她的头发,一边没话找话地说:"山里的天气真怪,一会冷一会热的。"小菊见他今天特别高兴,忙说:"俺习惯了。大龙哥你放心,俺会好好照顾你的。"于大龙心中冷冷一笑,心想,照顾我?怕是想吸干我的精血吧。这时,小菊睁着一双美丽的大眼睛望着他,将身子靠在他的怀里说:"大龙哥,俺有一句话一直要对你说,你爱听吗?"于大龙知道这时药性还没发作,为了不露声色,他胡乱地应道:"你说吧,我听着哩。"小菊的脸红了红说:"大龙哥,你没有女人,俺也没有男人。那天在镇里你救了俺,俺一直想报答你。俺别的没有可给你的,只有俺的身子,如果你不嫌弃俺,你就带俺走吧,走得远远的,俺把一切都准备好了。"说罢,紧紧地抓着他的手。听到这于大龙一愣,他拨开小菊的手,就着油灯光仔细地打量起她来。呀,记起来了,她竟是几个月前自己在景云镇救的那个陌生女子。小菊见他不回答,伤心地说:"你,你不愿意?你嫌弃俺?"

于大龙脑袋"轰"的一声就炸了,他乍了胆子问:"那你,你……"小菊像是明白他的心思,苦苦一笑说:"你是因为俺,俺下身长了一条尾巴吧。"说完,她凄楚地讲了自己的身世。

原来,小菊一出娘胎就多长了一根两三寸长的尾巴。难以启齿的隐私,使她这个没有文化的山里姑娘回避了多少小伙的求爱,熬过了多少不眠之夜。那一次她去景云镇看戏,在路上僻静处小解时,被两个流氓窥见了这隐私,幸亏大龙解围,所以才免遭侮辱。偏偏祸不单行,由于街头那场风波,村里人突然知道了她长着尾巴的秘密,议论纷纷,都说她是狐狸精的化身,将她关在一间密不通风的小屋子里,用火点着布条熏得她昏死过去,从此她就落下了这怕烟熏的怪病。不久,人贩子又将她拐进深山,将她卖给了一个丑陋患病的汉子,谁料结婚的当晚,男人便因羊癫疯发作死去。从此,唯有那条大黄狗跟随着她相依为命……

小菊说到这里，突然"哎哟"一声，用手按着肚子，眉头痛苦地皱了一下，原来红扑扑的脸蛋慢慢变得苍白。她忍着腹痛，喘着气缓缓说道："俺还有个婆婆，对俺管得很凶。俺在这遇着你后，她就起了疑心，整天盯着俺。她是个聋子，晚上看不住俺，俺只能在夜里……白天只好叫大黄给你送吃的……哎哟，这肚子怎么这么难受？哎哟……"难以忍受的剧痛使得小菊豆大的汗珠顺着苍白的面颊滚落下来。

听完这些话，于大龙惊呆了，他松开抱着小菊的手，在屋子里团团转，猛然冲出屋子，他要去找郎中，赶快找一个郎中来……可是荒山野地里哪儿去找郎中。他只能又回到屋里，发疯似的抱着小菊摇着叫着："你呀，为什么不早说，为什么不早说？啊？"小菊看着他，无力地说："没咋的。俺，俺过一会就会好。""嗨！"于大龙一拳砸在了自己的头上，"我，我给你下了毒！"小菊的鼻子开始向下滴血，面色由白转青，嘴唇燎起了火泡。她听了大龙的话，只是把身子更紧地贴在于大龙身上，艰难地说："大龙哥，别难过。俺情愿死，死在你手里。只是，只是俺，俺实在丢不下你……"

于大龙望着躺在自己怀里的小菊，此时这条汉子的心都快碎了！自己对小菊下毒手，却再也不能挽回自己的过错，只能眼巴巴地望着她，无法救活她可怜的生命了。他声泪俱下地说："小菊，可怜的小菊，我的好妹妹，我真糊涂啊！你打我吧，你杀我吧。"说着，他把手握成拳头狠命地砸在自己脸上，血从嘴角、鼻孔往下淌着。他仰天呼喊着："为什么该死的我不死，不该死的你却要死啊！"

小菊脸上露出了一丝宽慰的微笑，声音越来越轻："大龙哥，俺不怨你。你没嫌弃俺，同情俺，俺这辈子称心了。俺本想等你好好养几天，就跟你一块出去，可惜俺不能……听外面说，你那天叫正当防卫，不算犯法……从这往南有片红松林，穿过去是条山沟，那山沟直向东……"

"小菊，小菊。"于大龙歇斯底里地呼喊着，拼命地摇晃着，"你等等我，我同你一起去。"说罢，一把抓过桌上那竹勺，一仰脖子，将里面小菊喝剩的毒药一饮而尽。"大龙哥，你，你……"小菊举着无力的手，却无法阻止她心爱的大龙哥这一疯狂的举动，泪水又一次夺眶而出。

"啊，啊——"她已经出不来声了。于大龙更加紧紧地抱着小菊，嘴里喃喃地说："等等我，等等我。我们要死一起死。"一阵秋风从门缝里钻了进来，油灯的火苗来回晃了几下，"嗯"地熄灭了。

第二天一早，山里人跟着大黄找到了"狐仙庙"。他们在两具紧紧相抱的尸体前望了很久，最后，他们在那荒凉的庙屋旁刨了一个大坑，将两人埋在了一起。

天亮了，大黄狗"嗷嗷"的悲号声飘荡在这原始的山林深谷间……

(叶林生)

(题图：张恩卫)

靠山村的狼爪印

地处戈壁尽头黑森林边缘的靠山村，近来突然闹起狼患。据亲眼目睹过的几个人说，每天差不多都是半夜时分，便见三只狼悄悄地进村，尖利的牙齿呲得吓人，灯泡儿般的眼里冒着绿光，血红的舌头一伸一缩，鼻孔里呼呼喷着冷气，这儿嗅嗅，那儿转转，一个夜晚围着村子转上那么几十圈，留下些密密麻麻的爪印后便走了。尽管狼们并没伤害人畜，但人们总是十分恐惧，因为狼总是狼啊！狼会吃人的理儿哪个人不知道？于是大伙儿就围住刚上任不久的村委主任，求他赶快设法打狼。村委主任年方三十，血气方刚，心直口快，当下就组织起了一支二十个年轻力壮后生组成的火枪队，准备动手。

老村长拦住了他们，大伙儿都不理解老村长为什么会这样。好半天，老村长若有所思地对众人说:"你们想过没有,这黑森林一带也不只是咱一个靠山村,周围还有三四个村子,狼为啥不去人家那儿,为何只往咱们这个村里跑?这里头有没有名堂?再说,闹狼患闹了这么些天,那狼也只是半夜来转上一圈就走了,没伤害人畜,打它作甚?"听了老村长这番没油没盐的话,人们都笑了起来。真是荒唐!狼没咬人就不该打?还非得等那些恶狼们咬伤了人畜,造成了血的事实,才动手打狼?这不是胡言乱语吗?这叫什么逻辑?这个老村长呀,真是老糊涂了。村委主任毕竟是有文化的年轻干部,虽然一时还弄不清老村长话里头的真正意思,但凭着他给老村长当过好多年助手的体会,他认为老村长这一番话绝不是信口而言。

这晚,村委主任来到老村长的家,他开门见山地向老村长讨教打狼的事。老村长咂了半天烟锅儿,给他讲了一个故事。他说,他年轻时在山里给一个大户人家放羊,那会儿,村里的羊都在这一带放牧。有一年春天,山里遭遇了一次罕见的狼患——每天太阳将要落山时分,就从草丛中窜出一只瘸腿的公狼,箭一般的冲过他赶的羊群,专门去咬另一群羊,咬死几只以后,就逃走了。这么过了好几天,天天如此,那群羊已被咬死了好几十只。牧羊童是个没爹没娘的山里娃,怕赔不起主人的几十只羊,便偷偷逃走了。

村委主任问老村长那是咋回事呀,老村长说:"咋回事?后来那群羊几乎全被那只狼咬死了,直到那时候,主人家才知道,他儿子曾无缘无故打死过一只母狼……"

这么看来,现在这三只狼总是夜半偷袭靠山村,会不会也有什么原因吧?这天天刚亮,几个巡夜的后生来报告村委主任:"我们发现了情况!昨夜,那三只狼一直围着黄大头的二层洋楼转,其中有一只大概是母狼吧,临走时还呜呜地哭……"

这黄大头名叫黄金财,是靠山村最近几年开金矿发了大财的暴发户。平心而论,黄金财这几年虽然自己发了财,可也为村里办了不少好事,他为村里的八户军属无偿送煤送菜,为学校改建捐款,还雇人为村里打了一口三眼水井,为信佛的人整修庙宇。按老话讲,黄金财也算足行善积德了吧,可那三只狼为什么还要仇恨他呢?

为了弄清原由,村委主任把这个任务交给了老村长。老村长也觉得这是个事儿,搞不清谜团就没法研究对策。倘若盲目收拾了那几只狼,弄不好以后会招来更大的麻烦,那后果真不敢想啊……

这日,老村长在明察暗访了几天后,盯着黄金财屋后密集的狼爪印久久地凝视着。他专注地看了半天,一拍大腿站了起来。这时候,正巧黄金财骑着摩托车回来。他车子刚停下,老村长就没头没脑丢过去一句话:"你小子,有了几个臭钱就烧包了,是吧?"

黄金财愣愣地看了老村长半天,打着哈哈说:"我也没做啥出格的事呀?"

"是不是你花大价钱为你那千金闺女儿买了一条长毛金丝狗呀?"

"是……是买了……也就万把块钱么……"

"买了,就让她好好玩呀,怎么又不要那狗啦?狗哪去啦?"

"卖啦……"

"眼下你那闺女儿又玩啥了?"

"玩……"黄金财只吐了一个字,就好比喇叭断了电,哑了。

老村长直起腰,"吧吧"把黄铜烟锅头在门前的树上磕了几下,黑着脸训了起来:"我说你这个黄金财呀,真是个有肝没肺的人——你有几个臭钱,好啊,干些正经事呀,别烧包啊!我说你们玩什么不好,还抓个狼崽子来玩！这不玩出祸来啦！今儿我把话给你挑明了——赶天黑，立马把那狼孩儿哪儿弄的送哪儿去！再要胡来，当心我揍扁了你！"

当晚，有人看见黄金财摩托车上捎了一个纸盒子，骑着出了村。从这晚起，靠山村再也没有发现狼爪印……

（张怀德）
（题图：钱定华）

六魂找替身

陈寿是一名公司销售，这个工作没有底薪，全靠业绩提成。公司有一个规定，在不损害公司利益的前提下，允许各种方式的竞争手段，当年销售业绩排名第一的员工，担任次年的销售主管，每月有高额补贴和管理话语权。这样一来，销售部内部竞争非常激烈，整日里斗得不可开交。

这天，销售部一行六人，到郊区开展宣传工作，回城时天已黑透，能见度非常低。经过一个叫"五马坪"的地方，刚好是一个三岔路口，突然起了大雾，车子莫名其妙地熄火了，大伙儿想打电话求救，所有的手机又都没了信号。大家无奈地下了车，销售主管带队走了一圈儿，又回到了原地。几次三番，都是兜了一圈后又回到原地，大家都累得筋疲力尽，陈寿突然想到了什么，惊恐地大叫："这不会是传说里的鬼打墙吧？"

顿时，所有的人汗毛倒竖，大家手牵手，紧紧靠在一堆儿，谁都没说话，紧张地看着黑漆漆的四周。车，开不了；路，没法走，大家一时无计可施，只能在原地干坐着，时间一长，睡意上来，全都迷糊着睡过去了。

第二天天亮时，大家先后醒来，这才发现居然睡在一座坟墓旁边。墓碑上没刻字，是块无字碑。大家心惊肉跳，这时雾气散尽，车子也能发动了，众人坐上车，终于离开了这个鬼地方。

回公司不久，奇怪的事情发生了，陈寿总感觉自己精神上好像出了问题，会突然产生幻觉：自己的头颅完全消失不见了，只剩一个没头的身体杵着，而且呼吸困难，就像被什么勒住了脖子一样……幸好，这种幻觉持续时间很短，只有几分钟。陈寿悄悄找了医生，医生怀疑是癔想症，开了些口服药，可不见好转。

有一天，陈寿接到一个客户电话，让他送六面豪华落地镜到指定地点。这可是个大单，陈寿惊喜不已，先到了客户家里，测量了一下尺寸，然后亲自带着几名安装工人送货过去。当天，客户临时有些事耽搁了，安装时已是晚上。

要安装的地方，是一个很大的试衣间，有两道门，内墙上留了六个位置。工人安装镜子时，陈寿好奇地问客户："为啥要把镜子安装成六边形的样子？"

客户笑笑说："现在的女人试衣服，一面镜子不能满足她们的审美需要了，必须要全方位、多角度，她们才会满意。"

等六面落地镜安装好，陈寿心血来潮，走到镜子围成的空地中间，想摆几个姿势，试着照照，就在这个时候，他突然惊得魂飞魄散：六面镜子里，突然出现了他的身影，却不是完整的，这面镜子里看到的是脑袋，那面镜子里是躯干，还有两个胳膊、两条腿，一面镜子里一样！

陈寿瞪大了眼睛，下意识地往后退了一步，这么一退，镜子里的脑袋、躯干、四肢，也随之各自做出相应的动作……

这场景太诡异了，陈寿吓坏了，差点就瘫软在地上，他连滚带爬，奋力推开一扇门，像亡命之徒一般逃走了。

遇到了这样的怪事，陈寿坐卧不安，他联想到从五马坪回来后出现的奇异感觉，决定去那里打听一下。

这一天，陈寿到了五马坪三岔口，在附近村庄遇到一个六十多岁的守墓老头，那老头讲了一段离奇的故事：那个坟墓有些年头了，也说不清是哪朝哪代的事儿，据说是一名高官的墓。那个高官因为得罪了小人，皇帝又偏听偏信，最后高官惨受酷刑而死。家人收殓了遗骸草草埋葬，不敢在墓碑上刻字，这才留下了一块无字碑。因为死状太惨，后世的盗墓贼压根儿就不敢光顾。

陈寿疑惑地问："咋个死法呀，连盗墓贼都怕？"

老头说："五马分尸，人的四肢、脖颈被绳索勒住，拴在五匹马的尾巴上，然后五匹马分别向五个方向奔跑……"

原来"五马坪"的名字有这么恐怖的来历，陈寿听了，冷汗禁不住顺着后背直往外冒。

老头接着又讲了起来：冤死鬼都会找替身，这五马分尸的鬼，同样也要找，不过他找替身难度很大，因为生前身体分裂成六块，所以魂魄也分成了六个部分，必须要在相同的时间、相同的地点，遇到在一起的六个人，而且这六个人必须是彼此心存芥蒂、互相争斗，然后魂魄分别附到六个人的六个不同部位，七七四十九天期满后就夺魂而去。驱走冤魂的方法也很简单：六个人互相信任，不再有争斗之心，形同一体，这样就无法分成六个部分夺魂而去,坚持三个时辰,可在半年内无事;若要完全驱走冤魂,必须要满六个月。又传说镜子是照魂之物,因为是六魂分开,所以在晚上有六面镜子围绕时,魂魄会现出原形,陈寿能在六面镜子里看到身体分离的异象,就是这个道理。

陈寿心想:自己会出现没有头颅的幻觉,难道是头颅被冤魂附体了?他转念又想到:其他五个同事莫非也出现了这样的幻觉?陈寿扳着指头一算,天哪,已经四十八天了,到了四十九天,那就期满了,他们六人的魂魄,就会被夺走了!

陈寿谢过老头,赶紧回城。时间已经是黄昏了,他挨个打电话,好不容易把大家叫到一起,先讲了五马坪古墓的故事,然后说出了自己的奇异经历。

大家默不作声,表情逐渐严肃,继而又从严肃变成惊恐。主管小声地说:"我、我时常感觉没了右手……"

接着有人说感觉没了左手,又有人说没了右脚,还有人说没了左脚,最后一个同事愤愤地说:"我他娘最惨,我会突然感觉到整个躯干没了,只剩下一个脑袋和四肢在空气里孤零零地晃荡!"

一会儿,陈寿坚定地伸出一只手,用宣誓一般的语气断然说道:"忘记过去的不愉快,放弃争斗吧!"紧接着,其他五人不约而同地伸出手来,六只手叠加着放在一起……说来也怪,当天晚上,没有一个人出现幻觉,第四十九天安然度过。就这样,陈寿越发相信守墓老头的说法,再不敢有半分勾心斗角的想法,即使被同事抢了客源,他也忍了,权当是同事的无心之过。从此之后,陈寿再也没有出现过没有头颅的幻觉,一时心情大好,有心想问问其他五个同事的情况,又怕别人忌讳,只好作罢。

这天晚上,陈寿扳着指头细细地算起了日子,老头说的半年期限只剩最后一天了，也就是说，只要一过明天，就完全驱走冤魂了。不料就在第二天，主管突然遭遇了车祸，失去的，恰恰是一只右手！事情还没有完，当天晚上，另一个同事左手触电导致神经坏死，被截肢……

两个同事出事后的次日，剩下的四个人聚在一块儿聊天，这才知道，大家后来都没出现幻觉，这表明他们四人确实是放弃了算计别人的心思。

那一天，四个人结伴去看望住院的主管，主管见四人安然无恙，不觉后悔莫及，他叹了口气，对陈寿说："我曾经在一段时间里放弃了和你的争斗，但有一次，我怀疑你在背后耍心眼，于是就疑神疑鬼起来。我想，这种冤魂找替身的说法说不定是子虚乌有，倒不如面对现实，趁机多捞点合同，多赚点提成，保持业绩第一，能够在明年继续当主管。就这样，我开始对你做起了小动作，可我想不到真会有这样的报应，真会被冤魂夺去右手，这往后的日子……"说到这里，主管难以克制，禁不住大哭起来……

上次陈寿去五马坪回来后，主管就曾说过他时常感觉没了右手，想不到这次他果然在车祸中没了右手。四个人听得惊心动魄，他们安慰了主管几句，然后打算去探视另一个失去左手的同事，主管说："你们别去了，他胆子比我还小，现在变得有些疯癫了……"

后来，陈寿又去了一趟五马坪，找到了那个守墓的老头，老头听了他们六人的事，长叹一声，说："人总是喜欢争斗的，要放弃心里的那点欲念，不是每个人都能做得到。你很不幸，头颅被冤魂缠着；你又很幸运，恰恰因为头颅的重要，你才会有清醒的心智。那个五马分尸的冤魂，找到了右手和左手的替身，其余四段，还在等着别人呐！"

陈寿的心"怦怦"乱跳，他沉吟良久，说："我会告诉身边的人，彼此一定要坦诚相待！"

经历了这件事后,陈寿和他的同事们在工作中变得十分团结,不过,他们也都留下了后遗症:只要是围起来的镜子,他们都不敢走过去……

(李志强)

(题图:张恩卫)

狗豹缘

1971年,心东离开父母,独自进山,接替他姥爷当上了临时护林员。心东进山后,在高耸入云的参天大树上搭了个瞭望楼,上下只有一根软梯相通。他原以为,住在半空中的"小别墅"里就可以高枕无忧、平安无事了,哪会想到,在一个雷电交加的暴风雨之夜,恐怖还是降临了……

夜半怪兽

随着一声惊天动地的炸雷声,心东被惊醒了。他一睁眼,猛地看见一只凶猛的怪兽直朝自己逼来。这怪兽浑身上下奇彩怪斑,像熊一般直立而行,却又有着豹一般的花斑……吓得心东惊恐地尖叫起来:"大黄!大黄!"

大黄是一只狗,也是心东在这渺无人烟的大森林里唯一的伙伴。说起大黄,还有番来历……

那还是"文革"初期，心东全家和一批"叛徒"、"特务"、"走资派"被撵到荒无人迹的大山里，组成了一个小小的自然屯。

这里是野兽的天下，尤其是狼，成群结队，天一黑就四下"噢噢"嚎叫。为求安宁，人们就养了不少狗，但奇怪的是，没几天，屯里的狗就天天见少。这些狗失踪得让人不可思议，既听不到搏斗的吼叫，也听不到垂死的惨号，并且不留一点残骸血迹，就这样一只接一只地神秘地失踪。终于有一天，最后一条狗也无声无息地消失了。

这一来，饿狼们更猖狂了，它们不但在夜晚跳进牲口圈，撕啃大畜小羔，而且有一个大白天，竟有一只三条腿老瘸狼突然冲进屯，把一个女孩给叼走了。等大人们闻讯大呼小叫地撵去，只在大森林边捡到孩子的一只小鞋。一时间，孩子们吓傻了，大人们也惊呆了，人们惶惶不安，整个小屯子笼罩着一股死亡的气氛。

可是，血气方刚的心东却有些不在乎，他不相信大活人还真被几只小草狼镇住。所以正当大伙儿谈狼色变之时，他却哼着小调，坦然地穿过几十里宽的大荒草甸子，去问姥爷借苞米种子，回来时还带回一只小牛犊般大小的大黄狗。当大黄拖着心东和百十斤苞米种子的爬犁"呼呼"地奔进屯时，整个村子沸腾了。那大黄据说是日本关东军军犬的后裔，那模样真是人见人爱：两只尖尖的长耳朵直棱棱地高竖着，四条大腿又粗又长，前爪一立，足有一人多高。浑身上下滚动着一疙瘩一疙瘩的腱子肉，威风凛凛地往那儿一站，就像头小老虎一样。大伙儿从大黄身上似乎看到了一点希望。

这天夜里，心东将大黄拴在院子里，又将院门顶了又顶，然后上床睡觉。朦胧中，他突然听到一阵狂吠，想起前些日子的怪事，心东连眼都没来得及睁便一骨碌爬起，跌跌撞撞地扑到了窗前。

不好！院子里正在进行一场惊心动魄的搏斗！

一只比大黄高大、粗壮的猛兽，不断地向大黄发起进攻，而大黄却毫不示弱，昂着头，不住地吼叫着，只是由于它脖颈上缠着粗麻绳，因而在激烈的搏斗中，无法施展它的本领，一次又一次地被猛兽扑倒在地。

此刻，大黄显然受伤了，它惨叫着往后退，而那猛兽却乘机猛扑过来。好个大黄，在快得让人瞅不清的刹那间，一口咬住了那猛兽的咽喉。

"呜——！"猛兽发出了惊天动地的怪吼声，窗纸被震得乱闪，棚顶"唰唰"直落土，但大黄还是死死咬住不放。猛兽发怒了，一使劲又将大黄重重地压倒在地。

眼看大黄危在旦夕，心东爸爸忍不住了，"哐当"打开了屋门，心东不敢怠慢，抽出顶门杠也跟着冲了过去，举杠就打。但是就在顶门杠下落之时，被压在下面的大黄却猛地翻了上来。"啪！"顶门杠重重地落在大黄的脊背上，疼得它大叫一声撒开了口，那只猛兽乘机挣脱，猛一转身，竟迎面朝心东扑了过来。心东压根儿没想到它会来这一手，一时竟傻乎乎瞪着两只大眼站在那里发呆。

那猛兽扑到半空中突然倒了下来，原来它的尾巴被大黄拼死咬住。那猛兽发急了，一声长吼，又转身要去咬大黄，心东惊醒了，忙举起顶门杠，劈头盖脑就给了它一下。那家伙疼得猛一挣扎，"咔嚓"一下，竟将尾巴挣断了，随即将身一纵，便"嗖"地越墙逃跑了。

借着月光，心东才瞅清，大黄咬下来的原来是半截豹子尾巴。他听姥爷说过，豹子专爱吃狗，狗一见到它便浑身哆嗦，不敢吭气，让它咬住耳朵，用尾巴赶着，乖乖地被它赶进深山里去饱餐。可这次它倒霉了，碰上了一条不听邪、不怕死而且又机智勇猛的狗。也是报应，它残害了那么多狗，最后还是在狗的利齿下身负重伤，夹着血淋淋的秃尾巴狼狈逃走了。

全屯的人都闻讯赶来看望。好在大黄的伤不算太重,只是嗓子眼里扎了不少豹子毛,连着几天都咳嗽不止,好不容易才将嗓子眼里的毛都咳了出来。从此,心东与大黄结成生死之交。

不久,心东父亲恢复工作要回城了,可姥爷说啥也不让心东跟着走。姥爷说:"不一定啥时候,他们没准又要把你爸爸打倒,发配到啥地方充军,你可千万别跟着他了,我把你妈许配给他就够受了,可不能再把你搭上!"爸爸其实也同意姥爷的意见,因为他的情况并没有变得太好。全家商量结果,决定让心东暂时接替多病的姥爷到这片世外桃源般的大森林里当个临时护林员。爸爸的条件是:心东必须不浪费时光,抓紧读书,等城里情况好了就来接他。

从这以后,心东带着大黄进了原始大森林,白天,大黄在四周游猎,时常叼回些野物改善生活;夜晚,它在小木楼下忠诚地保卫着主人,在心东休息睡眠时,它是从不敢离开一步,可今晚,当心东被一只怪兽的利爪逼住时,它,跑到哪里去了呢?

神奇姑娘

又是一道电光闪过,心东这一下才瞅清,这逼到自己身前的哪里是什么怪兽,竟分明是一个人,一个裹着兽皮的人,而且还是一个年轻的姑娘!她想干什么?心东一时如坠入云雾之中,半天摸不着头脑。

"把灯点着!"姑娘一口地道的山东腔。

霎时间,心东反而恐惧起来,他想起了许多山妖湖怪的传说,甚至将《聊斋》里的狐狸精都跟这个突然出现的女子联系到了一起。

"快把灯点着呀!"那姑娘不耐烦了,但口气似乎缓和了些。

心东摸索着终于将小油灯点着了,还有意将灯放到她身边的小木桌上,然后退了回来。这样,心东就站在了暗处,而那姑娘则处在了明处。看得出,这是个自幼生长在山林里的姑娘,面色黑红,体魄健壮,浑身上下透着一种彪悍干练的英气。这时姑娘又开口责问道:"你为什么要躲俺?"说到这里,"腾"猛一甩,手中的尖刀扎在了桌面上。

望着那颤抖不止的尖刀,心东的心也随着颤抖了两下,他想起身后挂着姥爷留下的那支老式的三八大盖枪,人慢慢镇定下来,一边装着害怕的样子朝后退去,一边问道:"你,到底想干啥?"

那姑娘没立即回答,只是重又启开眼帘,上上下下打量着心东,停了半晌,才赤裸裸地说了出来:"俺,俺要跟你睡觉!"

"轰"的一下,心东顿觉脑袋一阵轰响,他又是摆手又是摇头,"不、不……"那姑娘突然变得像只小羊羔那般温顺、驯服,只见她涨红着脸吞吐着说:"俺天天藏在树丛里瞅你,俺……俺想你,俺又怕,可俺实在、实在……"说着说着,她竟解开了裹着的兽皮,露出了被丰腴的胸脯撑得绷起来的背心,又猛一下掀起了小背心……

刹那间,心东像被猛击了一下,踉踉跄跄地朝后仰,一下撞到身后的板墙上,脊背被挂在那儿的大枪顶得生疼。就在他不知所措的时候,身边传来了急促的呼吸声,紧接着,姑娘的胸脯贴了过来。

这柔软的、富有弹性的胸脯,心东自成为个男子汉后,脑海里似乎朦朦胧胧地出现过,但现在,他却有一股被玷污的感觉,竟忘了害怕,猛地将她向后推去。那姑娘正闭眼陶醉着,没防备,被推得跌跌撞撞,连小木楼都摇晃起来,发出一阵阵声响。

姑娘甜蜜的梦被砸得粉碎,顿时成了一头发怒的母狮,她尖尖地叫了一声，一把拽出插在桌上的尖刀。可是，心东比她动作更神速，一下子取下墙上的三八大盖，黑洞洞的枪口对准了姑娘。

小油灯颤抖起来，那姑娘手中雪亮的尖刀在灯光下一闪一闪地泛着瘆人的寒光。心东握枪的手也开始颤抖起来，鼻尖上冒出大滴大滴的汗珠。双方就这样僵持着，谁也不说一句话，谁也不动一下身子。

足足两分钟后，一个意外的情况发生了。只见那姑娘攥刀的手缓缓举起，突然腕子一翻，调过刀尖向自己白嫩的胸脯扎去……

"哎呀！"心东惊得尖叫一声，猛扑过去，可是晚了，姑娘的刃尖已划破了胸脯。

心东扑上去夺走姑娘的尖刀，又把她扶到自己的小床上，取出一瓶治伤极有效的云南白药，红着脸，替姑娘的伤口抹上了药，这才长长地出了口气。

暴风雨过后，大森林显得更加迷人。枝叶滴翠，百鸟齐鸣，连空气中都带有一种甜甜的味道。神秘的姑娘在小床上睡着了，心东心事重重地顺着软梯爬下小楼。楼下还有一个小木屋，这是他的厨房，也是大黄的宿舍。在他开始做饭时，大黄才回来。看样子累得不轻，耷着舌头"哈哧、哈哧"乱喘着，可它空着爪子没拖回什么猎物。"狗东西！"心东不满地瞪了它一眼，没理睬它。

大黄毕竟是畜牲，不知主人此刻的心情，撒着欢跑过来，绕着主人身前身后乱转，还撒娇似的往主人怀里钻，要在过去，心东早将它搂过来亲热一番了。可现在，心东突然发觉这狗东西是这般虚伪：夜里我差点出事，它却擅离职守自己跑出去玩得开心，现在还有脸虚情假意地来亲热。"见你的鬼去吧！"心东一时怒起，飞起一脚，将它踢得"汪汪"哀叫。

大黄再不敢过来亲热了，只远远蹲在那儿注视着，好像不明白主人为什么突然对它发脾气。心东故意不看它，自顾将墙上挂着的野兔拿下扒皮、开膛，又顺手将野兔的内脏丢到了它面前。

大黄馋得耷着舌头围着那堆东西直转，又急得"呜呜"地乱叫唤。看来它是真饿急了，但主人不发话它是不敢吃的。大黄见主人自顾哼着小调做饭，连看都不看自己一眼，不由赌气地径直往密林里去了。这时，心东突然发现大黄步子有些蹒跚，一条腿似乎不大灵便，显然是受了伤，不由可怜起它来，喊了声："大黄！回来！"

大黄站住了，怔怔地望着主人。"吃吧！"心东指了指那堆东西。但这回，大黄没有听主人的话，只是委屈地叫了几声，便转身消失在密林之中。

"这狗东西！还跟我赌上气了！"心东恨恨地咕哝着，"好！算你有志气，有本事你这辈子别回来！"

饭做好了。野兔肉炖猴头、白豆大碴子干饭，香气扑鼻。心东小心翼翼地将这喷香的饭菜拎上小木楼。

那姑娘已经醒了，见到心东微微一笑，忙垂下眼帘，苍白的脸上泛起一片红晕，这使心东心中为之一动：哦！她也懂得羞怯了，这就好。因为，只有懂得羞怯才能懂得爱情。心东这样一想，禁不住自己脸也红了，忙给她盛了满满一饭盒，掩饰地说："快吃饭吧。"

姑娘也不客气，端起饭盒，三拨拉两拨拉，把一盒饭全倒进肚里，还美得直咂嘴："真香啊！"正说着，她忽然收了笑，目光一下变得黯淡，"说起来，打俺娘瘫了，俺就没吃着一粒粮啦！"

心东见她伤感，忙宽慰她说："没关系，待会我多送你一些带着。""哟！那可不行！"她急得直摆手，说，"你弄点粮食也不容易。""有的是!口粮不够,我就出林子背去。""呀!那可不能去!"姑娘突然惊恐起来,说,"俺娘说,山外有的人可凶了,过去都是俺娘自己偷偷下山背点粮,这阵她瘫了,也不许俺下山。"

听姑娘这么说,心东怔住了。看样子,姑娘长这么大还没出过山。她母亲怎么对山外的世界有那么深的成见呢?为打消她顾虑,心东又好意说:"出山不远有个知青农场,小知青们对我可好了,他们还特别喜欢大黄。"

"大黄?就是你的那条大狼狗吧!"姑娘猛地插嘴问。心东不禁一怔,忙点点头,有些诧异地问:"你咋知道呢?""俺听你叫它,俺……"她脸突然又红了。心东想起,她昨晚曾说过,她早在树丛后面偷偷观察自己许久了。

为了不使对方太窘,心东忙岔开话题,说:"大黄可真是条好狗。可最近像掉了魂似的,这狗东西,哪天非好好揍它一顿!"

"呀!可别揍它!"姑娘忙制止说,"它可招人喜欢。跟你说,它跟俺家小虎交上朋友咧!是俺叫它俩好的。俺小虎倔……"

"小虎?"心东望望她,问:"你也养了条狗?""不是狗。"她摇摇头。"是猫?"心东又问。姑娘笑笑说:"是只大豹子!"

心东不由大吃一惊,刚要细问,姑娘站起身来说:"俺要走咧。""啊?"心东忙伸手一拦,自觉失态,不禁红着脸说:"那……你叫什么名字?""我叫梁晓英。你呢?""叫我心东吧!这是我后改的名儿。"

"晓英,"心东望望她,吞吞吐吐地问,"这深山老林,你们,你们家……"心东知道,这里肯定满含辛酸,肯定要刺疼她,但又实在想知道。果然,姑娘打了个沉,才低哑地说:"俺那年才几岁,就跟爹进山来了,听俺娘说……唉……!"她欲言又止,但到底还是说了,"那些人好凶,到处截我们……"

晓英说了半天，心东还是弄不清到底是怎么回事。就在两人都笼罩在离别的郁闷中时，天已不知什么时候骤然突变。一阵狂风刮过，大暴雨便"哗"的一下倾泻下来，四处电闪雷鸣，满世界充满了"哗哗"的雨吼声。

"这该死的雨！"姑娘皱起眉，嗔嗔地说，"早不来，晚不来，偏偏人家要走它就来。"心东则大喜过望，原来那种惆怅的情绪一扫而光，乐滋滋地说："这就叫人不留客，天留客嘛，今晚你就睡在这吧。"

夜深人静，雨停了，缩在墙角睡觉的心东醒了，他睁开眼，见那姑娘歪在床铺上睡得很香，还不时发出轻微的鼾声。心东怔怔地望着，望着姑娘那长长的秀发，那俊俏的脸蛋，还有那红润润的小嘴……突然间，浑身冲动起来，再也克制不住，猛地立起身向她走去……

冤家路窄

此刻，心东满脑子想的是让姑娘永远留下来，跟她结婚成家、生孩子。可是，真的站在姑娘身边，心东却又愣住了。望着这纯洁如水的少女，心东不禁打了个冷战，脑袋渐渐冷静下来：我这是要做什么？我还责怪她不懂爱情，难道，我现在想做的就是爱情么？呸！终于，心东狠狠地唾了自己一口，急忙转身攀着软梯下楼了。一出屋子，突然"噗"的一下，一只野兔窜了出来，一跳一跳地疾跑而去。"大黄！"心东随口喊了一声，但大黄还没有回来。紧接着，又是"哗啦啦"一阵响，树丛中又撞出一只大狍子，也没命地朝前逃去。"不好！"心东凭着这段山林生活的经验，猛地意识到将要发生什么。

果然,远处树丛里,露出了两根白森森的尖牙和一个硕大的野猪头。心东要想爬上软梯已来不及了,幸亏底下小木屋的门虚掩着,便忙闪身躲进屋。树丛里出来不是一头,而是一群野猪,它们直朝这里走来。

看到野猪群,心东反倒稍稍定了定心。在森林里,最令人恐怖的是一两只单独行动的野猪。这种猪称做孤猪,十分勇猛凶残,据说连虎豹都要避它三分。但野猪一成群反倒变得浑噩懦弱起来。姥爷也曾说过,打猪不打孤猪打群猪。打群猪不能打前面的,打倒前面的,后面的都会朝你扑上来,所以要打最后面的,后面的打倒了,前面的就会一哄而散,拼死逃命。现在,走在最后的是一头又高又壮的野猪,它的一只耳朵受过伤,耷拉着,肯定是与别的猛兽打斗时留下的标记。

心东决定先干掉它!可是,算计了半天才想起,枪还在那边小木楼上,而且这时才发觉自己所处的险境:门还虚掩着,一关就会发出响动,如果惊动了群猪,它们就会蜂拥而至,不要说这扇小木门,就是这座小木屋怕都会被它们连底掀翻掉。心东十分紧张地趴在门缝朝它们望着。

突然,心东又莫名其妙地打了冷战,他发现,那只又高又壮的大野猪身后的树丛在瑟瑟抖颤,从那里传来一股血腥气味……果然,随着一阵乱风刮过,那家伙便赫然出现了。天哪!这竟是一只凶猛异常的大豹子。

那年在屯子里,心东已领教了豹子的凶狠,那绿幽幽的环眼、白森森的利牙、令人触目惊心的花斑,更令心东惊奇的是:这威猛的大豹子是秃尾巴!真是冤家路窄,当年被大黄咬掉尾巴的那只大豹子今天又碰头了。心东顿觉"刷"的一下,一股凉气从头传到了脚,糟了!这次看来是凶多吉少……

"呜——!"秃尾巴大豹威严地低吼了一声。说来真怪,野猪们听到这声吼就像听到了什么命令似的都停了下来，都围在小木楼底下坐了下来。

那只耷拉耳朵的大野猪显然是个头猪。只见它绕着圈巡视一番，拱拱这个，又拱拱那个，然后来到立在圈中央的那只大豹子身边亲昵地挨着它，刚坐下，不料却被那秃尾巴豹狠狠地撞了个跟斗，它忙爬起，知趣地溜回猪群里去了。

那只秃尾巴豹眯缝着眼不断地往小木楼上瞅，一阵风吹来，它忽然转过身来，面朝心东躲藏的方向，那铜铃样的大环眼闪了闪，又抽了抽鼻子，便猛地张开了血盆大口。心东骇得几乎要昏厥过去。坏了，这家伙嗅到人肉味了。

心东正在胡思乱想着，秃尾巴豹又慢慢地转回身子，朝野猪低低地吼了一声。于是，令人不可思议的奇事又发生了，那些野猪像是听到了命令，都翻身而起，一只挨一只，又像来时那样，默默地列队开拔了。而那只威猛异常的秃尾巴豹依旧殿后，驱赶着这群野猪扬长而去。乘这机会，心东猛地将门一关，又抓过顶门杠将门死死顶住了。

四下又恢复了寂静，但心东总觉得这寂静中暗藏着杀机。他刚才看见，那只凶残的大豹子在临走时还回头恶狠狠地朝这里望了一眼。一想到这，心东感到浑身瘫软，软软地靠墙坐了下来。直到现在他才觉得身上的内衣都被冷汗湿透了，全身布满了鸡皮疙瘩。这场突如其来的惊吓，一个堂堂大男子汉都难以承受，要是梁晓英……一想起晓英，心东心头忽然一动，一个很熟悉的名字在他脑中闪过，"小英子"，难道会是她？说起小英子，那话可就长了，她是心东救命恩人的小女儿，确切点说，也是心东的小媳妇。

那时心东才八岁，跟着姥爷、姥姥过。一天，他突然得了一种怪病：

全身青紫，浑身疼痛，小肚皮肿胀得像一面小鼓。爸爸、妈妈闻讯带着城里最好的医生赶来了，但医生听听心窝，敲敲肚子，忍不住一阵摇头叹气。眼看心东就要断气，姥姥急了，忙把隔壁老山东请了来。

老山东就是小英子的爸爸，一家三口都是从关里逃荒过来的。这老山东会扎针，人病了是一针，牲口病了也是一针，碰巧还都被他扎好了。心东爸爸妈妈虽然信不着他，但眼下死马当活马医，也顾不得那些了。

老山东一进门眉头就打成了结，连连埋怨说："怎么病成这样才告诉俺？"说着话已掏出针，好家伙，明晃晃的一大把，不由分说就扎上了，从脑门到肚皮到处乱插，顷刻把心东扎得像只小刺猬。说来也怪，老山东扎一阵，又捻一阵，心东竟慢慢睁开了眼，不一会又感到有一股东西从小肚子往下坠，"哗"一下，那尿就憋不住了，"哗哗"地冲起来，好家伙！足足撒了有一袋烟工夫，差点没把灶炕给泡塌了！这泡尿尿过，心东的病竟神奇地好了。

老山东救了心东一条命，心东姥姥很是感激。一拍大腿，做主说："孩子这条命是他山东大叔给的，有恩不报猪狗不如！我说了算，这孩子就给你了，是当儿子还是做姑爷他大叔你看着办。"

老山东也够实在的，当时就拍了胸脯，说："做姑爷！只要你们不嫌弃，俺小英子就许给你们家咧！"

姥姥乐得眉开眼笑，说："你们放心，只要孩子岁数一到，我们家就一定去花轿抬。"

由于老人做了主，心东父母苦笑着，咧咧嘴，自然没有反对，爸爸临走时冲老山东说："我看你医术不错，不如现在就回去收拾收拾跟我走，到城里医院当大夫去！"

到了五七年"反右"时，老山东已是中医科主任了。当时抓右派限名额，身居医院院长职务的心东爸爸分给他们科三个名额，可老山东说咬着牙狠下心也只能抓两个。心东爸爸说不行，必须完成三个人的指标。老山东只好说，那一个就算是俺吧！心东爸爸当时确实被完不成指标急昏了头，同时也是想有自己帮着保护一下大概问题不大，竟然真把老山东当作右派给报了上去。这下可闯了大祸，到最后，心东爸爸不但没能保住老山东，连自己也因娃娃亲这事给株连进去了。老山东为了保心东爸爸，把一切事都揽到自己身上，然后在一个没有月亮的夜晚，带着一家三口人神秘地失踪。为此事，心东父母不知后悔了多少年，可从此怎么打听也没有老山东一家的消息。

一晃十多年过去了，心东脑海中忽然想起这个梁晓英，人一时间"腾"地跳了起来，打开小木屋的门，也不管黑咕隆咚的树丛后面有没有藏着凶猪恶豹，径直朝小木楼攀去。

可是，小木楼里空空荡荡，小英子不知什么时候已经走了。

夜深了，朦胧中心东又听到了大豹子那瘆人的吼叫和一阵野猪凄厉的惨号。

第二天一早，心东无精打彩地攀着软梯下来，快落地时，一脚踩在一个肉乎乎的大东西上。吓得他低头一瞅，天哪！竟是一只凶猛的大野猪。

狗、豹、熊、人

心东这才看清楚，自己正踩在野猪硕大的头上，那两根尖尖的獠牙正冲着他的屁股，吓得他腿一软，连滚带爬从大野猪身上摔下来，也顾不得疼，没命地逃进了小木屋，"砰"地将门顶上了。

但是，当心东顺门缝往外瞅时，不禁愣住了，他看到，那只野猪依旧乖乖地横卧在那儿，一动也不动。停了好久，心东终于壮着胆子走过去，这才看清，它的咽喉已被咬断，血淌了一地。心东抬脚拨拉了一下它的头，一下发现，这竟是昨晚那只耷拉耳朵的大野猪。

这是谁干的呢？

"呜——汪汪汪！"蓦地，大黄回来了。它奋不顾身地猛扑上来，一口咬住了野猪的尾巴，但被心东喝住了。"住口吧，我的大黄，咬个死野猪算啥英雄？"见大黄样子尴尬，这才拍拍它的头又说，"我也不说你啦！吃吧！"说着抽出匕首割下那只耷拉着的猪耳朵扔给了它。大黄贪婪地吃了起来……

大黄吃饱了，来了精神。它先是顽皮地围着心东绕圈，然后趁主人不注意，冷不防一钻，竟把他驮了起来。看得出，它有些为这些日子冷淡了心东而内疚，要跟主人好好亲热亲热。

突然，它停止了动作，两只尖尖的长耳朵直竖了起来，一副魂不守舍的样子。心东佯作不知，躺在地上闭眼装睡，不一会儿便打起呼噜。

大黄显然有什么急事，不停地在心东身边直打转。稍顷，它进厨房拖出一件大衣盖在主人身上，这才放心离去。

这正中了心东设下的圈套。这些天，大黄三天两头到处乱跑，它究竟在干什么？听小英子说，她认得大黄，并让他们家的小虎和大黄交上了朋友，这到底又是怎么回事？心东为解开心中的疙瘩，他决定秘密跟踪大黄，这一来，或许还真能找到小英子哩。那大黄越跑越快，突然越上一个高坡，一闪，不见了。心东也急忙冲上高坡，往下一看，呀，坡下竟是一片空场。

四下都是高高的大树和密密的树丛，唯独这片地方只有稀稀拉拉的几株断枝和压倒在地的草丛。大黄来到这里就不再走了,只朝南面的山林高声吠叫起来。心东不知道它在叫唤什么,急忙望去,不禁大吃了一惊,那里分明窜出了一只色彩斑斓的大豹子,它一纵一纵地直朝这里奔来,心东终于看清了,这就是那只秃尾巴豹!

这只秃尾巴豹比那年在心东家院子里遇着时高大健壮得多了,好家伙,一丈多高的陡坎,它一纵身便跳了下来,落地时无声无息,灵巧得像是一只大狸猫。

看来是冤家路窄,秃尾巴豹直朝立在空场上的大黄扑去,心东的神经一下绷紧了。"不好!这秃尾巴豹要报一箭之仇,今天大黄可要遭殃了。"

大黄当然也不傻,它见豹子来势凶猛,忙转身就跑,快若箭矢。但那豹子更快,眨眼便撵上了,飞身一扑,大黄猛机灵地一停步,它扑了个空,重重摔倒了。可是不知死活的大黄不乘机逃走,反而扑上去与它厮打成一团,秃尾巴豹恼怒了,大吼一声,健壮的身躯使劲一拧便将大黄压倒了。可怜的大黄挣扎着刚露出头,却正对着大豹子那布满利牙的血盆大口……

心东不敢看了,忙痛苦地闭上眼。可是当他再次睁开眼时,却看到了令人不可思议的情景:那凶残的豹子非但没去咬大黄,反倒亲热地去舔大黄的头、脸,而大黄也神态安详地去舔那只豹子的鼻梁、下颚……

心东看呆了,一条狼狗,背着主人偷偷跑来与一只大豹子幽会,这事如果不是亲眼目睹,说出来谁都不会相信!

两个畜牲又亲热嬉戏了一阵,突然神经质地翻身而起,齐声向北面山坡吼起来。

"咔嚓!"北坡上一棵碗口粗的白桦树折断了,"轰轰隆隆"地倾倒下去,惊得豹子和大黄连连后退。北坡丛林里传来一阵沉重的脚步声和粗重的喘息声。这声音越来越近，不一会，黑影一闪，蹿出了一只粗壮如牛的大黑熊。

大黑熊傲慢地直立起来，嗬！足有七八尺高，斗大的头，蒲扇大的掌，缸一般粗的腰身，像一座黑塔似的，使面前的大狼狗和大豹子都显得十分渺小。可是，大黄却毫不畏惧，冷不防扑上去照它腿就是一口，疼得大黑熊"噢"的一声，抡动大掌向大黄乱扑乱扫起来。

"呜——"大豹子激怒了，一个饿虎扑食便将大黑熊扑个趔趄。但大黑熊很快稳住架，又抡起大掌朝大豹子乱扫过去。

厮打声和咆哮声在密林、山谷中引来阵阵回声，把远近的鸟兽都惊得四散逃遁。渐渐的那只大黑熊凭着身高力大占了上风。又战了一会儿，大黄和大豹子都跳出圈外与大黑熊对峙起来。直到日头偏西，双方才各自散去。

心东目睹了刚才那场惊心动魄的激战，脑袋嗡嗡乱响，他实在弄不明白，大黄为什么要去跟那只大黑熊搏斗？更弄不明白，大黄怎么会跟那只凶猛的秃尾巴豹握手言和交上了朋友？在回去的路上，心东嫌来路太窄太陡还荆棘丛生，于是决定从碧水潭绕过去。

碧水潭的水又清又甜，心东每回路过那儿都要捧几捧水喝。可今天，他却发现有一只什么动物先伏在了那里。山中雾霭未散，人离得又远，难以辨清是什么动物，因而不敢冒失向前，生怕遇上什么猛兽。

又等了一会儿，那只动物依旧没有走的意思，心东等不及了，只得小心翼翼地靠了上去。走近了，才瞅清了，根本不是什么野兽，而是一个人，而且，竟正是他急着要找的小英子！

"咋是你？咋会是你？"心东高兴得声音都变了，边喊边朝她跑去。可是，小英子却猛地惊叫起来："哎呀，别过来！别过来！"

心东打了一个愣,这才注意到,小英子原来是在洗浴。那瀑布般的黑发,那玉洁冰清的肌体,天哪,简直像一尊雕塑或者一幅油画……

"快闭上!快把眼睛闭上!"小英子急得边喊边忙着披衣服。心东听话地用手捂住眼睛,但人还是朝小英子奔去,唯恐一闭眼,小英子又会飞了。

"啪!"随着一声清脆的耳光,心东的脸颊顿时火辣辣的。小英子这一记耳光太重太突然了,把他打得晕头转向,眼前直冒金星。

好一会,心东才感到有双柔软的小手在揉着他的脸颊,睁开眼,见小英子眼睛泪汪汪的。"疼吗?都怪俺手重,俺……"她心疼得哽咽起来,说,"昨儿俺娘对俺说,俺已是有婆家的人了,俺不能再叫别的男人碰,俺男人叫强强,家在城里。俺娘说,只要城里一变好,他肯定来花轿抬俺……"

不出所料,这果然是自己要找的小英子。心东激动得热泪夺眶而出,连忙问她:"你爹、你娘好吗?"见她疑惑,尴尬地冲她笑着解释道:"小英子!你不认识我了?我就是强强,心东是以后改的大名啊!"

小英子先是惊异地瞪圆了眼,接着似乎想笑,但眼睛刚一眨,两串泪珠便滚了下来,"你,你……"她使劲擂了心东一拳,嗔怪道,"你为啥不早来花轿抬俺?"

"小英子!"心东紧紧攥住她的手,"快领我去见你爹、你娘!"

"俺爹死了。"小英子郁闷地向心东述说道,"他临死前,叮嘱俺娘下山找你们,可没找着,倒挨他们打了一顿。"

"谁?谁打你娘?"心东气得跳起来。

小英子说:"俺娘听人念什么大字报,尽胡说八道瞎编排你爸。俺娘火了,伸手就扯,可是被一个坏小子瞅见了,吵起来,后来来了一群人把俺娘打了,一病不起直到这会儿……"

小英子说到这里,心东一屁股坐倒在地,他只觉得脑袋"嗡嗡"乱响,眼前阵阵发黑,他做梦都没想到,自己又犯下了一桩不可饶恕的大罪。

原来,当年造反派贴了不少心东父亲的大字报,为了考验走资派的儿子,造反派竟分配心东在一旁看守着这些大字报。为了表现自己的革命性,心东他看到有人撕大字报便乱嚷起来。结果那妇女被造反派打得瘫倒在地。为这事,以后心东一直深深地内疚和不安,可没想到这正是下山来找他们的小英子娘啊。

小英子见心东在那里发呆,忙推了他一把,兴冲冲地说:"快走吧!自从俺爹带俺们躲进大山,俺娘就好想你,天天念叨……"

"小英子,我对不起你娘,我就是那个坏小子,我……"心东猛地神经质地喊起来,扔下惊愕万分的小英子,径直朝自己的住处奔去。

回到小木楼,心东痛痛快快地大哭起来,这真是:男儿有泪不轻弹,只因未到伤心处。他使劲哭,要让所有的愧、悔都顺眼泪淌出来。直到最后有人扯了一下他的衣襟,他才又重新回到这个世界。

哪里是人?身边只有那只通人性的大黄。此刻,大黄温顺地依着主人,"呜呜"低叫着,像是劝主人不要再哭了。心东这才注意到,大黄负伤了,屁股上有一块皮肉翻了起来。不用问,这准是那只恶熊干的,心东火了,他咬牙切齿地喊道:"明天,我要把你干掉!"

第二天一早,心东背着猎枪在那块空场边的一个小土坑里埋伏下了。不多会儿,大黄果然又来了。又过了一会儿,那只秃尾巴大豹子也来了。它们刚想再向那只大黑熊呐喊挑战。不料突然刮起了一阵乱风。这阵风浓浓地裹挟着心东身上的气息,猛朝那只大豹子扑去。

凶猛的秃尾巴豹像被猛击了一下,立刻回转了头。"呜——!"一声怒吼，便径直朝心东奔来。

野山情深

凶猛的秃尾巴怒吼着直逼而来，可急坏了大黄。"汪汪汪！"它朝心东这边嗅了嗅之后，便忙向大豹子吠叫起来。

"呜——！"大豹子忿忿地朝大黄又吼了一声，仍不肯停下脚步。大黄慌了，忙身前身后地围着大豹子吠叫，大概是在劝说，可大豹子根本不听，大黄只好无可奈何地立在那儿了。

望着这不善的来者，心东忙推上了子弹，心里却一阵遗憾。因为他已发现这只大豹子是大黄的朋友了，他来这里本来就是想助它一臂之力的呀！可现在……唉！心东顾不得多想，忙勾住扳机，死盯着对面那双闪着绿光的眼睛。

闪着绿光的眼睛越来越近，可心东却慢慢地打消了开枪的念头。因为他发现眼下这只大豹子，轻盈地踏着小碎步，短秃的小尾巴身后拖着，还悠闲地左摆右晃，确实不像抱有敌意。

近了，更近了，连大豹子那钢针般的胡须在一抖一颤都看得清清楚楚了，心东沉不住气了，忙搂到了第二道火。此刻，只要食指尖再稍往后触一下，大枪就立刻会轰响。可是，大豹子却突然身一转，一屁股坐在心东面前了。它那宽厚、滚着一道道腱子肉的脊背正冲着黑洞洞的枪口。

风停了，四下死一般寂静。大黄烦躁不安地踱着，并不时担心地朝这里望，可它又远远躲着，不肯过来。心东实在弄不清这只秃尾巴豹这是在做什么？走！三十六计"走"为上。心东想到这里，悄悄爬出土坑，刚要走，他只觉得眼前一晃，胸襟已被利爪抓住了。这畜牲力气好大，只一抢，便将心东抢倒在地，并且一屁股将他挤住了。心东不甘心地用力拱了拱，但无济于事。

"汪汪汪！"大黄再也看不下去，它对豹子如此粗暴地对待自己的主人深表不满，忿忿地吠叫起来。"呜——！"大豹子仍固执己见，反狠狠地朝它又低吼了一声。不过，还算讲情面，终于欠了欠屁股。

心东乘机忙抽出被挤压住的身子，一下子感到像搬开了一座大山，不禁大口大口地猛喘了几下。可是好景不长，猛地，心东后脖梗又被扯住。这回大豹子真使了劲，心东被抢得两脚凌空，一个狗抢屎便摔倒在地，额头撞在枪托上，头上顿时鼓起了一个大包。

"呜！"大豹子突然抓住心东的衣袖，将他的手往枪托上放……

"噢！"心东恍然大悟，原来它是要我朝它的敌人放枪呀！心东忙点点头。这回，大豹子高兴了，竟突然像人一样直立起来，向心东伸出一只手爪。

心东连惊带奇，竟不自觉地捏住它的手爪握了握。大豹子欢快地转身而去，蹦蹦跳跳，快活得像个顽皮的孩子。于是心东架好枪，朝北面望着。

猛地，后面有什么东西拽了他一下，心东吓得一哆嗦，忙回头，一下惊得合不拢嘴。他做梦也想不到，来的竟是小英子！

"你为啥朝它放枪？"小英子上来就没头没脑地质问道，稍顿，语气才和缓些，说，"放心，甭瞅它是只大豹子，可有俺在，它决不会伤害你。它是俺好朋友，叫小虎。"

"小虎，这就是你说的小虎？"心东恍然大悟。

"是的！"提起小虎，姑娘话匣子一下打开了。她认真地噘起小嘴诉说，

233

"那年，小虎的爹、娘跟一只大黑熊瞎子斗，都被大黑熊打死了！俺瞅它怪可怜，就把它抱了回来。"她朝那大豹子瞟了瞟，又接着说，"甭瞅它样子怪吓人，心眼可好啦！常给俺往回拖野物。俺娘犯寒腿，想吃狗肉，它就冒险去屯里拖。告诉它别去了，它不听，结果有一次拖着半截血淋淋的秃尾巴逃回来咧！嗨！真心疼死人。它可能干了，前不久竟一下唠回来一大群野猪。哦！前儿晚上俺叫它给你送只大野猪……"

"咔嚓！"一棵碗口粗的树断裂了。又是那只大黑熊打的，每回来它都要这样示一下威。

"你快走！"心东忙推推她。但小英子没吭声，紧挨着心东蹲下了。心东无可奈何，只得将自己头上的大草圈摘下来扣到她头上，同时又将她往下按了按。

那只巨大的恶熊又出现了。它小眼睛红红的，大肚皮一鼓一鼓地运着气，神态与昨儿不同，看来已被激怒了。

"开枪！快开枪！"小英子急切地催着。

可是，大黄和小虎已扑了上去，与大黑熊扭打在一起。幸好，它们没有恋战，只几个回合便先后跳出圈外。但与上次不同，大黑熊没有就此甘休，竟随后追了上来。小虎和大黄都十分狡黠，故意装作跑不快，还不时回头挑衅，渐渐将恶熊引了过来。近了，更近了，缺口和准星前黑魆魆一片全是大黑熊的身躯。"砰！"枪声清脆、响亮，在四野里引来一阵回声。大黑熊浑身一震，猛地打了个趔趄。

"打中啦！打中啦！"小英子高兴地拍手喊起来。

"砰！"心东不失时机，又放响了枪。可以清楚看到，大黑熊那鼓鼓的大肚皮一忽闪，顿时皮开肉绽，白花花的肠子淌了出来。

大黑熊停住了脚步，但并没倒下，它边惨叫着，边将肠子捡起来往肚皮里塞,从容得像是往皮囊里塞什么东西。塞完,抓了把草将肚皮的破裂处堵上,然后"噢!"怪叫一声,一挺身竟猛扑了过来。

心东刹那间都看呆了,他怎么也想不到这家伙已连中两枪,肠子都被打出来了还有这么大的威风;他更没想到,这个体壮如牛、看上去十分笨重的家伙竟会如此敏捷,几下便扑到了面前。

说时迟那时快,心东急忙又向它扣动了扳机。"咔哒!"糟了,是颗臭子儿。大黑熊趁这档儿又直直地扑下来。幸好,它没有扑到应有的距离,大黄和小虎赶来拼死拖住了它。大黑熊暴跳如雷,抡起大掌往后猛一扫,没防备的大黄和小虎都被扫得滚了几下滚,顺坡翻滚了下去。

"砰!"枪又响了,但还是没击中要害。大黑熊疯了,怪叫着一掌抡了过来,"啪!"枪被打飞了,一块什么东西正弹到心东额上,他眼一黑栽倒在地。

困兽犹斗,负了重伤的恶熊变得万分疯狂,它又跌跌撞撞地直扑过来。

突然,一个什么东西直朝它头上飞去,它好敏捷,立刻立起身,抬爪一把便抓住了。心东迷迷糊糊地看到,原来正是方才自己扣在小英子头上的大草圈。说时迟,那时快,就在大黑熊立起抓草圈的一刹那,小英子箭一般猛扑上去,手中的尖刀直向大黑熊胸脯那丛白毛处刺去,那里正是恶熊的心脏。心东顿觉浑身一松,便什么也不知道了。

冷风轻轻吹过,把心东拂醒。他一睁开眼便搜寻小英子。呀!小英子竟被断了气的大黑熊压在身下。心东急忙跌跌撞撞地扑过去,使足全身力气将肉山一般的熊尸蹬开。

小英子挣了一下,没能站起来,便顺从地依在了心东怀里。"强强哥!"她面色苍白,却浮着笑,"俺娘说,你那时小,不怪……不怪……"她疲倦地将眼皮合上了，但嘴唇还在嗫嚅，心东急忙将耳朵贴上去。她声音好微弱，但还是听清了："强强哥，来花轿抬俺……"

(夏强国)
(题图：张恩卫)

谜　案

赌徒胡德在赌场连连得手，摇身一变成了怀揣百万的富翁。为防人暗算，他决心洗手不干，只身一人携百万巨资来到一个偏僻小镇，在那里买下一处深宅大院。

住了一段日子，胡德还是心神不宁，老觉得有人在打他的主意。他天天茶也不思，饭也不想，心里只有一个念头：用什么办法保住这笔巨款。

他想将钱存入银行，可一想：这世上没有不透风的墙，一旦银行泄密，自己就前功尽弃了。他又想请自己的父母兄弟帮忙，将巨款分散藏匿，可再一想：只因自己染上赌博的恶习，父母已经反目，兄弟亦是无情，就连自己的结发妻子也离开了自己。他甚至还想出重金聘请几个身怀绝技的保镖，可又一想：所谓保镖，大多是一些见钱眼开的家伙，弄不好那巨资被保镖抢去不算，到头来连自己的性命也搭上了。更何况，此举还会有此地无银三百两之嫌……

难哪！难哪！胡德苦思数日，毫无所获。就在他感到束手无策的时候，突然眼睛一亮，心里有了主意。当天晚上，胡德不知从什么地方搞到了一盒录音带和一台大功率的录放机，随后他紧闭大门，将窗户打开，"叭"地一下按响了按键。只听一阵疯狂的狗叫声立刻从那台录音机里传出来，透过窗子，在小镇的上空回响。

你想想，外面天已经墨墨黑了，乍一听这穷凶极恶的狗叫声，镇上人不心惊肉跳才怪呢！胡德扒着门缝儿向外一看，原先在外面聊天闲扯的人们早已吓得逃回了家。再悄悄跑出大门一瞧，哈哈，这条街上家家大门紧闭，街上哪还有人影？胡德心里好不得意，于是从此以后，他天天早中晚都要这么来几下。

转眼三天过去了。第四天，小镇上的人们忽然发现狗不叫了，胡德也一直不曾露面。早有人把胡德的劣迹报告了地区派出所，这一来更可疑了。警察接到举报，闻风而至，破门而入，出现在他们眼前的是一幕惨不忍睹的景象：胡德已经死了，倒在地上，浑身都是血……

经现场勘察，警察发现这个案子非常蹊跷，因为胡德的房间里并没有乱翻乱动的痕迹，他当初带来的百万巨款都藏在床底下那只红木箱里，也完好无损……看起来，这桩凶杀案不像是图财害命。那么，胡德是为什么而死的呢？还有，更奇怪的是，在他的房间地板和窗台上，都留下了明显的动物脚印，狗、猫还是其他？这些脚印与这个案子又有什么关系呢？一时间，这个案子成了不解之谜。

一个星期以后，警察在一位著名动物学家的帮助下，方才破了这桩离奇的凶杀案。原来，赌徒胡德反复播放的那盘狗叫磁带，乃是一条正待宰杀的雌狗所发出的一种疯狂绝望的吼叫。殊不知,这条雌狗其实有一个关系甚密的伙伴,那是一条凶悍无比的雄狗,雌狗被宰杀之后,雄狗一直在不顾一切地找它。可想而知,胡德反复播放那盘磁带,雄狗便误以为雌狗就在胡德的房里,而跳窗入室仍然不见雌狗的影子,雄狗就认为自己的伙伴一定是被胡德虐待之后又藏匿起来,当即兽性大发,将胡德咬死。

　　胡德到死也没有想到:正是那一盘令他自以为得计的磁带,葬送了他自己。

(吴　祥)

(题图:谭海彦)

王财寻儿

民国年间，有个叫王财的庄稼人，脾气暴躁，又好酒贪杯，三十多岁才娶妻，四十多岁才得了个儿子。可惜儿子十二岁就死了。常言道：年轻怕房中无妻，老来怕膝下无子。如今，王财老来孤苦伶仃，守着老伴过那十分清苦的日子。

这天，王财正在屋里喝闷酒，叹息自己的苦日子，突然门外来了个信差。他很惊奇，活了这把年纪，从没有信差跨过他家门坎。信差给他送来一封信和二十块大洋，说是他儿子寄来的。他以为是信差找错了门，可是信封上明明写着"王财老大人启"。他简直不敢相信，颤抖着双手拆开信，信上写着：

儿子王得生拜上父母大人：

不孝儿自从十二岁离家出走，已十年有余，至今未能尽孝。得知父母健在，特来信问候。因儿生意繁忙，暂且不能脱身，望父母恕儿不归之罪。

父亲还记得吗，儿从五岁起，天天去五里以外的街上为您老打酒，风雨无阻，从没有过怨言。到十二岁，儿已懂得些事理，见您老天天喝酒，醉了就骂母亲，摔盘子掉碗，还抱起石头砸锅。家里的锅碗不知买了多少回。我还听母亲说，您老还拿爷爷留下的玉器、母亲的金银首饰变卖。俗话说："毛毛雨儿打湿衣裳，酒肉豆腐吃败家当。"儿不忍祖业破败，母亲受苦，就在打酒的钱中扣些给母亲。谁知您老不明事理，硬说您儿嘴馋吃了您老的酒钱，发怒将儿打伤。幸得邻居将儿救走，治好儿伤。您老还不准母亲来看我。儿怕您老再发脾气打我，不敢回家，只好跟一个商贩出外学做生意，还请邻居为儿做座假坟，假说我死了。望父亲恕儿欺骗之罪。

现在，儿在麒麟岩不远的地方做了大生意，发了财，还娶了妻。等儿有了大笔的钱，再回来重整家业，耀祖光宗。今暂寄大洋二十块，请父亲来麒麟岩看望您儿。从麒麟岩下船，再走二十里就到了。

儿得生下跪
民国七年七月初七

王财看完信，呆了。得生儿十二岁那年，明明是自己一锄头打中脑门死的，咋还活着？可是这信、这银子明明是真的。他去问邻居，邻居们都说当年他儿子是死了！他感到很蹊跷，把这事给老伴一说，老伴却喜欢得直流眼泪，说这完全是真的，催他快去见见儿子，把儿子、媳妇接回来让她看看。王财心想：总不见得是有人要出银子来冒充我儿子？说不定当年真是邻居见我常打儿子，有意将他放走，来骗我。想到这里，便匆匆忙忙收拾了几件替换衣服，在老伴的催促下，第二天就按儿子信上说的路线上了船。

船不紧不慢地走着,乘客们都在说说笑笑,只有王财一个人苦皱着眉头,坐在船舫上,嘴含着叶子烟杆,一锅接一锅地咂。他后悔自己当初不该对儿子那么凶,失手打伤他。这几年,儿子在外面发了财,自己待会见了他咋好意思?王财心里越想越不是滋味,也弄不清自己在船上坐了多长时间,怕坐过了地方,便给船老板说,到麒麟岩时叫他一声。船老板瞟了他一眼,疑惑地问:"你到麒麟岩去干啥?"王财答:"我到儿子那儿去。"王财心急火燎,不到一袋烟的工夫,就问了船老板几次,船老板很不耐烦,在一个很陡的岩边停了船,说:"到麒麟岩那位客,下船吧!"王财一看,这峭壁悬岩,路也没有,咋能下去?船老板可不管这些,见岩边正好有块峭石,刚好能站下一人,便一把把王财推到峭石上,一竿就把船撑走了。王财急得直叫,可是船老板头也不回。

　　王财喊天叫地没人管理,他一看脚下那深不可测的河水,吓得毛骨悚然,直冒冷汗,心想:这下完了,必死无疑,儿子没找到,倒先送了老命!他闭着眼靠在岩壁上,后悔自己不该来白白送命,又恨那船老板是个黑心人。过了好一阵,他听到岩上面有人说话,就大喊"救命!"岩上给他丢了条绳子,才把他拖上去。原来救他的是个和尚,口称:"阿弥陀佛,善哉!施主因何掉下悬岩?"王财要紧答道:"师父不知,那船老板将我推上峭石,撑船走了。幸得师父救我,不然就做水鬼了!""阿弥陀佛!"和尚看了他一眼,又说,"贫僧观施主印堂发黑,气色不好,前方必是凶多吉少。"王财忙说:"请师父明教。"和尚送了王财四句偈语:"改去亚心,恶为主母,从了儿媳魁省悟,善恶必有秋。"王财听不懂这四句话是什么意思,正要请和尚解释,和尚已飘然而去。

　　眼看天色不早,王财只好沿着崎岖山路急急往前赶,直到天黑了一阵才走进一个庄子。庄上主人和他年龄差不多,两人一见如故。庄主不问王财姓氏来由,就叫家人摆下酒饭,让王财饱餐了一顿。饭后,庄主邀王财到后园观花赏月,王财虽然疲劳,但不愿违背庄主盛情,想想还可趁此打听儿子住地,便应允了。后园百花盛开,在月光映照下,那一朵朵花犹如一个个含羞默默的姑娘。可王财哪有心思观花,便向庄主打听儿子下落。庄主只说不知道。王财见庄主对人和气,举止斯文,像个秀才,便请他解释和尚那四句偈语。庄主仔细推敲,一拍脑门,倒抽了口冷气,问:"客人年轻时脾气一定很暴躁?""正是!""这'改去亚心','亚'与'心'便是'恶'。'恶为主母','主'与'母'便是'毒'。至于后两句嘛,客人要去儿子、儿媳那里,客人以后就知道了,恕我无能解释。"

正说着话,离这里不远的地方突然飞起一串蓝色烟花,照得天空如同白昼。王财问庄主:"请问那放烟花处是啥地方?"庄主说:"不瞒客人说,那儿是座城池,特别是晚上热闹非凡。那里离敝庄不过二三里地,我晚上常去那里看戏呢,如果客人有兴趣,我愿同客人一游。"说罢,见王财饶有兴致,便叫家人点上灯笼前面带路,不一会儿就来到城中。果然城中热闹非凡,街上人来人往,摊贩叫卖声声。三人正走着,忽见前面来了一人,见了王财就倒身下拜:"哎呀,王老大人,您老人家今天才到,小人在这里等您几天了,我们老板一定要我把您老接到。"王财不认识那人,问他老板是谁。那人说:"小人是王得生老板酒馆里的堂倌,老板特叫我在这里迎候您老人家的。"王财十分高兴,回头叫庄主,却谁知庄主和那打灯笼的家人早已不知去向。王财要去找,可那堂倌不容分说,拉上王财就走。

来到儿子酒馆,王财见堂内陈设很新,酒馆像是才开张不久,堂中坐客尽是富豪子弟,猜拳行令,很是热闹。那堂倌进门就叫:"王老大人到了!"立刻,老板娘闪出柜台,来认公爹。那女人脆生生地叫了声:

"爹,您老人家今天才到,儿媳等您好久了。"随即又吩咐下人在后院摆酒,为王老大人接风。王财问他儿子咋没来,儿媳说丈夫到外地买货去了,等几天才得回来。酒醉饭饱之后,儿媳安排王财就住在店堂楼上。第二天早上,两个丫环又送来两套新衣裳给王财,说是女主人吩咐的,叫老大人换了旧的,穿上新的,要重新做人。王财听了,心里就像打翻了的五味瓶,说不出个什么滋味。

王财这一住就是几天,每天有丫环侍候,每顿有人敬酒劝饭,可就是不见儿子。这天晚上,王财感到很闷,就嘴含叶子烟杆去后花园转耍。也许是这几天吃得太多的缘故,王财转着转着,就往厕所里跑。他刚要蹲下,就听到隔壁有人说话。一个说:"这回我们老板的父亲可不好交待!"另一个说:"老板要报仇啦,当初王老大人打死了老板,我们老板这回要叫王老大人偿命啦!"一个说:"我们老板这几天就在楼上藏着,就是不想见王老大人。"另一个又说:"那是时机没有到。老板说,等今晚亥时,他和老板娘就要把王老大人吃掉!"王财听到这里,吓得叶子烟杆也落到粪坑里,拉起裤子就跑。刚冲出后花园,就见他儿子站在那里。他吓得跪下向儿子求饶。王得生说:"爹,你怕啥,你当初都忍心用锄头打死我,你咋个也怕死?你配当我爹吗?我如今是鬼,但从没有害过好人。你不疼我这个独儿,我也不孝你这孤寡人!我要报一锄之恨!"

王财吓得调头就跑,王得生在后面大叫:"爹,你不要跑,我饶不了你,你也跑不脱,你的鬼儿媳在前面等你啦!"果然,老板娘出现在王财面前,她依旧脆生生地叫了声:"爹,您哪儿去?您老人家还没有喝酒啦,回去吧,我陪您喝个够,咋样?喝醉了我也让您打死,反正我是不怕死的。"王财吓得大汗淋漓,又作揖又磕头:"好媳妇,你饶了我吧!我再也不敢了!"那女人不慌不忙地说:"嘿嘿,您已经做了,还说不敢?您今晚不打死我,我就要吃您!您跑不了啦!"说着,她把头一甩,脸一下就变了,张开血盆大口就朝王财扑来,吓得王财大叫一声,倒在地上昏死过去。

第二天,王财醒转过来,不知怎么回事,已经睡在自家床上了。王财坐起身子,卷了一袋叶子烟,想那和尚赠他的偈语:"改去亚心,恶为主母,从了儿媳魁省悟,善恶必有秋。"他根据那庄主组字解释的办法,"从了儿媳魁省悟",这"魁"字不就是"鬼斗",让人省悟。"善恶必有秋",就是善恶必有结果。对呀,再把每句的头一个字连起来,不就是"改恶从善"四个字!王财吓出了一身冷汗,知道鬼来教训他了,从此恶习改了不少。

(蒋文光　搜集编写)
(题图:张恩卫)

雍正禁赌

雍正皇帝当朝的时候，北京西城有一座大四合院，宅子的主人是吏部的王侍郎。这天晚上，王侍郎叫了一帮子男男女女到他宅院来打麻将，他们用被子把窗子和门堵得个严严实实，桌上只点了盏绿豆大火头的油灯。

这王侍郎是谁呀，又有钱又有权又有势的，还用得着怕谁呀？您不知道，这会儿雍正皇帝正在全国上下厉行禁赌哩！康熙爷晚年，官吏享乐之风大盛，赌局天天开，麻将处处有，误了国事不说，因为赌博引起的偷窃，诈骗和凶杀案屡屡发生，不仅有损朝廷吏治形象，而且造成了严重的社会治安问题。雍正看在眼里，恨在心里，当了皇帝以后就决心要根除赌博恶习。他亲拟诏书诏告天下：官员赌博，首先革职查办；制造赌具的，一律铲除；告发者有赏，以身试法者严惩不贷。诏书一下，从表面看赌博之风是杀住了，可那些嗜赌如命的官员哪里肯罢手，于是便阳奉阴违，转入地下偷偷地赌。当然，他们也怕背上抗旨不遵的罪名，弄不好脑袋要搬家的呀，所以每回赌的时候就特别地小心，惟恐走漏了风声。

俗话说得好：没有不透风的篱笆墙。第二天早朝，大臣们把该启奏的事项一件件说完了，雍正问道："谁还有话说？"金銮殿上一片寂静，空气好像凝固了一般。雍正突然问道："吏部王侍郎，你昨晚在做何消遣哪？"

王侍郎一听，知道事情瞒不住了，立刻"扑通"一声跪倒在地："皇上，罪臣该死，昨夜无聊，罪臣玩钱了。罪臣下回一定不敢了，请皇上恕罪。"

雍正冷笑一声："还有下回吗？难道你脑袋没有了，两条腿顶着个腔子来上朝？你就不怕吓着朕了吗？"甭说王侍郎，这满朝的文武官员哪个不是官场上的老油条，皇上这话里的弦外之音谁听不出来呀，心里有鬼的早就吓出了一身冷汗，还不知道待会儿皇上会不会点到自己的头上呢！

只听雍正大喝一声："来人！"王侍郎吓得整个人都瘫在了地上，他一边磕头一边哭喊："皇上饶命，皇上饶命啊！"

哪知雍正"扑哧"一声笑出声来："瞧你这点儿出息！你别害怕，因为你刚才对朕说了实话，朕要重重地赏你。"说着，雍正一挥手，他的贴身太监用托盘端过来一个红绸子小包，送到王侍郎跟前："还不快快谢恩？"

魂飞魄散的王侍郎还没闹明白事情怎么突然转了过来，正愣神儿呢，被太监一催，赶紧给皇上磕头："谢主隆恩，谢主隆恩！"

雍正摆摆手说："还不快拿回家去看看！""遵旨！"王侍郎兔子似

的蹿出宫门,"吱溜"一下钻进轿里,让轿夫发疯般的往家赶。

回到家里,王侍郎打开红绸包一看,顿时就傻了——包里是他们昨晚打麻将用的一张白板。是什么时候丢的?不得而知。

消息立刻像刮风一样传遍了京城。从此,那些赌博成癖的当官的,谁也不敢再偷偷地玩钱了,雍正的耳目到处都是,时时都在监视着自己的一举一动啊!

(贾福林)
(题图:黄全昌)